“晶莉……如同流泻于山间的潺潺溪流，清澈，深邃。”

绘制：画家蒋彝

# 作者致谢

亲爱的蒋彝先生，您曾赠予我多幅与中、英两国有关的绘画作品，对此，我的欢欣之情无以言表。目光掠及画作，我曾畅怀欢笑，亦曾黯然啜泣：剔透玲珑、纤细敏感以及生动幽默，多种情愫被一股平和中正的中式力量自然融于笔端、落于画卷。如今，为了友谊，您信守承诺，放下手中未竟的作品，在我无数次电话打扰中，完成了这幅主题鲜明的佳作。您通过美妙的想象为我勾勒出了本书年轻的女主人公——晶莉。在月洞门、黄金柳、亭台轩榭、瀑布飞流、青山绿水和冷杉翠竹的映衬之下，她是如此泰然自若、仪态万千。愿上天保佑您；同样祝福您的祖国，亦如我的祖国，尽早恢复盛貌，重振古老文明艺术之风采；愿笔墨丹青重见光明，再不让枪炮利剑当道！

您才疏学浅的朋友兼仰慕者，

谢福芸

除了野蛮国家，整个世界都被书统治着。

司母戊工作室

诚挚出品

# 潜龙潭

## 北平新事

[英] 谢福芸 Dorothea Soothill Hosie 著

沈迦 主编

房莹 译

人民东方出版传媒

東方出版社

**图书在版编目（CIP）数据**

潜龙潭：北平新事 /（英）谢福芸（Dorothea Soothill Hosie）著；
房莹 译．— 北京：东方出版社，2018.3
书名原文：The Pool of Ch' ien Lung : A Tale of Modern Peking
ISBN 978-7-5207-0286-7

Ⅰ．①潜…　Ⅱ．①谢…　②房…　Ⅲ．①长篇小说—英国—现代　Ⅳ．① RI561.45

中国版本图书馆 CIP 数据核字（2018）第 051007 号

**潜龙潭：北平新事**
（QIAN LONG TAN：BEI PING XIN SHI）

**作　　者：**［英］谢福芸
**译　　者：**房　莹
**主　　编：**沈　迦
**责任编辑：**黄珊珊
**出　　版：**东方出版社
**发　　行：**人民东方出版传媒有限公司
**地　　址：**北京市东城区东四十条 113 号
**邮政编码：**100007
**印　　刷：**北京联兴盛业印刷股份有限公司
**版　　次：**2018 年 5 月第 1 版
**印　　次：**2018 年 5 月第 1 次印刷
**开　　本：**855 毫米 ×1092 毫米　1/32
**印　　张：**9.5
**字　　数：**190 千字
**书　　号：**ISBN 978-7-5207-0286-7
**定　　价：**46.00 元
**发行电话：**（010）85924663　85924644　85924641

# 主要人物

树之芳华魏小姐，或称作，魏树华小姐，49 岁。

香华芬芳骆小姐（我通常称她为香华小姐），44 岁。

晶莉小姐，魏小姐的侄女和助手，25 岁。

小金宝，魏小姐的侄女，4 岁。

顾先生，音乐、舞蹈、体育老师。

王氏夫妇，我在北京生活时合住四合院的朋友。

王美玉小姐，王氏夫妇的女儿，14 岁。

王家小少爷，5 岁。

时间：1936 年的秋天，即 1937 年 7 月日本入侵之前。

地点：魏小姐和骆小姐联合管理的女子礼仪规范学校。学校对面的石榴园，穿过月洞门即可到达。

幸福的耕耘者：谢福芸。

[目 录]

contents

潜龙潭：北平新事

十

第 1 章

# 柳色黄金嫩

1943 年，英格兰春色如许，我开始动笔。窗外是一片田园，一只年幼的牧羊犬正在接受训练。此刻，它正盯着主人的脸色，刚才成功地将一群母羊赶到了食槽边儿上。羊儿们神色肃穆，毛茸茸的脸慢悠悠地伸进供它们享用的麦片和糕点里，齐整的纤细脚踝如同一小片树林，撑起上面由躯体组成的坚实方阵。再近一些，睡莲池里倒映出第一朵绽放的水仙花影，喇叭状的花瓣吐露芬芳，仿佛要唤醒下面仍在沉睡的莲花。出淤泥而不染，中国人如是说。他们目光如炬，早就预见：夏天一到，莲花就会从泥泞不堪的池塘中昂首而出，然后，明媚肆意地红，耀眼夺目地白。再远点儿，蜿蜒着一条小河，岸边弱柳扶风。可是，英国柳树的树梢都修剪过，柳条和枝干也被整理得服服帖帖，少了一种恣意的美。

在中国的北方，春天也会用小河和柳树吹响降临的号角。那里可能一连六七个月都不下一滴雨。如果冬天里下了雪，农民们就会十分庆幸，因为雪水能够软化钢铁一样坚硬的土壤。再之后，伟大的转变即将上演。一望无际、单调沉闷的褐色平原上，会陡然冒出几排金子一般星星点点的嫩绿。我母亲在太原见到这一幕的时候多么兴奋啊，尤其是在一个漫长灰暗的冬天之后。可我仍觉得她的反应有点儿小题大做——当时的我刚从绿树成荫的英国回来，早已看惯了绿色。“快过来，亲爱的，快来看看啊！柳树在长叶子呢！”不是我们阴霾天气里那种暗淡的灰绿色调，它们的萌芽是那种近乎黄金色泽的嫩绿，像迎春花一样金灿灿的，椭圆的嫩叶好比露珠，在细长的枝条上滑落。丝绦优雅低垂，小小树叶光彩夺目，鲜嫩欲滴，恰似穿过纤纤玉指的雨滴。无怪乎北京的手工艺大师们会醉心于雕琢微型柳树当桌面摆件。他们将绿孔雀石雕成小树，又拿绿翡翠和粉碧玺做成叶状小片挂在树上，当真别样的精致美妙。

据说，观音的一种化身拥有成百只手臂，抑或上千？对其而言，不论多少，总归满足世尊本意。我到过一些寺庙，仰望过他安然的面容，他坐卧于高处，随时准备度化我们每个人。而我，偶尔会从心底里冒出些许对全知全能之神的抵触情绪。彩塑的佛像高大伟岸，百臂千肢，睥睨着渺小的人类。手臂从佛像肩膀处生出，在躯干两侧伸展开来。我非常好奇，一副肩膀上竟能造出这么多手臂，工匠们是如何做到的？于是，我踱到神像之后，去探索这在几何学上究竟有怎样的计算难度：

和我们做神像时雕刻一对单独的天使翅膀相比，这其中关窍的确复杂得多！此外，佛像有千手，手上又各持一目，绘有瞳孔，以示他目光远大、洞悉世事，简言之：世间之事，他无法回避。众多手臂和眼睛任凭他调用，然而，却注定要看到很多他亦不愿亲眼所见之事。但我有时会想，对于凡人而言，这也实在不公。我们为何不能偶尔从他众多的手臂和眼睛中借用一两只呢？佛也不可能同时全部用上吧。我想求借一只臂膀，哪怕只有那么一次，然后把手伸向窗外，小心翼翼地擎住手里的眼睛——如果不慎将它跌落，定是无可挽回之失——将掌心的目光送向远方，延伸再延伸，就像一部佛经里提到过的：一日，佛祖希望太阳停止转动，于是伸出手握住了它。就像我们的耶和华。

佛祖赐予我的手臂，穿过悲伤而不屈的荷兰，越过苦难而动乱的德国，拂过俄罗斯的无尽平原、重重铁岭和西伯利亚的白桦林海，掠过戈壁沙漠上的璀璨砂砾和可怕干旱，来到北京所在的平原，来到嫩柳初萌的茵茵柳岸。这里有我的一位老朋友，老张，正挥着锄头在菜田里劳作。春天已经用嫩柳叶给他捎了信儿，她就要来了。当然，在此之前，一月底左右，我们就会从老张那些矮李子树上瞧出了一些端倪，在还算和平的岁月里，在旷野的柳树吐露芳芽之前。这些矮小的李子树，在地下的“育婴所”就已感受到了春天旗帜的颤动。“张老爷子”，我礼貌地轻声唤道，没有用握在手里的第三只眼睛，而是用自己的一双眼睛望着他，“您下来这地下温室，跟我待会儿吧，就和以前一样。咱们在一起悄悄聊会儿天，就像水草在河里窸窸窣窣。我想听您说说近况，还有您那些李子树。我看到这边的柳树都发芽了。可不是嘛，您那些小李子树都在角落里的麻布袋子下边吧，等着来年就能开花结果了。一定得藏好了，躲开那些贪婪无耻的日本兵。他们真该像你们一样，敬重这些树木。说句实在话，他们以前可能也会培育树木，那会儿他们的心思还在生产发展上，现在却只会搞破坏。如果他们发现了这些李子树，一定也会一个子儿都不付地统统拿走。以前，您也许总会抱怨我们这些‘洋鬼子’，但我们还真没怎么压价，基本上都是按您的价儿把东西买了。现在，我们不也是这样做的么？我们的门房每每谈起他们的讲价经，还总觉得我们对您太大方了呢。您看，这些树木的造型多别致啊，就像希腊的七弦竖琴或者是一副精致的下颌，细枝代替了琴弦，期待再次奏起生机蓬勃的乐章。”

这时，老张一定会说：“你说特别的那棵树，是我爹栽的，精心培育了二十多年呢。另一棵是我爷爷种的，别看其貌不扬，其实内有乾坤，就像是老子李耳参悟天道，八十多岁的时候仍旧鹤发童颜。那边刚正在培育的树，是我大儿子的杰作，当然我也帮了些忙，不过他真是块种地的好坯子。可日本鬼子拿枪打进来了呀，我那儿子就和他兄弟姐妹一起离开家，跟着蒋委员长去解放中国了。弄得我们老两口到了这把年纪，身边都没个孩子照顾，都是丫小日本闹的！”聊到这儿，我真怕他会啐上一口。

“您儿子走到哪里都会有佛祖保佑，就算他到了黄河的源头。”我用耳语安慰着老张：“没错，就算他已经捡起银河河畔的石头。”要知道，中国北方的黄河，大浪涛涛，一泻千里，最终与天边的银河交汇相融。这两条伟大的河流，于天上人间，滋养着我们的土地。

“最起码，”老张嗤笑一声，“我儿子这次出远门比皮猴子强，能留下些好念想。”在中国民间传说中，猴子是非常顽皮无赖的动物，喜欢在所到之处留下便溺作记号。“这群小日本在中国折腾完就像猴子撒完野留了泡猴尿，其他啥也没留下。”老张一脸鄙夷轻蔑地说。

就在这时，远远传来一声嚎叫，撵起一群乌鸦。老张迅速起身，小心翼翼重新放好麻袋，又把一堆萝卜推在上面遮掩；为了更好地掩饰，还特意在上面撒了些土。之后，他重新换了烟袋的火，踩着泥土台阶出了地窖。他拾起锄头，又在菜地里忙活起来，翻着地里的土疙瘩。只是这脑门上突然冒出的汗把他出卖了。他的老伴走了过来，刚才的警报就是她发出的。

“乌鸦来了，这群倭人！”她嘟嘟囔囔地抱怨着，“看谁比他们强就抢谁，就会搞破坏——不是男人的玩意儿！”这或许是最严重的咒骂，意思说那种人根本没有男性特征，是个阉人。她口齿漏风，干瘪的嘴絮叨着：

谢天谢地，过了门的女儿早早离开家投入战场。山里的亲戚们难以理解她这种念头。但又有谁知，她是多想要个承欢膝下的小孙子哟！她往脸上抹了把灰，即便已年过六旬，也有可能会引起日本兵的邪念，被他们捉去当慰安妇。她把本来齐整的头发扯乱了些，回到房里，开始在灶上生火。呛人的烟雾在小屋里弥漫开来，她燃起仅有的柴火——干枯的秸秆，顿时浓烟滚滚。假如日本兵来带走了她，就让他们尝尝这浓烟的滋味，她会一直咳喘，他们能从她身上得到的仅此而已。

掠夺成性的鸦群乌压压地过来了，身着卡其色军服的矮小男人们撇着罗圈腿，外表看上去还算齐整，脸上却挂着虚伪的笑，露出满嘴金牙。他们冲着田里耕作的人不知在嚷嚷些什么，挥着锄头的那人穿着松松垮垮的蓝色短裤，汗水在赤裸的躯干上蜿蜒流淌。这些“乌鸦”看上去心情不错，不停在笑。她从纸糊的格子窗向外望去，看到他扯了扯衣服，拿起一条土耳其毛巾擦了擦颈上的汗水。他并不知道，这条毛巾是一个日本小姑娘洒在织布机上的辛勤血汗织就的。为了偿还父亲的债务，小姑娘卖身给工厂五年做苦力，她的父亲和老张差不多年纪。还算幸运，她付出青春年华的地方只是家工厂，不是什么更糟的地方。张妈妈看着自己的老伴面带笑容，点头哈腰地指着什么，就知道这队人马是在茫茫田野里迷路了。这事儿也就是发生在白天，若在晚上，这伙人绝没可能安全回到营地，她可能会亲自冲他们举起锄头！他们枪杀了邻居家的儿子小吴，就在他双亲的眼皮底下。当时小吴才 19 岁，还没成家，“他手上有茧子”——这些日本兵据此就怀疑他必定拿过枪。难道他们不知道常年握着锄头和铁锹也会让双手长出老茧么？的确，小吴曾离开过家，想要加入解放中国的队伍，但这些日本兵又怎会知晓这些？现在，他们叽叽咕咕笑嘻嘻地走了，还要向老实的中国人卖好。“把我们都当成什么人了？”张妈妈怒火中烧。这话不久以前我们的英国首相也义愤填膺地讲过。

现在，我不再是一尊静坐莲台、全知全能的佛祖，振臂一挥尽晓天下之事；我，仅仅是一个心怀苦楚、无力自拔的凡人，咬紧牙关吞下世间悲凉。但我的心灵仍在翱翔，离开了老张和他坚韧的生活。毕竟，阳光雨露才是他的同盟，意义非凡的战友。

英国的家里，老詹金也一边抬起右手娴熟地拾掇卷心菜，一边思索着如何保护他那些宝贝的耧斗菜和康乃馨。老张不得不把他的宝贝们当秘密一样深埋在地窖，而老詹金却已能大大方方地把它们拿出来展示了，虽然数量比和平时期少了许多。我继续向前飞驰，穿过北京西门的城墙和岗哨，越过讨厌而冗长的日本哨兵队。（当初，他们本国民众同意送他们出来征战，现在又当他们是累赘，二者争执不休。）我们就此停下，降落在这条宽阔的主干道上，转过东四牌楼的红柱，穿过高墙之间蜿蜒的小巷，最终，我抖落掉一身伪装，停止了愚蠢的幻想，亲身来到一座铺设停当的四合院，这就是两位女士所开办的女校。魏小姐和骆小姐，二人都已步入中年，一位身材高大，一位体态娇小。

魏小姐握住我的双肩，轻轻摇晃，热泪盈眶，这是她迎接密友的方式。骆小姐靠近我时，我会伸手臂搂住她，轻吻她丰满的面颊，她也会一边轻笑着，一边不甚娴熟地回礼。或许她仍会觉得贴面礼这种方式太过狎昵，称不上得体，而魏小姐则根本不会接受这种礼仪。但这又有何关系？

“亲爱的姐妹们！”我将这么说道，“我回来了，又和你们在一起了！我说过一定尽快回来，但你们也清楚，这场战争……可我并不是完全离开了，我的身心有一部分一直在回来的路上。虽然我人不在，但你们的记忆中有我。我不是你们的姐妹吗？不是你们学校的校董吗？你们的事业进展如何？我亲爱的侄女晶莉近况如何？什么？她已经离开了？那好，她如今在哪儿？顾先生呢？还有小金宝呢？”

她们定会告诉我许多——但我们最好还是从开头说起。

第 2 章

# 月洞门内

北平和平时期最后一个秋季，第一天清晨，我被一阵轻轻的拍打声唤醒，不消说，紧接着定会传来北平宪兵队新兵吹出来的生涩号角声，他们的营房就在一墙之隔。我在床上翻了个身，伸手拉开短短的山东绸窗帘，透过嵌在菱格窗的长方玻璃向外望去，目光爬上庭院外的屋顶。对面屋顶瓦片上，越过来一截合欢树枝条，它本生长在隔壁宪兵营里，如今却在此处摇曳，轻轻敲打着我的窗，那轻柔的叫醒服务便是拜它所赐了。敏感的羽状树叶以天空为布景影印出优美的图案，好似精致的秀发造型，又如雅俊的日式剪纸，那时的日本人尚懂审美，不像现在只知道破坏。多么舒心惬意啊，望着窗外的景色，我不禁叹道，正对我住处的那排房顶向远处延伸，尾端是呈飞举之势的中式翘檐。屋顶瓦片鳞次栉比，角度精确地排列成行，向下铺展开去，越过人们的头顶，每个屋檐边都垂悬着一个装饰瓦，上面载有象形文“寿”字——意思是长命百岁。无论望向何处，映入眼帘的都是这美好的祝福。我向来不能流畅地描摹出这个汉字，它的上半部分由许多水平的“横”组成，像一道“五栅门”。不过，这并不妨碍我对此报以美好想象，建造此处的工匠已对这个庭院里里外外祝福了千百次。我并不渴求长命百岁，却也着实希望这座院子的主人王太太和她的家人能享此良愿。

欣赏着流苏般的合欢树叶，我还沉浸在中国象形文字所带来的喜悦中，屋外却传来这么一嗓子“来了——好——”没多会儿，伴随着一阵杯子和茶壶碰撞出的叮咚脆响，我的小侍者拉开门走了进来，手捧餐盘，面似满月，笑容可掬，光溜溜的头顶并未蓄发。“我一直在等您起床呢。”他的口吻近乎责备，“骆小姐一会儿就该过来了，可您都还没洗漱。”他放下我的早餐盘，递来一只淡蓝色的粉色玫瑰纹饰珐琅盆和一只绘有更多粉色花朵图案的小水壶，以及牙刷。我好想捉弄他一番，干脆张开嘴邀请他来替我刷牙好了：这可是他的“义务”。他并没有立即离开去干其他活儿，而是偷偷贴在窗子另一侧，听到我的第一下漱口声后才心满意足而去。小侍者的打扮一向很有意思，身着一件磨得发亮的黑色短棉袄，一条同样光亮的黑色裤子，膝盖以下直到脚踝部分都整整齐齐地缠着白色布条。

“他是我们门房的孙子。自打辛亥革命袁世凯夺了满人的天下以后就跟着我们了，忠心得很。”骆小姐向我介绍这男孩子之前，跟我抱歉道，“你不介意跟前伺候的是个男孩儿吧？我是有点儿担心，可找个合适的女佣也实在不易。况且我们对他也知根知底，保证可靠。这孩子自己也需要这份儿工——都已经几个月没活儿干了，他爷爷又跑来求我们。”

“哦，我觉得这地方有个年轻男士挺不错嘛。”我大胆回答道。对一个中年女人来说，这又有什么关系呢？不过，私下一人时，我仍忍不住费脑筋思考，怎样才能避免得到他的关注。没过多久，我就无奈地意识到，我失败了——这孩子根本没打算过偷懒耍滑，服务实在太周全了。

我从未奢求把这儿打造成属于自己的一方天地——准确来说是其中部分庭院。合住的王氏夫妇以一种微妙的姿态维持着院子原本的风格，除了那个洗衣房。早些时候，我接受了老朋友的邀请，同意在北平旅居期间把家落在她们所办的学校，自然以为是与她们同住的；但后来却发现自己被安排在另外一处。最初，我感到有些唐突，思忖着是否不该领受这份好意，虽然她们之前来信中的口吻如此诚挚，邀请得又相当迫切；但她们迎接我时发出的欢呼如此情真意切，顿时消减了我大半的疑虑。我走下出租汽车时，阳光还残留着夏日的味道，暖洋洋地照在身上。我走近两位好姐妹，她们正守在学校主校区的四合院门前，砖石垒就的院落四周是一圈被用作教室的平房。我听到，女教师清脆的提问声和小女生尖细稚嫩的回答声从那里传出。魏小姐说她刚下了早课，我浅笑轻吟迎上前去，不住摩挲她的手诉说着见面的喜悦之情。之后，她便和骆香华一同领我进了一间布置得规规矩矩的小客厅，专为接待宾客和家长之用。我们在这里饮茶，聊天，消磨时光。这时，魏小姐忽然提出："我现在就带你去看看自己的房间吧。"我原以为要回到刚才的院子，顺着院墙进到所谓的"内宅"；可实际情况并非如此。魏小姐牵着我的手，骆香华面带喜色，拉起我另一只手，又将我领出大门。门外耸立着一棵遮天蔽日的刺槐，树影遮住了一半的甬道。外面有一片敞地，曾经用来停放马车，如今已然是汽车和黄包车的地盘，穿过去，转个弯，便是一段清清净净的墙面，嵌着一扇绿色大门。我们停了下来，站在刺槐树影里说话，门房不住地向他的上司和朋友——也就是我们，点头微笑。

"你的学生们怎么办？"我担心地质疑道，想起来刚才那阵稚嫩的嗡嗡声，定是我的到来搅起的，估计那几十双眼睛早已从课本上偷偷滑向窗外，逮住机会瞧一眼这个新来的"同院"。"我怕是打扰你们工作了吧。"

魏小姐冲我微微一笑，道："你还不知道呢，我俩虽然都没结婚，现今倒有个女儿了。她是我的侄女，名叫晶莉。你以前来北京的时候肯定见过，当时还是个腼腆的小姑娘。你叫她'小李子'，因为那时候她胖墩墩的。她是我哥哥的孩子，但哥嫂都去世了。她弟弟现在和我们一起住在我老母亲家，媳妇刚生了第二个孩子，是个男孩儿。晶莉能来学校，我们都很高兴。这世道，不是每个侄女儿都乐意留在姑妈学校工作的，是吧？我们不在学校的时候，她替我们把学生照顾得很好。”她的脸上溢满幸福的笑容。

我们穿过马路，魏小姐和骆小姐一人一边牵着我的手——不是胳膊，挽胳膊对中国人来说是过分亲密的举动。而后，她们引我到了对面房子，停在一扇绿色大门前，这就是她们特别为我准备的居所了。两位女士看上去紧张而兴奋，对我接下来的反应满怀期待，唯恐她们安排的住处会不合我这个西方人的心意。骆小姐轻扣了几下坠在绿漆大门上的黄铜门环，向内示意我们的到来。中国传统大门外面并没有门栓或把手，中式大门都是要从里面打开的，而我们这些外国人第一次顺珠江航行至此，就从外面击碎了中国的大门，还用枪炮宣布到来。

我们又敲了几下黄铜门环，魏小姐大声通报了姓名。之后，我们听到木头门栓被抬了起来，有人拉开了面前这两扇厚重的木门。当门关上时，钉在大门两侧的木栓又纹丝不差地对回到原处。一个小姑娘甩着根长辫子走过来，提醒我们注意迈过脚下高高的门槛，引我们走过左手边一处简陋的小厨房。我瞥见屋子的地面几乎是被锅灶占满了。走着看着，忽然间，一个极美的月亮形入口出现在我们面前，从门的这边就能望见里面青砖铺设的院落。我的心跳几乎要停止了：我一生的所求与期待，就是拥有一个属于自己的月洞门！我曾无比艳慕那些月洞门的主人：我曾穿行过如此之多的月洞门，在寺庙里，抑或在朋友们的庭院里。而现在，我竟然也有了属于自己的那一个：至少是和住在前院的王氏夫妇分享着这扇门。对他们来说，此门自然是寻常之物；然则于我而言，可谓莫大的惊喜。西方建筑师或许会对“月洞门”轻嗤，认为那不过就是个砖头砌就的好看装饰，一个圆形开口而已——的确是一个完美的圆形开口，装饰得如此赏心悦目：环绕门周的砖石上贴着细瓷片，如同绣花镶边，充满童趣；每扇门的镶嵌图案不尽相同，取决于匠人当时的灵感。看上去，就像是笼罩在月亮周边朦胧的光晕。一个椭圆或方形的门洞同样是可行的，毫无疑问；但这是属于我的，一个形如满月的过径，不附带实际意义的门板。或许，是诗意的名字为它增添了魅力；或许，在中国古代，它还有用在天文方面的妙处，被置在某处，人们可以看到满月，就像是一个夜晚沙漏计时器。不管它原本用途如何，我静立于此，望着它，灵魂在身体里愉悦升腾。我对它一见倾心，神魂颠倒。

我们一同穿越了这充满魔力的门径，迈过脚下的石头门槛，转身看向右侧。

“你之后便住在这里啦。”魏小姐一边说，一边指着一排狭长的单层建筑，坐落在院子远处一角，离我们大概五十英尺的地方。房子后面是延伸至远处的院墙，棚顶厚重，自中心向下倾斜，如同一栋华美阁楼。按中国传统防潮方式，房子建在了离地面一码高的台基上。台基中间往上几步台阶就是正门了，玻璃门已经打开，怀抱大敞，欢迎我们入内。房屋正前方相当怡人，四周的梁柱和屋顶下的房梁都漆成了朱红色，长方形木质窗格中嵌着延绵的“希腊钥匙”纹饰[1]，镂空部分没装玻璃，代以质地柔和的奶白色中式绵纸糊窗。另外，就是我之前提到过的，每条屋脊延伸到檐边上垂悬着装饰瓦片，上面烧刻着象征“长寿”的符文。羽状花瓣的紫菀，淡紫的，蓝的，粉的，一盆盆，一簇簇，在脚下形成一条鲜花甬道，沿着我们走过的台阶一路向上，延伸到门口。用来栽种紫菀的瓷盆本身也纹饰考究，有的饰以四季鲜花，有的则绘着羽翼艳丽的飞鸟或凤凰。

两位女士屏息凝气，注视着我：我几乎能感到她们的心脏如小鸟一般在胸腔里热烈跳腾。她们观察着我的神色，而此时的我已激动得无法开口。

我长时间的沉默，终于让她们按捺不住了。

“你喜欢吗？”她们对我的回复充满期待。

“实在太不真实了。”我脱口而出。“这些全都是我一个人的吗？你们没人来和我一起住吗？难道这里也是学校的一部分？”

1　希腊钥匙纹，在中国被称作“回字纹”。这种纹饰在中西方的寓意也有共通之处。在中国传统文化里，回字纹寓意着延绵不断、吉利永长，“富贵不断头”；在西方文化中，回字纹也被称为“希腊钥匙纹”（Greek Key Motif），源自于 River Meaner，它可以无限延伸，没有开头也没有结束，象征着永恒和万事万物的无限循环。

魏小姐没有回答，而是带我走上花卉装点的台阶甬道，穿过频频向我们弯腰致意的紫苑，我简直产生了重做新娘的错觉，同样是来到那样一扇玻璃门前。我立在门口，目光一次次轻抚四周景致；爱与感动如潮水般涌上心头，浪涛翻滚。如此周到的安排，如此体贴的照料，如此深厚的友情，我怎么承受得起呢？房间的布置清雅宜人，细节之处设计精巧、思虑周密。不久之后，就有一些英美朋友前来造访。他们看到这一切的第一反应，和我当下的表现并无二致：呆立于门口，惊叹连连，万分愉悦。

接下来的对话简单明了。“您是位学者。”魏小姐说道，口气过分认真。“这么说吧，至少您父亲是一位学者。”我刚想做一番无力争辩，就被她窥探到意图并立即拿话打断了。“所以，你理应住在像样的专家公寓里，整洁，简约，再加上一些艺术气息，让房间特别一些。”听到这儿，我哽住了。

“真的担当不起啊。”我坦诚道，虽然此刻脑海里想的是：没错，这就是我们在牛津竭力为父亲打造的寓所式样——美观耐用，符合他的学者身份。我和魏小姐的品位和标准惊人相似：英雄须得宝刀配。

这类的中式住宅都是按同一规格建造起来的。我们最先进入的正门开向左手边，正对着一个优雅的长条形房间。右手边则是用一面格子门板隔出来的房间，典型中式住宅的设计，隔板后面就是我的卧室，中间开了扇门，下面自然配有一个正常高度的门槛，防止脚下的门缝漏风——西方的建筑师或许也该效仿。我的起居室事实上是两个空间合二为一的。这些空间的建造形式和尺寸都有标准，它们也叫作“寝”。两位女士给所有房间都换上了崭新洁净的淡黄色地毡，墙壁和屋顶也用一种美丽的白纸重新贴过。十七世纪时商人们把这种纸从中国带到欧洲，欧洲人才第一次知道壁纸为何物。纸上浅浅地印有银色八角吉祥图纹，所以目光所及之处遍是古朴洁净和吉祥祝福。

两位女士并不打算在门口多做停留：她们仍旧是一人一边拉着我的手走进屋子，后撤一步，又开始研究我的面色，期待愉悦表情的出现。房间左侧一面都是长方形窗户，嵌着精致的菱格；窗前是一张我平生以来见过的最大的书桌，简直称得上巨型书桌，占据了房内一大片空间，书桌两侧各有两副抽斗。没错，就是那种书桌，召唤你赶紧在皮桌面上摆好纸与墨，开始创作。书桌两侧完全容得下两个人舒服地并肩而坐。

“我们在一家旧物店帮你淘来了这个。”魏小姐说道。“在这样的书桌上，你能更好地工作；假若你的工作都是在这里完成的，我们也会很自豪。”我对这张桌子简直是一见钟情。

“不过，我可不打算在北平的这段时间一直工作。”我抗议道，感到些许压力，转身去看屋里其他的陈设。一切看上去都是这么纯真自然！远处的角落，还立着一面红木底座穿衣镜，全屋景致都投射其中。

我们三人走过去，一同审视起镜中的自己。

“太方便了！”我喃喃自语，一边把我的帽子拉低了些，遮住右眼，按照当时的时髦戴法。骆香华忍不住噗嗤一笑。

“你这样看起来太好笑了。”她说。“但我也明白，外国人觉得这样戴时髦：我见过其他外国女士也这么戴。可为什么要把帽子弯成这个样子，真让人想不通。”

“是要引人注意吧，我猜。”魏小姐笑着评论道。

我用手肘捣了捣她俩肋下。“你还记得吗，香华，我们第一次见面的时候，你戴了一个巨型满式头饰，重得都能上秤论磅称了！所以不要厚着脸皮这么说啦。”

“你呢，还不是用根足有一英尺长的‘长矛’才别住了你的大帽子。”她回击道。

说笑间，我们继续欣赏我的新屋子。

“这张茶几是备给你招待朋友饮茶用的。我知道你会邀请很多朋友。”她们继续介绍。

桌子周围一圈摆着一套法式立背休闲椅，正是拿破仑三世的皇后尤金妮会客厅里的样式，旁边还配有一组正式的会客沙发；桌上铺了一条华丽的美式桌布，由绿、黑、蓝三色组成的苏格兰格子样式。

“我们给你特意挑选了这款西式图案，”魏小姐开心地说道，“有茶渍也不会显眼。”日后，当我发现这张小桌日日夜夜都摆放着招待客人的茶点时，才真正理解了这层用意：这种格子图案用来做桌布，的确有道理。沙发和椅子上面全部包着新洗好的洁白无瑕的亚麻细布，用亮红色布条系在椅位上，遮住了下面或许有些磨损的织锦缎面。中国人的品位尚未被我们的奢华西式风格“软化”，他们不太在意头和脊背是否要陷入柔软的沙发或者棉垫里；他们喜欢感受到支撑力，而且偏好质地硬实的“支撑物”。所以，来看看这些垫子吧，它们散落在我可爱的房间里，里面填充的可都是植物碎屑。再也没有比它们更干净、更坚硬、更饱满、更不柔软的垫子了。我发现床上的枕头也同样塞满了植物碎屑，虽然知道此举有益健康，但仍旧庆幸自己带了一对旅行用的软垫子。

“这些家具是从我们的会客厅借用的。”香华向我坦白。“你没注意到吧，我们带你在那儿喝茶的时候，屋里摆着过时的中式家具，靠墙平放着几把椅子，椅子中间还有一副茶架。那些老式椅子和屋子中央的西式家具不太搭吧。父母来看望我们的时候，要暂时忍忍这些老式风格了。不过只要我们一解释他们就会明白的。”

我局促地看着她，不安道：“原本不想给你们添这么多麻烦的，我很是惶恐。你们一定破费了不少，必须让我来付这个屋里的家具钱，还有新墙纸，还有这毯子——”

然而，她们激烈地打断我的话头，不许我再提此类事情：事实上的确再也没提过，她们没让我为这些东西花过一毛钱，包括这个院子的房租，还有我的膳食费。现在你清楚她们是有多么无私了吧！于我而言，又得花费多少时间和精力，想尽各种迂回的方式来回报这一切。

“现在别想这些了。”魏小姐发号施令了，“来看看我们挑哪些字画挂你墙上。”

“这些画轴是魏小姐的母亲压箱底的货色呢。”香华告诉我，“你还记得吧，五十年前，她的丈夫任漕运总督，负责往宫里漕运物资，时不时便会收到一些不错的文玩字画，都是南方——广州或者杭州的粮商送的。”

“这些字画你最喜欢哪一幅？”魏小姐问。

我们三人再次牵起彼此的手，并肩而立，凝视着悬在墙上一字排开的四幅水墨。画轴一幅挨着一幅，间距甚小，像是一组“三联画”，前面是法式沙发和摆放在华丽格子桌布上的茶具。这四幅卷轴描绘的是四季花卉：两幅纯水墨，两幅设色，全都浓墨重彩，不同于大多数中国画家用色谨慎，喜好留白造出意境。我已经隐隐感受到，两位女士已经认定，比起那些传统的精致腔调，这些时髦的线条和明快艳丽的色彩更符合我这个缺乏细致鉴别力的外国人的审美品位。画上的花朵色彩浓郁，颇具鲁本斯风格。我不禁钦慕地欣赏起它们来：画卷的明艳着实温暖了我，让我由衷微笑。

“说说吧。”魏小姐又下命令了，盯着我，就像猫盯耗子。

“我最喜欢这幅牡丹。”我放胆说道，“我一直都很喜欢中国的牡丹。”它们的质地、丰盈、香气和奔放的花色，为夏日带来无边的景致。可我的答案一出口，立刻就知道自己没通过这次测试。魏小姐用略有遗憾的口吻告诉我，这个画家的菊花成就最高，所以，另外一幅绘有黄色菊花的作品最受推崇，第二好的便是描绘着水仙的那幅。

“然而这些水仙的线条过于粗重了吧。”我反驳道，“水仙可是一种弱不禁风的花。”

“水仙是立在严寒中的花。”魏小姐向我解释，“她们就像我们的香华，娇弱只是外在的掩饰，她们都禁得住真正的雨雪冰霜。我们的香华，别看她外表柔弱，内心却坚强得很呢。”两位女士相视而笑，高大的魏小姐低头看着娇小的骆小姐，目光温和慈爱。那一刻，她俩忘却了我的存在，我则扭过头去，再次审视画卷上凌厉的水仙花，是如何征服了严寒。

第 3 章

# 晶莉

这一切的麻烦都是为了让我居住舒适，而我原本计划只是和她们相处那么两三个月，或许不会如我第一次信中所写的造访时间那么长。但如今，我必须尽可能地在这里待下去，毕竟墙面、地面都是专门为了我而重新修葺装饰的。我很喜欢，也很知足，只不过，我天性不爱久居城市。在一个城市没住多久，就会被迷宫般纵横交错的街道弄得晕头转向、狂躁不已。不过，这里倒是没有伦敦街道上弥漫的那股汽车尾气，难闻得让人作呕，迫使我时刻想要逃往飘着清新花香和微风的田野和树林。无论我在哪个城镇的逼仄空间生活久了，都会渴望去到一片树木高大茂密、随意生长的牧场，或者一处连绵起伏、与天相连的丘陵，然后举目远眺。抑或，我应该站在一片蕨类蔓生的高山，任凭目光去远方游荡。如果在一个城市被禁锢数月，即便此处干净美好，我的灵魂，我的身体，也会有种透不过气的感觉。我的精神疲于应对不加稀释的人性，忍耐有限。必须承认，我身上的这一特质，十分“英国特色”。这或许算是一种幽闭恐惧症，因为我们被丢在一个狭隘的岛屿上太久了，周边只环着一圈慢慢侵入的海水。我们的祖先，也有着类似的冲动。这股力量促使他们跨越海洋，在海面上建立起一条坦途，得以释放天性。我们这一代人似乎也继承了这种强烈的欲望，因为我们继续反抗着边界对人的控制与束缚，各处闯荡，四散天涯。

也许正因如此，当邻居家的合欢树越墙而来时，我才会那样欢欣。在她的沙沙声响下，我清醒，睡去，也会一直盯着那深褐色的树枝和精致如羽毛一般的树叶：她就像另外一个我，期盼自己挤上房顶，伸出头去，直到能舒舒服服地观察四周一切。她的根或许被困在一方庭院，但是她的颅顶却在高高的开阔之处，俯瞰人间小道。我敢说，爬上树顶，立在树冠，必能望见远处深紫色的西山。那棵合欢树在我的眼里带有一股中国年轻女性的气质。她一度被精心呵护，养在深闺大院。曾经敏感娇弱，如今枝繁叶茂，她已然长成参天高木，昂首越过屋顶，视野越发宽阔，甚至会温和而坚定地轻轻拍打，来唤醒我这个外国人。这时，我莫名想起了魏小姐的侄女，晶莉，倒与这株合欢树有不少共通之处。她的脚也如此树一般稳稳扎立于一隅，欣然处于姑母的庭院，但她的人生一定与后者有所不同。因为她的螓首已经越过了那嵌着砖砌花式窗格的围墙，目光也逾过墙头：我知道，她正在看着我。我探向远处的视野正呼唤着她，虽然我们还从没交谈过。

《圣经》约伯道："树若被砍下，还可指望发芽，嫩枝生长不息。"[1]同时也证实了这是真理。然而，人们只能祈祷，愿一个如此温柔、美丽、坚定的灵魂，不要被太过苛求，就如同这么美好的一棵树千万不要毁于任何贪婪的掠夺者之手。

两位女士走了，这里又恢复成简约而不失格调的学者卧房。"让我再瞧瞧这屋里还有些什么。"我在格子间卧室里一边收拾箱子，一边思忖。屋里还有一个低柜，一个搁置行李的凳子，一把椅子，一个"三件套"——底部饰有粉色花样的搪瓷盆、粉色花样水壶和一个肥皂盒。女士们帮我准备了一张铁架床，还在床边放了一双新浴室拖鞋，一瓶未拆封的香水和一管牙膏。

"看到你的回信我们就笑了。"展示这张床的时候，香华对我说："按照你的说法，只要能见到我们就很高兴了，哪怕让你睡炕都不介意。你怎会以为我们还那么老旧保守？我的第一张铁架床不就是你送的礼物吗？多年前你离开中国去结婚的时候，就把自己的床留给我了。告诉你吧，那之后没多久，我们就都换上铁架床啦。"

按照东方的习惯，我带来了自己的寝具。现在屋里

1　参见《约伯记》14:7

只剩我一人，凝视着床上铺着的宽大的朱红色锦缎被子，一端是淡蓝色刺绣。

“这是魏小姐拿来的。”骆香华告诉过我。当时，她挽住我的手臂，脸颊放在我的肩窝上，对这床美丽的被罩啧啧称赞。“算种荣幸呢。这匹锦缎料子很特别。摸一下试试，轻密厚软。之前在她家箱子里收藏了许多年，从没用过，总说留着等特殊场合使。她找字画的时候翻出来的。”

我们的手指一起摩挲着缎面，感受它顺滑、柔软而又厚实的质地。显然，这是杭州手织绸缎，一定有百年历史了。

“晶莉帮你绣上了这个蓝色被头。”香华又补充了一句。

魏小姐心满意足地舒了口气。精挑细选出最好的东西来招待客人，天底下还有比这更让人愉悦的事情吗？而我一想到这一切，心仿佛就在躯壳里融化了：那宽大的书桌、整洁的地毡、白色褶边装饰的坐垫（不管它们里面的填充物是什么），还有新拖鞋、粉色玫瑰搪瓷盆和牙膏，还有眼前美丽的被罩，它象征着无比深厚的友情，展示了主人最大的善意——华丽得无可挑剔的缎面，一端包裹着蓝色丝绸，上面还绣着娇小的蔓生秋海棠和心形树叶。

按中国人的习惯，这条价值不菲的被罩里面缝了里衬，保护被面不易磨损变旧。这种做法很实用，但让人稍感意外的是，里衬是一种较为粗糙的白色斜纹布。衬布从里折到外，把被子边缘和四角都包了起来，这样拎被子时就不会弄脏绸缎被面了。每天早起，这床无敌的被子会被折起放好，晚上又会被仔细地在床上铺好，然后我就能光荣而愉悦地躺在它下面了：这和我们英国人的日常做法完全相反。每天晚上，房间只有我一人时，我自然而然会把被子小心翼翼地拿下床，搁在矮柜上面，生怕弄坏它。我是什么人物，哪里有眠卧于百年朱红绸缎面上的福气呢？何况，蓝色丝绸被头上还绣着那么精致的秋海棠，舒展的树叶青翠欲滴，甚至用粉色丝线细细绣出了叶脉——皆出自一个二十五岁姑娘之手。按当时中国人的观念，这个年纪的女性早就该出嫁了。她就是晶莉，那个每次与我对视时眼睛都会微笑又即刻躲开的女孩儿。她眼底的微笑究竟是因为感到有趣还是发自真心的喜爱？我当然希望是后者，但事实看上去似乎更倾向前者。

搬过去后的第二个早晨，我向香华打听晶莉名字的来由。“水晶那么坚硬，而百合又如此柔弱。”我发出质疑。

香华开心地拍了拍手。“你已经有自己的想法了吧。”她突然说道，然后摆出她的学究姿态，继续说道：“现在，我们来做个游戏。你必须试着揣摩这个名字的含义，并大声解释给我听，你就能深刻体会了。现在开始：从孔子时期，名字对中国人来说就非常重要，这一点你是知道的。孔子告诉我们如何选取一个合适的名字。”

“我当然知道，女孩儿要像花朵一样。”我微笑着开始回答。“容貌姣好，心地纯良。你的名字的意思也是鲜花盛开的意思，我记得——而且你有时候低下头来，面容娇嫩，端庄谦逊，很像我们那种挂着铃铛般小花朵的铃兰——但不是现在这样。”我又加上一句：“学校训导的语气。”

她惊讶地睁大眼睛。“娇嫩而谦逊！”她惊呼。“我们根本不是这么理解百合花的。我们觉得，金百合在夏天的山区长得相当高，有挺拔的茎干，长而有力、矛一样的叶子，不在意风吹雨打。它们容易生长——在上百种不同的土质里皆能生根发芽。”

“哦！”我轻叹，凝视着她，陷入了平静的沉思。

“刚才的答案得分不高。”香华做出了评价：“现在来解释一下‘水晶’吧。”

“还是你来告诉我吧。”我恳求她。

“好吧。晶莉确实担得起她这个名字，因为她纯净真诚，忠实可靠。她不考虑个人未来，也不结婚。你们把这种美德叫作什么？”

“Fidelity[1].”我回答。

“没错。而且她一直是那么忠诚，一贯如此，Constance——用你们的话说？”

1 Fidelity，中文意思是“忠诚信守”。

“Constancy[1].”我建议用这个词。

“是的。你听说了吧，她拒绝了树华——她的姑母魏小姐帮她寻一门亲事的提议。她眼见我们困难重重，所以坚持要求留下，帮我们渡过难关。我觉得，她身上有一种坚硬、不易打碎的东西，就像是水晶。”

“说得真好！”我脱口而出，脑中忽然记起，以前住在牛津时，曾在理雅各小姐家里把玩过一串水晶念珠——她的父亲[2]在我父之前执掌牛津大学汉学教授教席。再说回水晶念珠，那是一串样式十分古旧的中式念珠，比起其他水晶来，光泽要柔和许多，虽然珠子切割成了八角形，抚摸上去却十分光滑。精巧的是，珠串上并未钻孔，每颗珠子由一只敞口银丝网紧紧裹住，然后又拿细巧的银钩连接，穿成一串。我将这串在牛津见过的中式无孔水晶念珠细细描述给香华听，她有着中国艺术家的独到眼光，立刻就明白了其中的关窍和妙处，和我一同分享起回忆中的喜悦。

“那该多美啊！”她说道。“我必须告诉晶莉，她特别喜欢美丽而不寻常的物件……但是，我们还没说完她的名字呢。除了坚硬、不易碎，水晶还异常清澈——清澈得如同山间潺潺的泉水。”

---

1 Constancy，中文意思是“恒久不变”。

2 即近代英国著名汉学家理雅各（James Legge，1815—1897），牛津大学首任汉学教授。作者之父苏慧廉教授（William.Edward.Soothill，1861—1935）曾接任理雅各在牛津大学的汉学教授职位，故有文中一说。

“是啊，是啊。”我应和道。回忆再次涌上心头。“我又想起一件事来。有一次，我跟随父亲旅行，来到中国南方靠近温州的一个山区。我们住过一个丛林村庄，正好是在绿树丛生的断崖边上，从陡岬可以看到一股山泉，一片绿色的稻田，远处还有更多连绵起伏的山脉。树木的枝叶都清楚地倒映在泉水里——水是那么清澈，又是那么深邃，围绕的山崖飞快奔流。刚才的话题又让我想到了这一幕。那个地方就叫‘碧莲’。清新的空气，清澈的溪流，淳朴的思想——是个很恰当的名字。”

香华对此深深赞许。“在英语里，还有一个词来描述这样的个人美德，”我继续说道，对这场“游戏”的热情愈发高涨：“就是‘Candour’[1]。”

“你的意思是，”香华接口道，“一个人心思直率，言语坦白，心口一致。”

“所以，我现在体会到了。”我开始总结，“水晶意味着率真，表示一个人的心灵和言语都如水晶一般清透；还代表了坚忍，是说一个人的思想坚定，不易动摇，而且做好了恒久坚守的准备。”

“那‘百合’的意思呢？”她继而抛出一问。

“清新和珍贵。”我回答，“有着柔软的花瓣和芬芳的内心，但是会勇敢面对风暴，给夏天带来金色的光辉。”

“正是！正是！”她开心道，“你进步啦，我的‘学

1 Candour，中文意思是率真，正直。

生’。”

我开始轻轻吟诵：

> 丘比特和我的康帕玩纸牌
>
> 香吻为赌注，爱神输比赛……[1]

“你在嘀咕什么？”香华疑惑问道。

“一首我曾经读过的诗，歌颂一位美好的少女——里面提过那么一句‘水晶般的秀眉’。之前我一直不理解它的含义，虽然词句听起来很迷人。但是现在，我懂了，大老远来北平学到的——不过我注意到，晶莉的率真眉毛被刘海遮住了。”

当我再次遇见这位年轻女士时——二十五岁，早已过了婚配之年——不禁开始用一种新的眼光来打量她。一天午饭时，她坐在魏小姐身侧，主要负责招待。她的动作轻捷灵敏，看上去十分享受为客人摆放餐具、端盘递碗的事项，好让大家用起餐来更加方便。她为我们的瓷碗添舀上米饭，在每个人面前横放好筷子；之后，又拿长嘴锡壶往浅口瓷碟里倒上些许酱油做调味佐料，纹丝未漏。而做这些事的时候，她时不时飞快地向我这边瞟上一眼，含着浅笑，唇角的酒窝忽隐忽现，像一只在

1 节选自约翰·李利（John Lyly，1554—1606）的十四行诗《纸牌与吻》（*Cards and Kisses*）。

窝里蹦跳的小兔子。显然，她在自得其乐。

“我从没想过会为一个外国人做这些事情，竟然还坐在她旁边。”她心里应该是这么想的，我敢肯定。如果我英国的侄女也在家里接待了一位中国女士，理应同感。我和她没多久就开始互相了解了，甚至慢慢养成了一种彼此戏弄的小默契。

坦白地说，我羡慕她苗条的身材，身着美丽的印花长袍，分叉处露出一段美丽健康的腿。她总会给我多盛一碗饭——我还经常上她的当！晶莉，你当真是！每当米饭摆在我面前时，晶莉，不管她名字叫什么，一下就变成了最邪恶的黛利拉[1]。我的体重与日俱增，而她仍旧苗条得像她名字中的百合花。

“等到了五十岁你就会明白的。”我愤愤然。

她仅仅一笑，回复我时一贯如此。

“胖子可不是一口吃出来的呢。”她“引经据典”。

1 黛利拉，西方传说中参孙的情妇，不忠实的坏女人。

第 4 章

# 天井

那几年，北京的自行车族中流行起一股可怕的风尚：把车铃拴在前轮上。拐弯时，车轮便会带动铃响。尤其是人们中午赶着回家吃饭，街上铃声大作，真让耳朵遭罪。有时候，车把上还会再安一只铃铛。我的房东王先生就是伴随着一阵阵颤抖的车铃声回来的。

我的朋友们在他的四合院里给我租下两套房，王先生和他的妻子住在另外两套房子里。王太太很少出门，虽然她的丈夫和儿子平时白天都不在家，她的时间充裕，完全可以自由支配。当然，她会做一些必要的采购，不过在外逗留的时间也很短暂。

“在北平，”骆香华有次告诉我，“我们女人喜欢把家院打理得安静有序，作为自己的栖身之所。就像是担惊受怕的鸽子，在鸽棚里依偎着彼此，希望不被打搅，不惹人注意。”

如此来看，当下中国女性表现出的杰出优秀，相较前辈妇女世世代代的拘束内敛，确实给新中国带来了巨大的反差和特色。旧时代的妇女们当然也很有头脑，只是鲜有机会运用智慧。她们在大家庭里消磨掉彼此的才智，却没能在外面的世界大展拳脚，激发出更多能量。

中国人把北京四合院中间那块儿四方空地叫作“天井”：这个词汇让人联想到时间与空间的神秘关系。王太太并没有手表，却能根据太阳在墙上的投影位置道出准确的时间。她的丈夫王先生也有这种能力，只看一眼天井上方夜空中星辰和月亮的位置，就能知道时辰。他经常在晚上出门拜访朋友，而王太太早已带着孩子们上床休息了。我也经常在做完手上最后一件事情后外出散步，仰头欣赏美丽的星空。它们冲着我和从未忘记准时踏上归途的朋友们微笑，我认为，这是上天永恒慈爱的一个体现。如果我在天井待的时间足够长，应该就能记住一些星辰的位置了，因为天井的墙壁就像一把三角尺，可以准确测量出它们的位置高度。

王太太身为一名忙碌的主妇，根本无暇思虑星星的事情。星星们一出现，她就可以撂下所有事情上床休息了。我估摸着她一沾上硬邦邦的长枕就能立刻进入梦乡。王先生在邮局的财务部门工作，是位资深会计。这个邮局隶属帝国海关，由当时很有名气的赫德[1]先生领导，他

1 鹭宾·赫德（Robert Hart，1835—1911），英国人，曾担任晚清海关总税务司半个世纪。著有《中国论集》等。

是阿尔斯特人，所以邮局的管理深受西方人的观念影响：从周六下午到周日都是不工作的。即便在日军控制时期，没有前任中国员工的帮忙，侵略者们也休想在周末邮寄信件。所以，我抱着那么一点微弱的希望，祈祷王先生一家能在这次占领中幸免于难，每月按时拿到薪水，周日仍能休息。

这户人家有五个孩子。三个男孩平时在城市另一头的一家廉价寄宿学校上学，不过周六会回来度周末。因此，每周六下午五点钟，我们的四合院里就会响起男孩子的喧闹声。虽然按政府规定，学校周末要放假休息，但学校一般直到周六下午才会放学。中国学校并不迎合政府的放松政策，教学工作一点儿都不马虎。魏小姐的学校作息也是如此，只是周六下午第一节课会稍微放松些。导致超长学时的一个原因是中国现在面临的巨大压力。对这个国家来说，有那么多需要补课的内容，比如现代科学、语言、世界史、地理和数学。所有这些学科都是过去未知的或者不要求学生掌握的。除了这些新学科，中国孩子们当然还要学习读写自己的文字。这些汉字虽然在一定程度上被简化，要求习得的数量也减少了些许，可仍然需要花费大量的时间和精力去记忆。中国的书面语言是一项伟大的文化遗产，在维持中国政治文化统一方面较其他因素重要许多。它们曾经一度只被少部分遴选出来的精英掌握，但如今，汉字已经成为人人手中的钥匙。然而不可否认的是，掌握汉字需要真正的毅力，即便在入门阶段。晶莉在魏小姐的学校教授低年级语文。当我有一次开口抱怨汉字很难时，她激动地辩解道："可是，我很喜欢教汉字，汉字多好看啊。"这倒是真话。不过我仍然同情重压之下的中国少年，在新鲜空气下的活动时间少之又少！我十分欣赏晶莉的一项举动：每天都带她班上的孩子们到户外活动。魏小姐的学校是私校，政府对其不做经济支持，所以她们可以在课程里增加些许自由活动时间。晶莉在室外教学生们唱歌，甚至会玩落网球，跳民族舞。她自己呢，在活动完之后来吃午饭的时候，也会面色红润，眼睛明亮，比平日更加好看。

周末，王太太和十四岁的女儿会一起洗全家人的衣服：这可不是个容易活儿。每个男孩儿都有自己的一套制服。两个大些的孩子上装着灰色棉夹克，下面穿一条灰色棉长裤，这套不太受欢迎的制服是政府强制要求穿着的，仿照的是"国父"孙中山先生的衣着样式，实用、严肃、有点半军事化风格是受了苏联的影响。（这种服装风格不久后就被军装采用，体现军队风貌，迎接即将到来的战争。）王家正在念书的儿子里，最小的只有十岁，身着一套运动风格的制服，卡其色短裤和上衣，还松松系着条方巾。这种方巾是罗伯特·贝登堡为他的童子军们发明的。这位老大哥，率先带领全世界数百万青少年走出房门来到户外。教育部要求小学男生上学必着制服的强制规定让人生厌，而童子军服的发明者得到的敬意更是少得可怜。学生们身着童子军制服，大多数人却根本连他的名字都没听说过。而且，他们的衣服几经改良，并非传统样式。然而，罗伯特·贝登堡倡导的兄弟团结之情、服务精神、骑士精神和爱国精神却在一定程度上影响了这些身着怪异制服的中国青年们。“我要献身报国，我要解放中国！”这样的口号常常出现在男孩们的歌声中，出现在他们的文章中；女孩们当然也巾帼不让须眉。有多少青年男女，在那些奔波千里躲避日军的日子里，还坚持在难民学校继续他们的艰苦的学业，就是为了有朝一日解放中国。他们必须要经受怎样的磨难，而这个过程中又会有多少孩子因为太过年幼经受不住考验而掉队？1937年之后，估计他们就有时间充分锻炼身体，享受户外的新鲜空气了。哎，王家老三，现如今，你在哪里呢，我的小伙伴。以前，你经常造访我的住处，帮我浇花。蹦蹦跳跳跑开之前，会接受我一两颗糖果，也总是为了这些微不足道的小礼物，恭恭敬敬地向我鞠躬表示感谢。你从来不会匆忙贪心地立刻把糖吃掉，总是压抑着内心的欲望，等着与兄弟们一起分享，就像一名真正的童子军。你向我九十度鞠躬致谢时，那毛茸茸的小脑袋是多么可爱啊！

回到和平年代王太太的平静生活：正如我们西方社会的工薪家庭，星期天对她来说也是家庭聚餐的日子，需要准备一桌像样的好菜。因此，除了大量的浆洗工作外，她还要在周末为了烧菜大费周折。王家正在读书的三个儿子，最大的十五岁，最小的十岁，个个都像健壮的小马驹，这都要归功于王太太的精心抚育。他们很少会打扰到蜘蛛一般伏案工作的我，虽然我书房的长条窗户正开在他们院子的第四面墙上，而孩子们一天中大部分时间只穿着短裤，等着他们的厚棉制服被洗好晾干熨平。王先生和王太太都有中国人对于种花的天生喜好，在我们的庭院中央，一个个大瓷盆被精确地摆成一圈八角形。瓷盆里按顺序先是种着粉白相间的夹竹桃，花香弥漫整个院子；然后是鲜红的石榴，花果交叠；最后便是菊花。仅有的家庭战争是在老大和老二玩“追捕”游戏时发生的，他们碰翻了一盆花果繁盛的石榴树。

“一个男孩子。”一贯温和的王先生发现后咆哮起来，“一个没有教养的男孩子破坏花木，打碎花盆，是不能饶过的。下次再发生这样的事，你们就要挨揍了。”老大看到父亲气得通红的脸，不禁羞愧地流下眼泪。

魏小姐，一个久经沙场、立场坚定的教育家，当她发现在她眼皮子底下，仅隔着一条街的王美玉竟然在她十四年的人生光阴中只沉湎于家务却没接受过一天学校教育时，不禁惊呆了。

“你应该让你家姑娘跟着我们上学，就过条马路而已的事。”她开始敦促起王太太来。“女孩儿家也像男孩儿一样需要受教育。我听说，她的祖父是位很有名的学者，所以不让她读书是不对的。这一点上你真是亏欠她。如今，新式丈夫也都希望自己的太太能有点儿文化，现代婚姻需要双方在教育上是平等的。”因此，每当魏小姐遇到王太太，总要就此话题念叨一番，而王太太，总会先应承着，带着些许犹豫，然后礼貌性地点头表示赞同，伴随着局促不安的咳嗽声。

“我可以给她开小灶。”魏小姐紧追不舍，“这么说吧，在我触手可及的范围内，有个女孩子目不识丁，我可受不了。”

我设想魏小姐开始私下给她上课，只象征性地收取一点点学费。但不久之后，魏小姐却渐渐明白了，为了保持家庭的整洁优雅和秩序，王太太必须让女儿成为重要劳动力；而这个任劳任怨的姑娘，正是用日复一日的勤勉报答着父母的养育之恩。有一天，最终，魏小姐妥协了。她轻轻拍了拍美玉的肩膀，以示赞赏之情。

“你是个有责任心的好姑娘，我看出来了。你也会是一个好妻子，好母亲。我是遗憾，你缺少学校教育，但我知道上天会厚待你的，这方面你永远不会缺少。你在对父母尽孝，就像晶莉对我们一样。”

事实上，尽管没告诉过魏小姐，我的确知道一件和王美玉上学有关的小事。自从我搬进来之后，因为两个府邸之间比较公开的关系，我发现王美玉经常在下午时间溜到晶莉刺绣课的窗外，她喜欢等到别人都走了之后，磨蹭到教室里，把凳子拖到晶莉身边，在她旁边坐上几分钟，或许还会拈起一根五彩刺绣书里的柔软丝线，露出欣慰的笑容。但这仍然不算是书本学习，对吗？

以前，中国的家庭主妇并不在床上铺床单或者其他白色床品。人们会在上床之前换上干净的内衣，类似于我们现在穿的睡衣。但是，摩登的家庭主妇已经发现了床单的妙处，因此，哪怕王太太没有富裕到像我们一样置办十几条替换床单，她仍然有自己的法子，弄了一段未锁边的白色粗斜纹布，松松地缝在深蓝色棉被里面当被单衬里。这种棉被非常厚实，相当于我们的毯子加绒被的功效。每隔两周，男孩们从寄宿学校回来后，王太太就开始拆洗被子，和女儿一起，把浆洗好的被单衬里晾挂在四合院里。王太太很有分寸，尽量将被单晾在靠近她家的地方。但有时候洗的多了，也不免要多占用些空间。在这些浆洗的日子里，我只好从这些湿哒哒的被单里找路穿行到月洞门。每天，我几乎都会路过那间屋门大敞的小厨房，炉灶是砖石混着黏土砌成的，小小的房间充斥着灶台冒出的烟火气。王家女儿王美玉，蹲在门槛处的台阶上，往贴近地面的灶口里添着柴火和干草，偶尔是木炭。有时候，她会把小菜板放在门槛上切菜，蔬菜、鸡肝或者小块猪肉什么的，就是这家人的伙食了。

一个周日的晚上，我被邀请到王家做客。在王太太的起居室，我看到了她那位学者父亲的照片，郑重地挂在屋内。让我难忘的是王美玉做的一种叫“饽饽”的食物，用少量牛油制成的酥皮裹着调过味的猪肉馅儿，里面还有滚烫的清澈肉汁，假如咬下去的时候不小心，汁水还会喷出来：对我这个贪嘴的人来说，如果不是那么烫的话，一口一个刚刚好！王小姐问我味道如何，我郑重其事地回答，对一个十四岁的姑娘来说，她做面食的熟练技巧和精湛手艺已经堪比二十岁的妇人，这种技艺放在任何年纪、任何地方都算了不起了。王先生的脸上浮现笑意，表示赞同，因为他知道并不是每户人家的姑娘都有这么好的厨艺，虽说自己的女儿年纪这么小就在厨房辛苦劳作挺让人心疼。“也是我家内人教得好啊。”他补充道，温情地望向正在微笑的妻子。

王美玉小姐每天早上负责照顾她最小的弟弟洗漱。这个天使一样可爱的小家伙今年五岁，唇边永远带着笑，和这个年纪的男孩子一样喜欢高声叫嚷，他的妈妈和姐姐再如何哄劝也没法让他小声。每当他开始大喊大叫，王家两位女士就向我投来无奈而抱歉的目光，希望她们盯着的另外一名女士能够理解男孩子的这种特性，我则会用微笑的目光安抚对方。同时，那红腹灰雀一般的吵闹声就在墙壁之间持续回响。

其实，每天早上看王家小姐对王家小少爷进行的“例行伺候”是我的一个秘密乐趣。我坐在自己的中式镜子前，看她拿一条冒着热气的毛巾擦着弟弟那圆滚滚的小脸蛋，帮他擤净鼻涕，又拧起一角柔软的亚麻布擦拭他的耳朵，最后脱掉他的小马裤，抬起她那长姊的手掌轻拍弟弟的后背，让他甩动起那圆滚滚的小光腿跑进院子一个隐蔽的角落，那里有个两块石头围起来的洞，权当下水通道。

我天性好奇，而且喜好坦率地去咨询自己不了解的事情。关于这个院子里隐秘的下水系统，王太太、魏小姐和骆小姐一致认为不适合我这个外国人。为此，她们又向我解释，已经给我置办了一个“卫生间”，每天定时有人清理。卫生间就设在院子一角的砖地上，每天早上，我的小侍者会帮我安排坐浴的物品。他在浴室旁边放上一桶凉水还有两长嘴壶热水，是他在自己屋里的炭盆上预先烧好的。这个炭盆上常年滚着我待客沏茶用的热水，客人们一来到就被奉上热茶，以示他们的到来备受欢迎。小侍者的房间就在院落的一角，和我的房间相连，只不过要拐个弯儿才是他的房门。如果用点儿心，我甚至可以听到他翻搅火炕的声音。很长一段时间，我都要很尴尬地问他要我的“浴室”钥匙，他总是炫耀式地把门锁住。他把钥匙放在自己的口袋里，那是一把很大很沉的钥匙，“对一位‘太太’的手袋来说，太沉了”——这还真是我没想过的“钥匙容器”。更糟的是，当王太太和王美玉在院子里晾晒浆洗衣物的时候，小侍者就会盯着她们，用挑衅不友好的语气喊道：

“除了我和太太，谁也不能进这个屋子。”

这对我那些友善无辜的邻居来说似乎是一种诋毁和侮辱，因为我发现王太太，甚至是王先生本人，在周末发生过类似的事情后，就会过来拜访。那会儿我从北京别处的四合院闲逛了三四个小时刚回到家，就听到他们友好委婉地申诉：

“嘿，你终于回来啦。你肯定需要你的钥匙，小侍者带着它到学校去了。”

然后，还没等我插上句什么，王家的一个孩子就从甬道那头大声招呼起来，住在此处所有的人都听得清清楚楚。接着，就听到小侍者大声喊回去，他带着钥匙回来了。这时候，如果我想按西方的礼貌习惯躲回卧室放帽子，就一定会被他拉出“藏身之处”。他的“辖区”大门会被招摇地打开，我就这样被领了进去。

有一次，一个周日的上午，王家男人们在一个接一个地理发。理发师傅受人尊敬，现在已成为王家的朋友。他带来了全套的描金红木理发用具，有镜子、铜制脸盆和毛巾架。剃头工作在阳光照拂下天井朗阔的空地里有条不紊地进行着，王家男人们的头发被一点点剪掉，直到脑袋都被剃得光溜溜。政府要求所有在校男生都要理成这种日耳曼式的光头；而王先生，这么说吧，干脆也加入了这种发型队伍。这是一种不怎么体面的时尚，虽然我猜是为了更加卫生。让我开心的是，小娃娃可以在头顶留上一撮钱币大小的头发，还用红绳系成小辫儿，直直地立在头顶，好像在等一只友好的手去揪一揪：真是种可爱倔强的发型。

“一个专属房间”——女人还能再奢求什么？我已经有了两个漂亮的房间，一间狭长，一间窄短，还有一个“浴室兼卫生间”，一处安置侍者的房间，半片院落，还有一群有趣又友善的邻居。更为锦上添花的是，魏小姐在我到来后的隔天下午就领着晶莉前来造访，并且提出平时我有任何差遣，都可以让这个姑娘去做，除了周末，因为她也要回自己的祖母魏老夫人那儿去。魏老夫人是魏小姐的母亲，之后会谈到更多关于她的事情。

想想我的年龄正好处在魏老夫人和晶莉之间！但是这位小姐对待我的方式让我觉得自己似乎并未比她年长多少。难道她已经看穿我的内心，发现了我隐藏在中年华发下那躁动不安的独特青春？“在内心的某处，我们一直是二十岁。”只要看她一眼，我就又回到了二十多岁的年华。

第 5 章

# 蛋糕的故事

骆小姐经常在早上八点带着一种“酥炸面包”来我这儿，这就是她平日的早饭。当我“高级”的外国嘴唇一碰上这种再普通不过的食品时，立马就被这酥脆的口感俘获了。我还热衷一种特殊的“热狗”：新出炉的面饼，中间卷着从加了盐的油锅里新炸出的手指粗细的面食。这是北京特产。香华告诉我，她的父亲在山西做官时，特别想念这种油炸面食。有一天，她的母亲特意送去了一些，想给他一个惊喜。但是，在火车上颠簸了六百公里后，“它们吃起来和当初就不是一个味道了，”香华对着这种无法长时间保鲜的食物摇头感叹，“所以，我母亲很快就放弃了这个千里送饼的念头。”她偶尔也会在早餐后吃一种方块状小酥饼，绝对称得上是珍馐美味。“我们叫它‘满族棋子’，”她告诉我，“因为这是一种满族小吃。”我发现，无论是早餐或其他什么时间，一旦吃起这种食物就根本停不下来。它们价格不菲，所以香华真是大错特错——当我回家后发现，她还给我留了一盘在桌上。这种诱惑让我如何抵挡？

在我到达后的第二天早晨，魏小姐八十岁的老母亲就郑重其事地前来造访。魏老太太德高望重，行动矫健，素来持斋念佛，乐善好施。她独自一人到来，身着深蓝色棉服，更彰显出她抛却世间繁华、惠济众生的高尚品质。她坐着黄包车，从家到我这儿有一里半的路程。老太太的宅院是一片古老宏伟的大四合院，坐落在一度繁华的清廷官家府邸聚集之处。她曾经也有自己的马车，现如今，她孤身一人，未携任何仆从，仅在街上随意拣了辆黄包车，就由着车夫一路送来。魏老太太有许多值得称颂的善举，后来我了解到了更多。骆香华在电话里听到我家来了这么一位尊贵的客人，立马赶了过来，看到我已然打扮得体，头发光洁，椅子围着桌边刚好摆成直角。她指点我应该坐在哪边的椅子，哪张椅子应该请年长的贵客落座。

“这些都是老规矩了。”她半是歉意地解释道，“但我们得照顾老太太的习惯。”

“不要不好意思。”我说道，“如果是我的话，也喜欢别人对我礼待有加。”

魏小姐陪着母亲进来，神色稍显慌乱。我看得出来，她希望魏老太太能喜欢我，但内心其实并不确定，因为我同魏老太太日常生活遇见的任何人都太不同了。寒暄过后，魏老太太告诉我，她来看看女儿给我置办的住所是否舒适，她觉得这地方对我来说还是有些简陋。作为一名学者的女儿，我或许能理解，学者的住所都不甚奢华，但她仍认为，为我提供合适的住所和照料十分重要。我向她展示了这些舒适的房间，并向她保证，再也没有比这儿更舒适的地方了。我对房间内的陈设极尽溢美之词，只是表示魏小姐为了这个寓所太过破费。魏老夫人听至此，立刻摆摆手，削减我内心的不安。

“只是些干净点儿的小毯子，一点儿糊墙面和屋顶的白纸而已。我女儿对远道而来的客人做得还不够多，就别再考虑什么费用的事儿了。”

谈话很快就陷入僵局，很难再找到合适的聊天话题，而我磕磕巴巴的汉语说起来也像个费力前行的跛子。因此，在一个恰当的时间，魏老太太起身告辞了。但是走之前，她唤来黄包车夫，让他在我的苏格兰桌布铺盖的桌面上放下两盒点心。盒子不大不小，用粗黄纸包裹着，外面系着麻绳，绳结下盒子正中印着红色的标签，上面有这家商铺的名字。“国外甜点”，我读着包装上的字，“巴黎式烘焙”。

“给你带了些外国吃食。”魏老太太说道。“我知道你一向吃不到西方菜，就给你带了些西点，希望你在这儿也能吃到自己喜欢的东西。”她向我微微屈身道别，我也鞠躬回礼，并向她真诚致谢。临走前，她再次向我强调，这些都是小意思，不必挂心，而后就随黄包车夫离开了。

午饭前，我取过那两只盒子，和魏小姐一同打开来看。盒子里有两打法式甜点，但是一打是十三个。也就是说，一共有二十六只甜点，其中一些是樱桃、糖衣或者巧克力糖霜妆点的切片海绵蛋糕，大部分是奶油切片蛋糕。我年轻的时候，只消一个下午就能把它们轻轻松松全部吃掉，但现在，廉颇老矣。况且我现在身体微恙：数月前来北京的路上，在爪哇感染了热带细菌，医生建议我当心饮食。所以，我对着这二十六块法式甜点竟有些不知所措。

“啊，肯定是这么回事，”我对自己说，“魏老太太的意思不是让我一个人全吃掉。她送我这些点心，是为了让我放在食橱里，有机会请大家一起品尝，万分贴心呢。”

我轻快地用眼神招呼着魏小姐、骆小姐和晶莉，等大家都把注意力集中到我这儿，便说：“真是太好了，你们可以来我这儿一起喝茶，或许吃完午饭，我们还能把这些点心当作餐后甜点？”

这时，魏小姐用肯定的语气说道：“我不吃牛油。”

骆香华表情愉悦地说：“不行啊，肯定不行的，这些都是你的早餐。”

魏小姐重新绑好盒子，把它们递给晶莉——她看起来倒是愿意尝上那么一两块儿——让她把甜点放回我的房间，留我午饭后享用。

“但是，我自己肯定吃不完这些甜点的。”我低声哀嚎，“我吃不完，也不能都吃完，太多太腻了。全部吃掉的话，我会生病的。”

“我向来觉得，牛油营养过剩。”魏小姐回应道。“看看西方的那些胖娃娃就知道了。这样的食物对我们而言太过营养了。”然后，她固执地闭上了嘴。

因为一直被“监督”着，我感觉那位友善的，抑或说“过于友善”的魏老太太一定会在周末的时候向晶莉问起我是否享用了她的点心。所以，第二天的早饭，我吃了两块奶油蛋糕。小侍者还有香华，连续三个早晨看我吞下第一块蛋糕和它的后继者，与此同时，香华就在旁边嚼着她那些酥脆可口的“勒特条”。我试图靠自己的力量解决掉所有蛋糕，将它们放在盒子和袋子里，又塞回桌子抽屉深处。可一天结束了，它们仍然原封不动地留在原地。一想到它们，我就惴惴不安：我身体里那位“约克郡”女继承者若是日后想起我浪费了这么好的食物，一定会大为光火。第三天，我在街上偶遇两位美国姑娘，之前我们曾见过一次：非常迷人、友好的年轻女士，对我安置在中国学校的家非常感兴趣，几近羡慕。我突然有了个主意。

“来我家看看吧。现在就可以过来，要不然就今天下午。”我说道。

她们有些许犹豫，嘀咕着要不等到下周，但我知道这只是客气，她们今日并没有其他安排。可能是我的催促太没技巧，她们其中一人质疑道：

“你坚持让我们今天就过去，我敢肯定你在袖子里藏着什么。”

“没在我的袖子里。”我老老实实回答道，“其实是在我书桌的抽屉里。”没别的办法，我只能指望她们发发善心，所以我告诉了她们，有二十块蛋糕在等待着被消化。听完实情，她们好心地笑了起来，也没生气——“这只是一个原因嘛。”知道了缘由后，她们欣然接受了邀请。“年轻健康的好胃口。”我对自己说道。“二十块蛋糕无限供应，姑娘们每人定能吃上三四块。”然后，我把奶油最多的摆在上面，引诱着她俩。但是，哎呀，今天是那些蛋糕出炉后的第四天，意味着现在已经不怎么新鲜了，刚从法式糕点铺买来时，它们还是可口的。那糕点铺是位中国人开的，他从法国学艺归来，如今在北京开起了自己的店铺。两个年轻的美国人饶有兴致地开始品尝，先尝了一小口，接着又往嘴里塞了满满一口。可是，她们下巴移动的速度逐渐慢了下来，并且试图拒绝再帮我一把。在我的抗议下，她们又分吃了一块儿不怎么新鲜的海绵蛋糕。之后，她们用笑声替我解了困，并说道确实是吃不下了。她们参观了我的房间，大声赞叹，我的朱红绸缎被褥，我的画轴，特别称赞了那面巨大的穿衣镜。最残忍的一刀是在她们告别时刺下去的：“你还有一个星期不到的时间来解决你的早餐哦，只剩十七块儿啦！”

第二天早晨，香华看到魏老太太的礼物已然成了一堆尴尬的奶油：她自己带来了一整盘“满族棋子”，看我只吃了一块儿魏老太太的蛋糕时并没吱声。之后，她大发慈悲问我是否真的吃不完了。“香华，”我真诚地说道，“我不想因为任何事情伤害到魏小姐的感情，但是她母亲的善意的确给我很大压力，嘴巴和胃都有负担。你自己是满族人，也喝牛奶的，你知道奶制品，尤其是奶油，应该趁着新鲜时候吃。所以这些蛋糕对一个人来说，实在太多了。”她点点头，把剩下的蛋糕装在一个盒子里，说道：“放心吧。我会把这些拿给晶莉，让她分给同事和高年级的学生，他们会乐意尝尝的。”

看到蛋糕最终被分掉，我很是心满意足，可后来又一转念，这回可好，“法式大餐”会遭到大家怎样的诟病啊。

之后有一天，我遇到晶莉，问她觉得这些蛋糕味道如何。她犹豫不决，吞吞吐吐：“改天我给你做些芝麻蛋糕吧。”她说，“那才是我们喜欢吃的。”

我适时做了回访，但并不像魏老太太那样正式。我等到魏小姐、香华和晶莉都方便了，陪我一同前往。她们很享受这种“回家式拜访”。我们坐着黄包车，飞驰过北平城里一条条悠长笔直的街道，来到一处高耸的灰色围墙环抱的院落，四下一片寂静，我们叩响了红色的双扇大门。多重院落组成的府邸里，如今只住着这个家族仅剩的几口人，曾经他们枝繁叶茂，人丁兴旺，住满整座宅院。家族唯一的继承者是魏老太太，由未出嫁的长女树华照料，同住的还有小孙子，年方廿二，业已成家，妻子与他同岁，育有二子，四岁的女儿和几个月大的儿子。他们住在离大门最远的一处庭院。去往此处的路上，我们经过了几处有着零丁装饰的厅房和空荡荡、回声涤荡的院落，各处都井井有条、一尘不染。一行人穿过魏小姐父亲的书房，她已经去世的兄长那空荡荡的寓所，还有她叔伯的院落。这户人家魂魄的目光似乎正穿过那些白色窗格，向外凝视，仿佛能听到他们在说："这些女人是谁？我们家族那个高个博学的女人又是谁？竟然是女校的校长！真是离奇啊！我们这个曾经繁盛的商贾之家最后竟是这种结局。和她在一起的那个异族人，一副未经开化的模样，看她脸上那突兀的鼻子，正常鼻子应该是平缓优美的。还有那个年轻姑娘，像是我们家族的一员：至少二十三岁了吧，仍待字闺中！他们是怎样欺蒙了她，不给她安排应有的婚姻生活？每个女人都是要结婚生子的。"

我正在嘀咕着，千万不要走到这些石墙围起的院落尽头，前面突然传来一声孩童的娇笑，让人精神为之一振。紧接着，一双小脚丫轻快地向我们奔来。跑过来的小姑娘四五岁的模样，新理的头发上戴着一副刺绣头花，坠着红色和镀金的小铃铛。她一头扎进姑奶奶魏小姐温暖的怀抱。显然，小姑娘是魏小姐的心头肉。她一把举起孩子，紧紧搂着她，将脸颊贴向小宝贝软软的脸蛋儿，对她柔声细语。小家伙也是个敏感多情的孩子，呢喃着回应，抚摸姑奶的脸颊，浓浓的亲情与关爱在两代人之间互相倾注。我们去看望了那位年轻的母亲，她身体抱恙，正在给怀中的婴儿喂奶。沉甸甸的小娃娃在母亲怀里很快进入了梦乡。晶莉动作娴熟地抱起小婴儿，把他放回床上，然后准备去看沏茶用的水烧得如何。但魏小姐叫住了她，说我已经算是家里的一员了，不必如此客套，等下大家可能会一起用茶，晶莉回复道“好——good”，在座的每个人都被逗乐了。魏小姐的侄子不久之后也过来了，他是这个家族唯一的孙子，因此，他小儿子的出生对整个家族香火得以延续可谓重要之至。这是个帅气的年轻人，正在一所培养商务人员的大学念书，毕业后就能做处理账目、借贷、储蓄账户等相关工作。他们在纸上记录数字进行计算，不再像前辈一样，把古老的算盘打得噼啪作响，飞速拨动算珠得出精确的数字。这个年轻人想学长笛，拜托我帮他找一位技艺精湛的老师，但我并不能保证一定帮得上忙。

“我们要带你女儿，我的小侄孙女上学堂，就去我们的学校。”魏小姐告诉他：“过了年她就五岁了——晶莉跟我们去上学的时候就是这么大。”她侄子也赞同五岁启蒙。对我们来说，五岁还年幼。但我想做父亲的肯定更了解自己的女儿。

魏老太太比上次见我的时候和蔼很多，我把这归功于晶莉，她定是在周末回家后为我美言不少。魏老太太牵起我的手，领我走进她的卧室，室内光线昏暗，但是宽敞华丽，陈设典雅。在靠近门口的桌上，供着一尊镀金佛像，前面是一个矮铜香炉，里面还点着一炷香，插在之前燃过的香灰里，青烟袅袅。魏小姐在佛像前逗留片刻，当她母亲开始叫她决定我们去哪里饮茶的时候，她挽起了我的手臂。

“我母亲，”她缓缓道，“是个非常虔诚的佛教徒。每天清晨和夜晚都会在佛像前上香叩拜，平时一有机会也会焚香祝祷。我年轻无助时，也曾在这里待过一段时间，做同样的事情。”她停了下来，表情冷静，对着那尊佛像和香陷入沉思。“但是，我无论如何也没法燃起那股热情。”她继续道：“从本性和受到的教育来讲，我更信奉的是儒家学派。你知道的，孔子从不向未知力量寻求慰藉。”

我静静看着她。“‘天助自助者’是你的座右铭吧，我猜。”

“是的，没错，就是这样。”她回答。“我们出去吧，咳咳，我很喜欢焚香，但是要在通风的地方，不像是这里四处封闭，太憋闷。年轻的时候，我就觉得这里烟气过重，但是母亲高兴这么做。我不得不说，虽然我不能理解她对佛祖的热爱，但她却能了解我对孔子的爱戴。她很体谅我。我觉得在某些方面，她是世界上最伟大的母亲，让我越来越敬重。她不在乎自己可以过怎样的生活，却甘愿为了我做很多牺牲，和别的母亲非常不同。中国大部分家长总要牢牢控制着子女的思想和生活。英国也是如此吗？”

“也是这样。”我回答。

“她十分支持我们的学校，还变卖了很多资产来帮我。她遣散了仆从，生活极其简朴，省下钱来资助我的学校，以免动用到其他家人的财产份例。但我并不觉得是她信仰的佛祖给予她如此宽广的胸怀，应该是她天性本就如此淳厚。”

“很有可能。”我充分思考后点头答道。“但她或许觉得，你缺少慰藉和支持，只能让自己全身心投入在这世上看得见的事物上，无法分心去信仰未知的力量。”

她有些不耐烦，出人意料地拥住我，打断我的话头。此时，我们正站在秋日艳阳笼罩的平台上，周围是一圈开放式低矮栅栏。“哎，你们这些基督徒啊。”她叹道：“你们总是念念不忘未知的事物，试图避免承担已知的责任。我敢说，当下之事已足够每个人去担负。我几乎不可能信奉佛教，也不觉得自己会成为基督徒。两种宗教都劝诫世人向善，这一点无疑是好的。当下，让我成为一名佛教徒或许比成为一名基督徒更困难。因为我怎么都不会相信，高贵善良的母亲会因为早年没皈依的时候吃过肉，来世就会投胎成猪或者骡子。”

中国人在信仰来世因果的逻辑方面向来让我费解。这种信念看上去十分诡异，如果一个人生来贫苦、残疾、病痛缠身或者是个女性，那他一定是上辈子犯了佛祖的某些戒条。这和我们的认知相去甚远，让人十分困惑。还有一些广泛存在于佛教徒中的理念也让我们感到愤怒。比如，踢打一头驴是为了更好地帮它赎罪。还好，上天保佑，真正佛教徒的所作所为恰恰相反，他们会致力于慈善事业，听从他们内心的支配，而不是一些所谓的逻辑教条，这和我们大多数人是一样的。但是我仍然忍不住按照这个逻辑去猜测，如果当初我吃完了那些鸡蛋、猪油和黄油制成的奶油糕点，魏老太太会不会判我“暴食”之罪，受到永世的折磨呢？即便我没干过其他坏事。

后来，我们和小金宝一起玩儿，金宝是魏小姐侄孙女的名字。她在院子里跑闹欢笑。天气有些转冷，魏小姐用一顶大红猩猩毡裹住她。斗篷上有一层柔软的刺绣织物，让这件小衣服看起来像翩然飞舞的萤火虫，在小金宝刺绣鞋面上无声地蹭来蹭去。

我们围坐在庭院里喝茶，茶桌上的顶棚上有一片修剪整齐的葫芦藤，叶子和卷须爬满藤架，垂在我们头顶，好似一帘幽梦。

“比起蓖麻[1]下形单影只的约拿，我不知要幸福多少倍！”我惬意地想，在此之前还从未有过坐在葫芦下的体验呢。“但也难怪他会郁闷，我这儿有这么多可心的人儿陪伴着。”

“张大嘴，这个英国姨婆会喂你蛋糕吃哦。”晶莉哄着小金宝。让我开心的是，她果然听话地张开小嘴，像只嗷嗷待哺的小鸟。只不过，她一边张嘴，一边又扭身去拉住晶莉慈爱的中国手掌，来确保自己的安全。

---

1　典故出自《圣经》：“神安排一棵蓖麻，使其发生高过约拿，影儿遮盖他的头，救他脱离苦楚；约拿因这棵蓖麻大大喜乐。”参见《约拿书》4：6-9。

第 6 章

# 早餐桌边的对话

骆香华是我最早认识的中国朋友，魏小姐有心安排她早晨有一段清闲时间，可以过来“照看”我——她的老朋友。得到魏小姐的信任颇为不易，相识二十多年，我才渐渐被她接纳，有机会融入这个家庭式学校。对此我十分理解。作为一个约克郡人，我天性对人也带着一种试探性，如果需要打心眼里接受一个人的话。在校舍深处，有一间靠近她们卧室的屋子，从未向我敞开过。如果不是魏小姐有一次把我拉到一边向我致歉，我甚至都不知道这个房间的存在。她抱歉地说：“我没邀请你去那个房间，是因为里面不太整洁。”我诚实地以为，里面存放着她们的一些杂物和文档，而到了周末，她们又太疲倦，没工夫清理打扫。

中国学校只有两个学期，没有圣诞节或者复活节假期连着周末可以短暂休息，而我的朋友们又尽量避免让家里帮忙，即便家庭资助在旧时再正常不过。因此，繁重的家务会成为“压垮骆驼的最后一根稻草”。但我也注意到，不论新添了怎样的烦恼，两位女士都会躲在这间“密室”商讨对策，我也很庆幸，她们能有自己的“避难所”。我曾经想过要就此对魏小姐嘲笑一番，问问她，那里面究竟挂了多少颗脑袋，但是……好吧，我还得先告诉她“蓝胡子的故事”[1]。她一定会喜欢上这个故事，因为她爱好血腥的戏剧。但我对自己的汉语表示怀疑，担心我笨拙的玩笑会成为“压垮骆驼的最后一根稻草”。

香华很有规律，每天早上八点之前会带着她的“勒特条”过来，坐在床边的凳子上一边吃早饭，一边和我分享一壶茶。这是一种绿茶，小侍者用开水将茶叶泡开，喝的时候不用加奶或糖。这两种附属物只能配合那种专为没有味觉鉴别力的西方人生产的红茶。

我们会随意聊些什么。有时，我们说说学校的事情，有时也会谈谈家庭琐事，比如让老门房去买了些特制大米和粉丝，或者哪些孩子功课好，哪些不太好，抑或是保姆昨天在市场上买了些什么蔬菜。有时候，她会拿来作息表，仔细推敲和调整。另外一些时光，我们会谈起旧时往事，说一说她母亲非凡的眼界，虽然一谈到她适合做一个官太太的话题她就立刻噤声；还会说起我们二

1 “蓝胡子”（Bluebeard）是欧洲流传甚广的民间故事。故事主角“蓝胡子”是一名有钱的地方贵族，长着一副蓝色胡须，因此得名。他连续杀害了几任妻子，并将其尸首藏于一间密室，终被最后一任妻子发现。

人母亲之间的友谊，她们那么自然而然地探触到了彼此的心灵——“就像金黄鹂与鹅掌楸一样和谐相配”。我们也聊过香华的父亲，和她对父亲的长期照顾。最神奇的是，我也尽过同样的孝道，也是三年多光阴。中年时期曾叱咤风云、精力充沛的父亲们，在年迈体衰之时，变得对我们如此亲切关怀，也越发理解究竟是什么束缚了女人一生，无论在西方还是东方。

“这证明了我们都是一样的。”香华附和道。“你们深爱自己的双亲，我们也如此，虽然之前我们并不互相了解。或许你们并没有像我们似的在书本里写下关于孝道的文字，但却并不妨碍你们一直在践行。也许连那些日本女孩儿也是如此孝顺父母的。”

我告诉她，日本女孩儿是如何在十六七岁的时候跪在父母脚边，心甘情愿将自己卖给妓院，就为了偿还父母的欠债和抵押。“是的。但假如一个中国家长接受了这样的牺牲，一定被认作品行低劣。”她激愤地答道。“这种想法让女人蒙羞，仿佛她是只兔子或者鸭子什么的。不过，即使他们比这些动物更愚蠢，我们很震惊，这些个日本人竟然会入侵中国！”然后，她又讲了一些话，使我深受启发。我所遇到的中国人，无论男女，尤其是学生，都怀有极大的热情讨论基督教中男人对女人的态度，让我颇有感触。曾经在一些盛情邀请下，我公开讲过这些礼仪。而在演讲过程中，我则会体悟到更深层次的道理，这样的感受不算偶然。“事实上，”香华的话很有说服力，“基督教义中的一条，如果单拎出来讲，可以解放我们所有人，男女之间的关系也会更为融洽。真正的基督徒之间也正是如此。”

“哪一条？”我问道，她看着我，对我的问题有些意外。

“当然是设身处地为别人着想。”她回答道，对我扬了扬眉。“难道耶稣不是这样说的吗？所有的先知圣贤都总结过这样的道理。我们的孔夫子也这样讲过。所以，信奉儒学的人很少娶两房妻子。他们知道，假如自己身为女人，也不希望只是众多妻妾中的一房。我觉得这条教义一定是耶稣在山上传教时所述，基督徒在那里领受教义，规范自己的行为。就是这么简单明了。”

简单明了！我还能再多求些什么？她实际上解开了宗教信仰表层作为掩饰的纠缠不清的死结，将隐藏在下面的图案展示了出来——是的，简单而明了，直接而美丽——这个规则适用所有生活在一起的人们，男人和女人，丈夫和妻子，父母和子女。

“当日本父母接受女儿的自我牺牲时，并没有想到，他们深深伤害了她。的确，我们中国人有时候也会做类似的事情，当遇到饥荒、洪灾或者战乱之年，但只有极度贫穷的人才会这么做，而我们，则会深深同情，也希望改变这样的状况。思想如此恶劣的女人，能繁衍出什么样的民族？又能养育出怎样的下一代？难怪日本人入侵我们国土时，我们如此恐惧，看看这个民族是多么可悲的女人养出来的吧！如若哪一天看到我们可爱的晶莉被他们欺侮，我宁愿去死。”她停顿了一下，继续问道：“你喜欢晶莉吗？

“非常喜欢！”我真心真意地告诉她。

“我们用心养育，把她培养成知书达理、善解人意的好姑娘。”她说道，“教会她规矩，也很少责骂她。有些人就是天性淳厚本分。”说到这儿，她叹了口气，显然是想到了那些本性非善类者。“不是所有孩子都能自始至终那么优秀，至少在中国是这样。”

“其他地方也如此。”我说道，知道她想到了自己的家庭。

香华一直在庆幸自己逃离了诡计多端的嫂子，自从她嫁过来，就一直想把香华嫁出去，尤其他们的父亲离世之后。

“就算我当时已经三十五岁了，只要我不想，谁也不能逼我出嫁。我就是要一辈子保持清白之身。”她补充道。

三个姐妹不幸的婚姻生活深深触动过她的内心。最小的三妹，才思敏捷，妙语连珠，笑容烂漫，二十三岁时嫁给一个鳏夫做填房，这个结婚年龄已经比正常年纪略大了。婚后不久，男人就露出卑劣的本性。他已经有了个情妇，不久后，又纳了一房小妾。可怜的三妹，自打儿子出生，身子就一直孱弱，查不出具体毛病，并且每况愈下，如今更是难以博取丈夫的欢心。而那个男人，在三妹生病后，竟然不闻不问，甚至再未踏足她的院落。最后，她意识到自己行将就木。

“她其实是开心赴死的。”香华哽咽了，“对她自己而言是好事。但是她担心这个家庭里其他女人会伤害她的儿子，因为嫉妒，因为她们也有孩子。但她的儿子是长子，按道理，会继承整份家业。如果他死掉了，某些人会很开心。他现在已经七岁了，是个十分可爱的小家伙。我特别希望能劝说动他的父亲，让他跟着我们上学，不会收他一分钱。树华已经和我谈过了。我会让晶莉照顾他的生活，关注他的身心健康，也会当心他的行为举止。如果他变成自己父亲那样的人，就太糟糕了，那还不如死掉算了。”她又深深叹了口气。“我可怜的妹妹啊，我可怜又疼人的妹妹啊，为什么让你受这份罪？你对每个人都那么好，总是笑得那么甜。你真的不该经受这些痛苦、不忠和伤害啊。”香华把脸埋进我的枕头，我再次为“不该遭受的痛苦”和“没有回报的忠贞”困惑了。

又是一个早晨，她不厌其烦地说起魏小姐是如何在她父亲去世后，把她从坏心眼的嫂子那儿解救出来的故事：魏小姐是如何克服种种困难去到了她家，在昏暗的卧室里找到了躺在床上的香华，发现她已经奄奄一息；魏小姐是如何与她的嫂子据理力争，最终把瘦弱苍白的她用一辆黄包车拉回了自己家；魏老太太又是如何接纳了她，当作自己的孩子一样看待；二人又是如何精心照料，让她恢复健康。这个故事里最让人动容的是，树华在咨询了中医后，每天早晨割一盅自己的血，喂给她喝，救回她一命。为此，树华的胳膊上现在还有当时割血留下的伤疤。我告诉她，现在的西医经常用输血来救人，她听到后，惊呼我们是如此相像。

“献出的鲜血里饱含着爱，所以能救命。”她再次肯定我。“如果不爱那个人，谁也不会献出自己的血。”

我们不会总谈论这么严肃的话题，因为香华很容易被逗乐。她喜欢坐在我的床上，双腿晃来晃去，让我讲一些使用汉语时犯下的错误，当作一项娱乐。

“有一次，”我告诉她，举了个例子，“我扶着游廊的栏杆，看到底下的院子里站着我家厨子。我就想到，要帮我母亲嘱咐他些事情。我喊道，夫人说，她想要热的肉。这是我的本意，因为他送来的培根总是半冷掉的。然后，我看到他吃惊地张大了嘴巴，瞪圆了眼睛，脸上出现惊恐的表情。”我一边说，一遍模仿着厨子当时的瞠目结舌状。“他说道，‘何乜’[1]，当地方言‘什么’的意思。他仅仅抓住自己破旧的深蓝棉布围裙，又重复了一遍我说的话。但是在我听来，他的语调是另外一种起伏。他之前惊恐的表情突然一扫而光，用围裙捂住脸，跑回厨房，大声告诉所有人我刚才说的话。我听到人们在叽叽喳喳说着什么，不停提问和讨论，还爆发出阵阵大笑。

1 即“什么意思”。

这时，我父亲出现在游廊的角落，他常常很早就坐在那里翻译中国经典书籍。”听到这儿，香华不住地点头。“然后，他对我说——”

“他说什么？”香华好奇道，很享受我戏剧化的停顿。

“他说：‘我不知道，咱们还是个食人家族啊。我的女儿，你知道自己刚才对厨子说了什么吗？女主人想要每天早饭吃你的肉？’”香华被逗得开怀大笑，我仿佛又一次看到当时挂在父亲脸上的微笑。

“跟我说说那个‘羊’的笑话吧。”她一刻不停地催促道，盘起脚，四十岁的中年女子一下儿变成了十四岁的青春少女，开心而好奇地看着我。

“好吧。一家英国公司在中国找石棉矿，我和丈夫去帮忙。我们租了一条船，顺着满洲国和朝鲜之间的鸭绿江航行了五百英里。日子过得很是快活。我早上醒得早，总会看到太阳从连绵起伏的群山中冉冉升起，河水清澈见底，水下的沙子呈现出层层的波浪状，阳光落在水底沙丘的背脊上，闪烁着金色的光芒。我们偶尔会发现一些石棉矿，但成色都不甚好。我的工作就是保存好每个矿的样本，然后检测和比较。有一天，我跳上停在岸边的船，高高的桅杆在风中摇曳。我一只手攥着满满一把紫苑花和铁线莲，另一只手拿着石棉矿石的小块样本。负责帮我们介绍给各个采石场主和公司的‘作家’吴先生，扶着我的手肘，帮我上了船。‘小心点，我手里拿了羊子上来。’我说道。他突然开始大笑，说道，‘你知道么？刚才你告诉我说，手里拿了只羊上来。可我觉得你并不是想说那个意思。你一定能听出来这里的区别，‘羊’，一只羊的羊，和‘样’，样本的样。’他强调这两个发音的时候，我自然听出了区别所在。”

“他太没礼貌了。”晶莉说道。她过来帮魏小姐给香华带个口信，就留下来边听边笑。她对香华说道：“我姑妈说过，如果她想跟谢小姐上节英语课，没有您在旁边帮助，她们也能沟通得很好。”

“不会的，我很喜欢吴先生。”我反对道。

我告诉她们，当时，船夫载着我们行驶在河上，一连航行数小时。我们坐在船上闲来无事，吴先生就会拿出一张白毯铺在甲板上，开始念《孟子》。我喜欢听他的声音跌宕起伏，像一股淙淙的溪流。船老大跟我讨论道，“吴先生学问真好。他念的话我一个字都不明白，你呢？”我的确也听不懂，就向船老大点点头。在回答否定提问时，我们西方人会根据问题的实际答案直接回复“是”或者“否”。而在中国，如果不认可否定的内容，人们就摇头，实际表示的“是”，如果承认否定，就会点头，其实意思是“否”。中国人的这种表达也相当有道理，但要记住这种回复方式，需要些时间，同时还得时刻清楚自己身在何处。

香华急于学会英语，所以在自己的书上标了英语发音。虽然她自己很快就掌握了英语发音和语法，却在禁止我们的语言进入课堂这件事上执行得如此一丝不苟。

因为缺乏练习，她觉得口语很难，阅读上也没什么乐趣，除非故事短小精悍。我个人以为，她对于学校采用何种英语教材见地不深，其中一个原因也是囿于政府规定。书上有几页表格，把所有辅音和五个元音挨个拼了一遍，除此之外别无其他。有一回，我听到她卷着舌头念这些没有意义的“胡话”，她班上的孩子们也跟着发出同样的声音。一天，我走在大街上，路过一家朴素的书店，透过橱窗向内张望时，被几本英语书吸引住了。我定睛一看，发现内容是用“基础英语”写的。我走进书店，翻看了其中一些，买了三四本带回家。我看中了它们短小的篇幅，实际内容倒是一般。而让我高兴的是，香华立刻就沉浸在书中不能自拔。

“非常好。”她说，“我几乎一下子就能把它们都读完。这些书多好啊。以前，我从没这么喜欢过一本英语书，也没领略过其中的妙处。”她举起一本。“在你买的书里，这一本最好。”她宣布道。“这是一首诗吗？读起来朗朗上口。我父亲一定会喜欢这本。因为中国很多哲人都在苦苦思索并且撰写着一个话题：世界是如何开始的。他们关注秩序是如何从宇宙最初的混沌状态中建立起来的，乌云是如何在世间最初事物出现时消散的。我看到这首诗，或者说是哲理短文，就想到，是光让秩序诞生，我觉得书上说得很有道理。我父亲若在的话，一定会反复阅读这本书的。”我狐疑地拿起这本薄薄的册子，里面是《创世纪》的前几章。

“为了你们的学者，我把这些书送给你。”我说道，然后翻开了第一章。她说的都是对的，这些语句非常“流畅”，简单自然地就像一条奔流的溪水，就像我曾经跟她提过的鸭绿江，在一束破晓的晨光下，一道金光射入思想的深处。一定程度上，这些“盎格鲁—萨克逊”词汇，这些有意简化的词组，辅助解释了光的出现打破了最初的混沌。

“你明白吧，”香华解释道，“我喜欢这本书还有一部分原因是，就在前几个月，我几乎全盲，产生了一些新的体会：如果看不到光，人一定会迷失方向，变得混乱。没错，光就是最根本的物质，就像我父亲在他的哲学书里阐明过的。”

我永远不确定，香华接下来会想到些什么。当然，这也是朋友之间互相吸引的原因吧。

第 7 章

# 太极拳的益处

当我们聊完关于哲学、文法或者一些纯粹闲扯的话题后，香华把粉色人造丝睡袍递给我，她非常喜欢这件衣服，总忍不住轻抚，我趿上拖鞋，两人起身走出房门，在朝晖半暖的温度下进行我们例行的晨起活动。因为身量不够高，她总要站在我前面的位置，还把窗格间的大玻璃当作镜子窥探她身后的活动，来充当我娇小而卖力的“女生指导”，认真而坦率地评论我正在她背后完成的动作。通过干净的大玻璃窗，我总能看到自己身后，王太太也在做着自己的“晨起活动”——晾晒一家人的被子，在太阳下用力拍打。王小姐坐在自家院子的台阶上，前面站着王家小少爷。姐姐帮弟弟整理头上寸把长的顶髻，男士们都明白一个道理，头发越短越难打理。美玉竭力让小家伙保持不动，但她怎么做得到呢？我们可就在他们几米外的地方做着这么滑稽的动作。小男孩儿不停地扭过身来盯着我们看。他们三人经常因为我俩的动作笑到抽搐，恐怕更多时候是在笑话我吧。院子中间的夹竹桃和石榴是我们的屏障，虽然开始的时候，对面人家出于礼貌，会竭力将目光从树叶的夹缝中移开。我们曾邀请他们一起来锻炼，王小姐来过几次，但是家务的压力总让她做不满十分钟就离开了。王家小少爷，最终还是小心翼翼地加入了我们的行列。打太极拳的时候，我注意到，身后的小家伙扭、蹲、抓、握，圆滚滚的小胳膊把招式做得一板一眼，好像在对抗假想中的敌人。我忽然间意识到，在这个充满着夹竹桃和石榴的世界里，在这阳光普照微风徐徐的天地间，的确有那么一伙真实的敌人，已经全副武装，要来对付王家小宝那浑圆稚嫩的手臂。

太极拳是一项古老而有趣的运动，过去曾被广泛用于军队操练。在队列前，要喊出一种特殊而响亮的口号，以彰显其威武。我曾得知，一位住在上海的老师傅，在太极拳上造诣颇深，人们排队等着拜入他门下，去他简易的武馆学习拳术。在现代社会，这些准弟子中不乏女性，想要强健体魄的热情随处可见。人们遗忘和摆脱旧俗陋习的速度多么惊人。一位摩登的英国女孩看到她的中年阿姨在照片里束着腰穿着长裙，露出无比惊讶的神色，笑问后者："您怎么能忍受得了那种穿戴？"

同样的，一些摩登的中国姑娘也从没见过"小脚"，还问她们的奶奶究竟是做了什么样的手术把脚弄成这副模样。东西方的年青一代，会发出同样的感慨："这种样子看起来真可怕！”从历史角度来看，中国女人解放小脚，就如同西方女人丢弃束腰，都发生在千钧一发的时刻。没有一个西方女人，能够戴着鲸骨和束腰带，还在二战期间为祖国辛苦劳作；也没有一个中国女人，能用畸形的“小脚”，长途奔波五百甚至一千里，跋涉过山脉，穿越过无穷的阳光炙烤的平原，就为了逃离日军的侵犯。除了腰和脚受到的摧残，本身的孱弱也让女性更加重视起身体锻炼。在旧时代的中式学校里，年轻的中国女性，身心常年受压迫，也从没机会在户外奔跑跳跃、唱歌跳舞、尽情挥洒手臂、活动身体，根本无法敏捷地逃离侵略者的魔爪，又谈何在长期奋战中为祖国做出伟大的贡献呢？

同样的，那种戴着眼镜弓着腰好像永远在寻找东西的少年形象在中国已然消失不见，取而代之的是突击队里训练有素的中国青年。自从 1936 年起，他们就做好了吃苦作战的准备，去完成一些从没经历过的事情。而且他们也做好了准备，响应国家号召，呼唤心爱的伴侣并肩作战。

“你真该看看晶莉是怎么打拳的。”香华对我说道，“她的回旋和俯身做得真漂亮，就像夏天河岸边敏捷的燕子。”她温和的明眸熠熠发光，因为她知道我一定赞同。

“就算你在学校教太极拳，也不会有人觉得你们校风陈旧。”我评论道。

“是的，如果我们是旧式学堂，家长也不会付学费的。”她回答得很实在，“但开始的时候，我们仍会教给孩子们一些古训，比如说，什么是孝悌忠信礼义廉耻。”她一口气总结出了儒家德育思想精髓，目光灼灼。她曾经想要教我书写这些信条，但我一直记不住它们的顺序和汉字写法。“在汉字方面，你不合格啊。”她无奈道。

“外国女性也是等待了好几个世纪，健康问题才得到解决。”我转移了话题。“但是，来吧。Jerk，not Jabber[1]，就是我的信念。”

这个词语激发了她的想象，虽然她觉得第一个音很难发。“Jer-kiss, Jer-kiss,”她大声念叨着，跳起来开始扎马步，好像骑上了想象中的骏马。手臂放在身侧，双腿弯曲，好像我们正稳稳地骑在马背上，在我们阳光灿烂的院子里昂首挺胸，阔步向前。

首先，我们做一个起势，全身端然恭立，左手中间三指竖起，小指和拇指在掌心相对。起势时须凝神专注，身体放松，双腿微屈，缓缓下蹲。她在我前面做示范，我可以从她的头顶看到对面窗户玻璃反射出的身影。然后，进入第一式。我们用右肩抵挡假象中的对手，张开拳头向他推去。他从另外一侧向我们进攻，这时，我们以身体为轴心转动，将胳膊向反方向划去，再次推向敌人。我们的马步一再向下沉，越推力道越大。香华端起她天生的女学究架势来指导我，做得好就高声赞扬，做

1 “别光说不练”。

得不对就毫不掩饰地批评，甚至叫我徒弟。

“盯住，盯住对手。”她不停地说道，“我的徒儿，你的眼神太柔和了。对敌人可不能这样，要让眼神凶狠起来。不仅能威吓对手，还是对眼睛的训练。瞪眼，徒弟，眼睛睁圆，再用力一些。”我瞠圆双目，神光内敛，扎稳马步，挥拳而出，忽然间，头脑里冒出一首诗：

> 我们提到马儿，就仿佛真的有万马奔腾，卷起半天尘土。[1]

我不禁把诗句念出了声，香华停了下来，转身看向我。

“你刚说什么？听起来很耳熟。再说几句。”

“是莎士比亚。”我解释道，“你让我想起了他……”

> 以牙还牙，以眼还眼。[2]

“莎翁和你一样，都让我瞪眼。”

她听到后，大笑起来。“但是，‘别光说不练’才是你的信条，我记得。”她大声道，“试试这套新动作。”

她绷起手肘，面向我站立，然后前臂快速划出一个

---

1　原文取自莎士比亚《亨利五世》：Think, when we talk of horses, that you see them printing their proud hoofs in the receiving earth.

2　原文取自莎士比亚《约翰王》：Threaten the threatener, and outface the brow of bragging horror...

弧圈，手掌展开，做出防御姿势，手臂则向反方向推出。

“我的徒儿，现在来进攻为师。”她要求我道，“试试攻击我的肩膀，你可能连碰都碰不到我。我能护住自己。”她的手掌回旋交错，好似风火轮，我尽可能站得远些，以免被她的“掌风”伤到。

“我可怎么也想不到，这把年纪还要和这样一位中国女士在一起扭打。”我自言自语。“不过一定很有意思。”我使出全力，却总被对方闪开。最后，我们都忍不住大笑起来。

香华告诉我，入夜时分，她会做一套更长的动作。上身笔直，双脚互盘，端坐于床，手臂置于身后。然后，用手指轻扣头顶三十次，再按摩眼窝三十次。她专门为我把这些要领写了下来。我偶然会从书里翻出当时夹在里面的“练习指南”，那纹丝不乱的旧式手写体是她跟随商人父亲的秘书习得的，每每看到这流畅的字迹，我的脸上都会不自觉地浮起微笑。

清风，良伴，夹竹桃，石榴花，还有那面以我们流动的身影为图案的玻璃窗。我的余光瞥见王家小宝正在我们身后卖力打拳，弯着膝盖，撅起屁股，晃晃悠悠地往下蹲。离那么远我都感觉得到，下一动作他恐怕要翻倒在地了。这一切，都时不时会浮现在我的脑海中，让我像金丝雀一样欢快地哼唱起来。每次操练的结束动作都一样：先一起在方砖地上向前走上七大步，握紧拳头尽力从上到下捶打自己的背脊七次；然后快速转身，往回走七大步，同时敲击后背脊柱。日本军队在行军的时候，后排人也会给前排人进行这种“整骨疗法”，对于放松肌肉和脊柱很有好处，但是，和他们不一样，我们的捶打力度由自己掌握。

“一、二、三、四、五、六、七，”当我们一边迈开大步一边捶打脊椎时，香华总会认真地大声报数。

“所有的好孩子都会上天堂，”一天早晨，我在听到熟悉的数数声后开始精神饱满地唱起这首赞美诗。

“你刚在说什么？我的徒儿？”她回身向我喊道。

“一些你绝对不能教小朋友的东西，因为我六岁的时候就被严禁唱这些歌。因为歌词内容亵渎了神圣。”我戏谑道。

她饶有兴趣地睁大眼睛，转过头回敬我的目光。“所以说，你们国家的孩子如果唱这种内容不健康的歌曲也要被大人训斥喽？”于是，我不得不把剩下的部分教给她。但是她从来找不准韵脚，坚持用她高昂的声调唱道：

When they die,<br>
Bake them into A pie...[1]

她高亢的声音总在“A”上停留太久。她向我抗议，而我显然没意识到：把七个孩子都装在一张饼里绝对是

1 意思是：当他们丢了小命，就被烤成一只馅饼……

个奇迹。听到这话，我也放弃去纠正她的发音了。

“至少还得再来两三张馅饼吧。”她分辩道。

这已经超出我的解释能力范围了。讨论《圣经》和莎士比亚的话，我还能应付，但是，恶作剧式的童谣都是未经雕琢也无法解释的作品，至少我这么认为。我摆出冷眼横对的样子，威胁道，我们的Jer-kiss已经快要堕落成Ja-bar啦，这可不应该。我们告别的方式总是很有礼节性。我们会郑重地给对方一个深深的拥抱，或者说，是她像神坛上的牧师接受台下的助手、儒家导师接受弟子那样，接受我的拥抱。

有时，魏小姐若有闲暇，也会来观摩我们的“晨会”。

“香华自从练上了这些把戏后，简直变了个人。”有一天，她这么对我说。

“把戏！真是的！”香华一边摇头一边不服输似的提高声调，脱口而出道，“你呢，总是抱怨头疼，抱怨风湿，我常常怎么说来着，每天早上跟我一起锻炼就是最见疗效的药！你看，我们的西方姐妹就比你聪明多了。她像影子一样跟着我练习，日见成效！”

这席话激起了魏小姐的斗志，要开始彰显她的力量了：的确很惊人。虽已年近五十，她仍保持着轻盈柔软的身姿。她让小侍者去告诉晶莉拿来一张矮凳，有五六英寸高，是保姆放在厨房洗菜时候用的。晶莉带着这把竹制的奇妙工具微笑前来。然后，魏小姐站在矮凳上，把胳膊举过头顶，交叉双手，掌心向上，然后弯下腰，手掌触地，意味着她手掌能够到的位置比矮凳低得多。

我们以前曾让她在学校露过这一手，员工和学生们都无比敬仰，因为没人能有她那种软度。

骆香华一向是个精致的女人，但之前遭受的苦难让她落下甲状腺肿大的毛病。她把肿块藏在高高的衣领之下，好在“高领”这种衣着时尚在中国流行了许多年。魏小姐告诉我，在我来之前几个月，香华生了场大病。和欧洲观点不同的是，中国人认为，这类突发病症是因为受到情绪的干扰。或许是她妹妹的离世，或许是那个春天发生的其他危机，还有长久以来精神上的过度紧张，终于让她郁积成疾。

那是一天上午，两位女士外出购物，香华突然晕倒在商店里，人事不省。“当她醒过来的时候，却几乎什么都看不见了，只能靠我牵着手各处走。那段时间真是可怕——糟糕透了。”魏小姐对我说道。回忆起那段往事时，她的声音夹杂着难以言说的痛苦。“香华想去看个外国大夫，所以我带她去了公使馆，找到一位经常给官员看病的德国人。那位医生人倒是友善，可私下告诉我时却说，香华很有可能永远失明。这话像把刀子一样插进我胸口呢。”

她跟他说了香华甲状腺的问题，当时那个结节看起来比之前还要大上许多，医生却说现在动手术不明智。我对她说的这一点不太确定，因为魏小姐对西药仍抱有偏见。

“你们西方世界似乎需要很多医院。”当我跟她就这一话题展开讨论时，她争辩道，“可我还是听说西方一直有人在生病。事实上，人都有一死，很多人还没衰老就病死了。”

“所以，你并没觉得我们像自己说的那样好。但是，我个人认为，我们已经摸索出了一套方法，可以让人们生活得更健康。”我尽可能客气地回复她。

尽管香华已经被一名西医断定不会复明，魏小姐仍带她另寻了一位前朝的中医。“他年纪很大了，而且认识我们，没收我们一分钱，他说是因为我们为那些女孩子提供这么好的教育，还只收很少的费用。”

这位有名的老中医开了副方子，每天早上用一定方法食用一种野豌豆的种子，看起来像是绿豆。“但却不是绿豆。”魏小姐说。这些药材很昂贵。在一个月的第一天，吃一颗，第二天吃两颗，以此类推，最后一天吃二十八颗。第二个月，再将服用方法颠倒过来，直到第二个月的月末，她只需要吃下一颗。整个过程结束后，再重新开始一遍，效果非常明显。

“法国人的治疗方法里也会用到一种从海藻里提取的叫作‘碘’的药物。”我告诉大家，香华听后拍手应和。

“我们必须找一天把大家知道的所有事情、所有知识都拿出来好好交流一下。”她建议道。

或许是老中医的其他建议起到了更积极的作用，连她们自己也这么觉得。他告诉香华一种古老而有名的体育运动，嘱咐她坚持每天练习——那就是太极拳。他慢慢向她渗透这种观念，希望她能遵医嘱。

“起初，我得扶着她去练习。”魏小姐说道，“你看现在的她——攥紧拳头，靠自己的力量战胜了病魔。”说着，她走了出去，带着心满意足的微笑和低吟。

“现在，香华的视力恢复得和正常人一般无二了。”一天午饭后，魏小姐正单独和我啜饮着绿茶，忽然又忧心忡忡地说道，她的难过，我看得出。“我们还有一个问题必须要面对。前几周，我和香华反复念叨过，‘等西方的姐妹福芸过来，帮我们参考’。你是幸福的耕耘者，因为你的建议很科学，还带着仁爱。”

看起来两位女士最近也见了一些女性朋友，有中国的，也有西方的。她们不断告诉她俩治疗甲状腺的新方法，还建议香华不要理睬德国医生的建议，最好还是做手术切掉结节。

“你怎么说，我的姊妹？”魏小姐向我征询道，满眼焦虑。

我现在所处的是一种进退两难的境地，一个不慎的决定就会造成难以挽回的后果。“她自己是怎么想的呢？”我问道，因为很容易能感觉到魏小姐反对这么做，这时，香华正好走了进来。

“我不想做手术。”香华坚定道。“前几个月，我开始渐渐想通了，究竟需要什么样的生活。眼前一片漆黑的时候，我有大把时间用来思考。现在，我的内心很充实，很满足，不再自怨自艾。我可以重新大声笑出来。感谢我的‘神奇豆子’和‘推手’，我比以往更强健了。如果手术只是为了让我变得更好看些，我看也没什么必要，因为我的朋友会继续热爱这样的我，其他不重要的人我也统统不在乎。”

听完这番话，我们一起拥住她。我吻着她可爱的面孔，魏小姐则将她的额头靠在我脸颊上，她的泪水从眼中滑落，与我感慨的泪汇聚在香华小巧的头颅上。但是，这种严肃的决定也不能仅凭一时感情用事。等到香华教室的窗户紧闭，魏小姐就和我来到她昏暗的小书房里进行秘密会谈，反复斟酌、权衡手术的利弊。有一天晚上，她说道：

“福芸，香华的三个姐妹都是在四五十岁去世的。明年，香华也要到这个年纪了。我心里一直害怕，担心会失去她。另外，香华是几个姐妹中唯一留有贞洁的。或许是她的清白保护了她，她对婚姻的抵触是上天赐予她的盔甲。所以，如果我们不去干预她的身体，或许经历了年少的苦难后，她能健康终老。”

我陷入了长时间的沉思。她们如此信任我，如果我建议手术，她们很有可能会忠实地听从我的意见；如果我制止这场手术，责任也很重大。我真希望能知道，究竟是何种疾病夺取了香华三个姐妹年轻的生命。真是天助我也！一天晚宴上，我的旁边正巧坐着一位年轻有为的美国现代医学专家，也是名传教士，我们聊了一些关于合理医疗付费的话题。谈话的间隙，一阵沉默后，我开始跟他讲起自己的事情，以及困扰着那两位中国女士的难题。他冷静地听我描述完，然后说会在咖啡后给我答案。多么好心的年轻人！我想知道，他现在是否还留在北京，面对日本的骚扰，坚持为中国患者服务；或者他已经去了菲律宾，在那儿谋了个职位；还有可能，他去了北非做战地医生……他向我走来，搅动着杯子里的五彩水晶糖块，说道：

“目前情况，骆小姐有九成希望可以活到七十岁，这也是人类的平均寿命。我不知道她若是接受手术且手术成功的话，是否能活得更长久。现在，很显然，她心理上抗拒手术。如果她是我的姨妈，是我深爱的姨妈，我会告诉她，不要再为这件事烦恼纠结了。毕竟，七十岁的寿命对我们来说还算不错，如果她一直这样健康，还有可能更长寿。”

哎呀，自从我们那晚聊完——“三个纺纱女的阴影”——恐怕世界上的中年阿姨们都该自己操心，怎样更努力地把生命之网编织到七十岁，而不再去本末倒置地叨扰饱受战乱困扰的侄甥们了。

我回到家告诉了魏小姐年轻医生的意见。她如释重负地长舒一口气。“我们应该把整件事都抛诸脑后。”我告诉她，“让我们开心起来，跳个舞吧！”两人都卸下了心头的包袱开始傻笑起来。我试着教她跳狐步舞的滑步，她倒是挺认可这种舞蹈，觉得更为得体——以前她在北京饭店见过一种热舞，急速旋转跳得汗流浃背。这时，香华走了进来，看到我俩如此模样，开心又惊讶。

“你们在庆祝什么吗？”她问道，脚下也跟着和起节拍。

“是啊是啊，我们是在庆祝。”我嚷道，从她身边滑过。但是魏小姐无法再抑制内心的喜悦，从我身边挣脱，跑去拥抱她的朋友。

“这位姐妹说，我们余生都不必再为手术的事情烦恼了。一位年轻的美国医生说，不做手术的话，你一样可以活到七十岁。”我并没有打断她，补充解释什么。

“我一直知道，结果就是如此。”香华平静地说道。“我不再担心了，上天自有安排。”

“是的。”我心想，“能把阴影拿到阳光下，直面困难，就是最好的心态。我也觉得老中医的太极拳药方最灵验：每天清晨，练上一套太极拳，伴着阳光赋予的变幻莫测的身影，伴着好友、夹竹桃、石榴花，还有我们可爱的王家小宝。”

第 8 章

# 树华

我经常去学校和两位女士共进午餐和晚餐，正餐一般放在中午。我们吃饭的屋子由石头砌成，家具结实而简朴。两张漆成深红色的高脚方桌拼在一起，成了就餐用的长条桌。几个锃亮的红木凳子在餐桌边一字排开。等我第二天去吃饭的时候，就发现我的凳子上多了一个新缝的坐垫。

“晶莉专门为你做的。”魏小姐微笑道。“她说你看起来屁股总挪来挪去。她还知道外国人喜欢软一点儿的座位。”我用目光向这位体贴的姑娘致谢，她总是不用沟通就能明白我在想什么。

以前，这里有很多佣人，如今，我的朋友们已将大部分遣散，只剩下两个。一个老门房，看似总闲散地在老槐树下抽着长柄烟袋，爱和过路人聊上几句，却时刻警惕着家门安全，和平时期还兼做些木工活儿。还有一个保姆，是个寡妇，在厨房帮厨。她的职责是做饭，但却很少能令魏小姐满意。

“她的眼睛已经半盲了，菜经常收拾不干净。”她抱怨道。

因此，魏小姐虽然忙于学校的教学和行政事务，却经常要亲自下厨——当然菜也做得很棒。我们平时吃的都是家常菜。保姆打开锅盖，从热气腾腾的锅里将米饭盛进饭桶，然后蹒跚着拎过来。晶莉告诉过我，盛米饭最好用木桶，因为木头可以充分吸收饭里的水分，还能保温。这个硕大的饭桶，放在靠近魏小姐那头的凳子上，晶莉坐在“女儿”的位置，负责给桌上每个人盛饭，第二碗、第三碗，甚至第四碗。她用一柄长木勺把饭盛到碗里，然后再将饭尖抹平。最令人愉快的部分是，她会微笑着将饭送到你的面前，祝你用餐愉快。

我们吃米饭的时候就着肉和菜，都是些可口开胃的时令菜肴——鱼、鸡肉、猪肉和肝脏。菜式分量不大，烹调时就已切成小块，撒上酱料，在汤汁里炖煮。这些美味佳肴盛在小巧精致的瓷碗里端上桌，碗上的彩绘图案或是蝴蝶或是取自中国戏曲里的场景。桌上还置了一些搪瓷调羹，上面绘有衣饰惊艳飘逸的侍女，大小和茶勺差不多，用来舀取菜里的汤汁，或者舀汤喝。另外，筷子是桌上唯一用来夹菜吃饭的餐具，其中有一双十分精美、末尾镶有色泽温润的象牙，还连着小银链子，总是被摆在我的饭碗旁边。这双筷子从香华的曾祖母传给祖母，又传到她母亲手里。

“老人家们都祝你好胃口呢。”香华玩笑道。而我的脑海中突然闪出这样一幅画面，天堂永恒的盛宴里，三位中国女士围坐在桌边用餐，她们举起手中的“仙筷”向我友好地摆了摆，然后告诉我，她们看我用着她们留在人间的筷子很欣慰。我希望，她们的米饭也像我们的一样，一向热气腾腾，软糯可口。

有时候，女士们会专门为我买一些马铃薯，煮到皮都变成深红色。她们总担心中国食物分量不足，又怕不对我的胃口。所以，为了让她们高兴，我必须把马铃薯们全部吃光。中式菜肴一般都是咸淡刚好。“我们喜欢吃咸口的食物，你们喜欢甜食。”是她们关于中西方饮食最爱用的评价。因为我已经彻底吃够奶油蛋糕，香华时不时就用自己的零用钱买些可口的“棋子”满足我的口腹之欲。能摆脱一阵子甜食，我真是太满足了。

吃完饭，保姆会端来一盆热水，然后把米饭端回厨房待会儿自己吃。她把一条小毛巾在热水里浸透，再绞出“手巾把儿”；晶莉在上面涂上一些肥皂，再滴上一点香水，借点蒸腾出的香气，依次递给我们每个人擦脸提神。之后便开始用茶。茶盅里的茶汤金黄清澈，下面配着青灰色的茶托，上面有盖，给茶水保温。晶莉为魏小姐取出一支香烟，擦一根火柴点上，两人目光交汇，笑意盈盈，岁月静好。魏小姐将腿交叠翘起，侧坐在硬方凳上，徐徐吐出烟圈，悠闲地和我谈论着人生。不过，我们也不会忘记时间，眼睛一直瞟向桌子对面，本该是父亲或一家之主的位置，现在那里是一座钟，置在哥特式的箱盒里，提醒我们“敌人”的存在。

“这壳子真是假模假式的玩意儿。”有一天，不怕惹恼对方，我突然对香华来了这么一句，自然，我要用毫无自信的汉语讲清楚事情的前因后果，我自己也很惊讶，竟然有本事在说一门语言时搞出这么多误会。当然这也并非全是坏处：我经常能学到一些中国词语和典故中的深层含义。晶莉，负责掌握学校上下学时间，总是第一个竖起耳朵，在院子里或大门处与孩子们道别。她的可塑性很强，在学校教授一些基础学科——主要是汉字课和刺绣课，后来我发现，还有音乐和体育课。

魏小姐的名字与她本人非常相配，曾引发我浓郁的兴趣。这一回大家相处没多久，我就发现她对我比以往更加亲密些了，因为她似乎更愿意叫我的“名”，君投以桃，我亦报之以李。有时，她更是简单亲切地直呼我“姐妹”。

“你的名字意思是‘幸福的耕耘者’，不过没人能一直做这样的‘园丁’吧。”有天晚饭后，我们照例从餐厅踱到书房时，她这样对我说道。“我倒是可以遵从自己名字的含义，直到老去的那一天。”她坐在香华的红木书桌后，从一个竖着的铜制笔筒内抽出一只毛笔，将她的“名”写下给我看。她的胳膊抵在光亮的桌面上，桌上铺着一张薄薄的宣纸，中国的书写方式是从上到下纵向的，她的笔端扫出优美的弧度，写下了自己的名字。

“树华。”我犹疑地念出来。中国人的名字总带给我惊讶，这次也不例外。她的名字确实不寻常。

“是的，树上开出的花，就是我的名字。家人给我取此名大有深意。你看，我个子很高，骨架大，肩膀也比香华的宽。这个名字是让我记住，上天赐予了我宽厚的肩膀和一副好身板。”说到这儿，她拍了拍自己的后背，作为解释，“所以和大多数人比起来，我能承受更大的压力和重担。老天，我的生活也的确如此。一些精致的花花草草围绕在我四周——就像香华。虽然，你知道的，外表只是她的伪装，她温柔的面孔下是石头一样坚强的内心。”

香华大笑起来。“她的意思是，我太顽固。我就是这样。咱们换个话题吧。你喜欢这张书桌吗？”她摸着平滑闪亮的宽阔桌面。“这以前是我父亲用的，他喜欢让我们把橡皮和练习册收在抽屉里。这个柜子在 1911 年大革命的时候被打碎了，你还记得吗？”她问道。“看，我们已经修好了，里面放着我父亲的长袍、皮货，还有我母亲的一些衣物和礼服。在我看来，这个柜子和以前一样美，也可能是我偏心。”

魏小姐的侄女，晶莉，此刻出现在门口，伸进来可爱的脑袋，瞧瞧我们在做什么。她走过来，打开柜门，柜子里面保养得很好。“来闻一闻。”她邀请道。“这是用一种我们叫作‘楦木’的木材做的。看这木头的纹理多密实，质量多好。现代家具没有能比得上这个的。这些小抽屉抽拉起来多容易，就像梭子在织布机上一样顺溜。”

“这孩子那么喜欢我这个柜子。我跟她说过，等她结婚的时候，就把这柜子送给她做嫁妆。”

“她怎么回答的？”我问道。但晶莉瞥了我们一眼，就跑掉了。

“她说，她根本不会结婚。”香华道，“现在这个时代，没人能强迫一个女孩去结婚了。我们可能是最后这么做的一代人。但我真希望有个好男人来向她求婚。她天性纯良，品位又好，依我的观点看。比如，我那个嫂子，当初我把这个柜子从家里带出来的时候，她可高兴了。她更想要的是从上海买来的那种带着玻璃的现代衣柜。”

我在一定程度上有些同情那个嫂子，因为老式的中式柜子只有隔板和抽屉，外穿的正装脱下后也要叠起来放，而不是挂起来。现在，中国的女士也开始穿毛料衣服，男人穿的是西装，所以能挂衣服的衣柜在中国也受欢迎起来。我感到有些抱歉，两位女士设想周到，给我在客厅放了一个可旋转的立式衣架，而我为了图自己方便，就挪到了卧室，按我的习惯来挂衣服。香华取笑我太懒，每天都不叠衣服。

我们经常谈论良久，为学校现存的问题焦心。自从创始人继小姐去世，魏小姐就接手了学校事务。继小姐是一位满族将军的唯一继承人。将军很欣赏女儿的才干和奉献精神，于是把自己的宅邸捐出来让她开办学校。

学校曾有个董事会，前任四川总督，著名书法家赵尔巽[1]曾经担任董事会主席很多年。继小姐去世时，他曾撰写过一篇悼词，后来这篇字迹俊雅的悼词被魏小姐刻在一个花岗岩石碑上。“可惜我支付不起大理石碑。”她一声叹息。这块高高的石碑立在一只石龟底座上，龟象征着长寿和永恒的怀念。它们置于学校院门处，但是日久年深，土地松动，有一端已陷进了地下。女士们没钱将它恢复到原来的位置，只好用一条结实的绳索一头将它拴住，另一头系到院门口的大槐树上。

一天晚上，在半昏半明的书房里，我一边品啜着茶，一边细嚼着枣子，树华则用她的女士长烟嘴抽着香烟，跟我吐露最初遇到骆香华的情景。一个春日的下午，骆小姐来到学校的会客室自荐，那时的会客室还没有摆上如今借给我用的那套沙发和高背座椅。香华身着精致华丽的丝绸长袍，一番寒暄和客套后，她开始羞怯地询问，可否有幸在学校无偿教授一些下午的课程，语气谦恭而坚定，无论在东西方都是受欢迎的。她的父母曾给她请过各种老师教授她文化知识，现在，她希望能在魏小姐的女子学校教一些简单的英语、绘画、算术、地理和

1　原文为“Chao Erh Fang”（赵尔丰，1845—1911），与其兄赵尔巽（1844—1927）都曾任四川总督。文中提到为女校创始人继诚小姐（字识一，1861—1916）撰写悼词的，据推测应是赵尔巽，而非当时已经离世的赵尔丰，此为作者笔误。

国学入门课程，不需要任何报酬。继小姐和魏小姐的成就珠玉在前，她不敢妄图教授国学高级的课程。

“当时我没太考虑过她，你知道。”魏小姐笑了起来。“我当时只把她看作又一个出身高贵的小姐，因为不满家庭生活想找个乐子而已，真正辛苦工作一两个星期就会厌倦。你不知道，她当时说话的时候多么羞怯。但是我们的确需要人手来上英语和美术课，所以就勉强接受了她。一个月过去了，她每天按时来上课，从未缺席过一次，课也上得很好，然后又担任了更多课业任务。我发现她的目光经常观察着我的脸色。你知道，她的眼神——纯净、勇敢、美好，之后却常常流露出悲伤，就像一只走失的小狗盯着我，让我带她回家。现在，你都明白了，我是个高大强壮的人，我也告诉过你，母亲给我取‘树华’这个名字，所以我总是要忍常人之不能忍，也要担起更重的担子，只要是我能做到的。因此，我开始思考，‘那个在我这儿教书、出身满族大户人家的小姐，内心真诚，为人实在，我确信她是想和我成为朋友。’我当时也觉得很孤独，时常怀念志同道合的继小姐。”

我们说到这一段的时候，香华已经进来一会儿了，接口道：“一棵葡萄藤如果没有坚强葡萄架让她依附攀援，就结不出果实：我就像那棵葡萄藤。但是我不想要一个丈夫做支持——不想在看到我的姐妹们受丈夫欺侮，落得那般悲惨下场后，还自投罗网去跳火坑。我发现了树华的坚强，还有她对工作的热情。学校里的每件事都让人愉悦，起码和孩子们在一起的时候很开心；而我家里的每件事都让人无法忍受。”

“树华，继续说你的故事。”我坚定地插嘴道，“香华，别想打断树华，你借口为树华唱赞歌，其实是想说自己。”我引得她咯咯笑起来。

“后来我开始注意到一件小事，香华每天下午都很准时地来到学校，正好是我们吃完午饭的时间，虽然我们强烈邀请她一同用餐，但她总是婉言谢绝，还说，‘我已经吃过了，谢谢你们’。”

“可我确实吃过了。”香华微笑着再次确认。

“是啊，可你也从来没说清楚是几点吃的呀。”树华伸出手指责备地点了点她，又转向我说道：“她上一顿正餐是晚饭，头一天晚上六点钟用的。早起她只能匆匆忙忙喝上一小杯茶，吃点儿咸饼干，因为她要照顾年迈的父亲，帮他洗漱，整理床铺，为他梳理头发。她也经常成宿成宿坐在父亲榻前，因为他已经差不多病入膏肓。被病痛折腾一夜后，她父亲早上能睡上一会儿，直到午饭才会醒来。她有位忠仆，可以在她走后伺候父亲午饭。但她的嫂嫂很反感她每天外出工作，也不会特别安排她的餐饮。一段时间之后，就算我眼睛再瞎也看出来了，我们下午课的老师越来越苍白消瘦。最后，我的头脑灵光乍现，终于明白她是怕麻烦我们。你看，我就这样开始喜欢上了这娇小的人儿，还有她强大的精神世界。

她的真名是‘莲香’。就像水仙，莲花看上去较弱，但却十分坚韧。她的芬芳弥漫整座花园或房间。香华的香气最终向我飘来。你会惊讶吗，当我发现她身上这些故事时立刻就喜欢上了她。这是我人生中多美好的一件事啊！”

“你把整件事说得太夸张啦。”骆小姐抗议道。“我喜欢来学校教课。家里的嫂嫂快让我窒息了，父亲也只在晚上才需要我照顾，而我们在一起的时光也很幸福。每天我回到家，他都爱听我简单讲讲学校发生的事情。在他生命最后一段时间，这些故事给了他巨大的安慰和快乐。他也觉得，我去学校教书是正确的选择。”然后，她盯着树华看了许久后补充道：“另外，我们家族对这所学校亏欠太多。我可以和我们的姐妹讲讲这段不光彩的事吗？”

大家沉默良久。

最终，魏小姐开口说话了，松开了交叠在一起的腿。

“现在，一切都结束了。你也已经千百倍地弥补偿还了，我的香华，你做到了。好吧，你来告诉她吧，因为这件事很有意思。但是阴云终会消散，结果也终会清白。”

于是，香华开始跟我讲述一个三十年前发生的故事。一个富有人家的老太太离世了，留下一大笔遗产捐做青少年教育经费。这时恰值慈禧太后最后的统治时期。凭良心说，慈禧太后给中国惹下诸多祸事，监禁推行“变法”的光绪皇帝，废除他颁布的所有新政，1900 年支持“义和团”引发与西方的战争。在她晚年掌权时期，我揣测，她已经无力抑制“新思潮”的成长趋势，虽然她一向信奉“身后之事与我何干”。但是我也不确定，这位邪恶的老太太是否想借着这股浪潮的惊人力量，全身而退。我不认为她是真心实意推进“新政”，但她确实在 1905 年下令兴办“女学”，政令规定，女子与男子一样要入学堂，受教育，所有女学在政府登记注册，受国家支持。我现在坐在其中细嚼枣子的，就是由继小姐创立的学校，也是第一批政府批准兴办的新式“女校”。目前，中国大部分“女校”是由国外教会创办的，不能在政府登记，因为政府的学校都要敬奉“儒学”。亚洲的情况与欧洲相似，基督教会开创了现代教育，同时也创办了现代医院，并在社会改革的其他方面充当先锋。然后，人民有了新的生活机会，政府也开始逐渐接手推进这些新事业。

“我的父亲穷其一生都在推进这些新事物。”我告诉魏小姐。“他总是说，中国应该尽早开创自己的教育制度，至少是为了百姓。西方已经指明了方向，并从旁指导，直到东方可以独立发展的那一天，正像孙中山先生在他的政治理念里提出的那样。我的父亲希望教会学校还能发挥带头作用，心怀梦想，能促生出更优秀的教育。真正的教育永远都不是静止的，成长和发展永远没有尽头。”

“好吧，那个富家老太太做了遗愿，把钱平分给三四个政府管辖的北京学校。”魏小姐继续道，我们刚才扯得太远，思维发散到大众教育、教会学校，改进教育大纲，让我感到又回到了英国教育委员会。“这些学校里，有一所学校接受男学生，但也得同女生混编。继小姐曾特意提起过。老太太曾委任香华的一个姻亲做她遗产委员会的主席。但不巧的是，老太太去世不久，就爆发了辛亥革命，孙中山推翻了清政府，这之后许多年，中国战乱不断。这个遗愿委托人被赌博思想侵蚀，金融危机爆发时，在证券市场损失惨重。其他的委托人都去世了。所以他可以丝毫不被察觉地挪用教育基金去填补他的资金缺口。可不幸的是他再次全部赔光，之后没多久就死了。”

“几乎没人知道这件事。”香华告诉我，“几年后，这件事才辗转传到我耳朵里。我听到关于这件事的流言蜚语时，简直难以置信！但这都是真事儿。我爸爸如果知晓此事，一定会羞愧至死。甚至嫁到我家的那位，都不知道她舅舅做了这么见不得人的事。我确实不喜欢她，她一直对我不好，但她也是个诚实的人，假如她知道了，恐怕也没脸再活下去。所以，你瞧，恰巧是我知道了事情真相。我觉得是上天选择了我，帮这位罪恶的亲戚弥补他犯下的错。我的心里还怀有未消化的愧疚，又怎吃得下学校哪怕一口食物呢？”

“香华有些想法太过刚直。”魏小姐插进一句，“没人能这样为自己的家庭赎罪，更何况犯错的人与自己只是姻亲关系。她已为学校奉献了二十多年的青春，衣食住行从没用过学校一分钱，连坐黄包车都用的是自己的零用钱。”魏小姐忍住了眼眶里打转的眼泪。“她提到过，之前我很强健、精力充沛。但是现在，我有些累了，时代艰难，我心里着实为香华的未来担忧。”

“我什么都不怕。”散发着莲花芬芳的香华坚定说道，我也发现了她与自己名字之间的印证。“上天保佑了我四十四年：给了我朋友，一个家，一份好工作，是的，被上百个孩子围绕着，这份工作让我们永远不会变老，总会有新的孩子坐在书桌边，用稚嫩的眼神看着我们。难道我还会怀疑上天对未来的安排吗？连孔夫子都执此信念。树华，你是儒家忠诚的追随者，不该有所怀疑。”

考虑到香华对在学校教书的辩称，我问树华，为什么她没结婚。我不禁会想，如果她有自己的家庭，该是个多么伟大的母亲，多么贤惠的内助。然而，或许上天自给她安排了合适的命数，那么宽广的胸襟要惠及更多的孩子，就像香华说的，而不只是五六个。但是她的回答却让我迷惑了。

“我不结婚的原因，是我的侄女，晶莉。”她说道。“在她出世前，她的母亲，也就是我的姐姐，因为难产在床上呻吟尖叫了十几天。”

魏小姐双手捂住耳朵，陷入了对过去的痛苦回忆。

“只要我一想到她，我现在还能听到那些痛苦的喊叫声，”她叹息道，“人们跟我说，如果是现在的话，我母亲就该找个外国大夫助产，或许能够救她一命，至少能减轻一些她的痛苦。可那是二十五年前，我们中国的产婆真是无能为力。晶莉出生后三天，她就死了，死前一直很痛苦。那是我的亲姐姐，所以我觉得，我的身体可能也和她类似，不适合怀孩子。那之后，我就劝服我母亲，让她保证我不会出门上轿。那时候，老姑娘也不算稀奇了，继小姐就一生未婚。我爸爸很早之前也离世了，所以我妈妈可以不受任何干扰，决定我们的命运。她也一直不能忘掉我姐姐死前遭受的痛苦。作为一个佛教徒，她觉得这些都是对她前世业障的惩罚。但是我告诉她，上天赐予女人的身心，除了婚姻生活，还有其他用处。正如香华所说，她和我一辈子都不会缺少孩子。我们不适合生育的女人，虽然可能会享受到一些孩子带来的快乐，但是更多的是痛苦，还不如为世界做些其他有益的事情。其他女人忙于照顾自己的家庭，肯定无暇顾及其他孩子。”

我觉得她对于生活的这番逻辑十分大度，但是，我却不禁希望，她不要用此来束缚住晶莉的人生。

一天晚上，她和我谈起了晶莉的未来。“我跟她说，一定得帮她安排一门亲事。如果我老了，办不动学校了，她该怎么办呢？虽然她聪明健康，但却不能像我一样独当一面。接管学校的新人会取消现行的所有考试，他们会认为她的教法陈旧，她就待不下去了。当我说，我必须找个媒人来给她说亲的时候，她就哭了，说她永远不离开我们。”魏小姐停了一下，靠近我，信任地拍拍我的膝盖。“我的朋友，实话告诉你，我心里其实也害怕她嫁出去。我不希望她像她母亲生她时那样死去。我经常在晶莉的身上看到我姐姐的影子，她纤细的身架正像她的母亲。如果我们亲爱的孩子遭受她母亲那样的罪，我真的受不了啊。她最好还是教其他容易生孩子的女人家的小孩儿吧。必须有人来做老师，她就可以做得很好。可是，我还千百次地担心，怕她最后孤零零地留在这世上。”

“不要这么担心她的生活。”我惊呼道，“中国已经有了很大的发展和进步，在生育方面也是。医生和护士都已经掌握了很多减轻生育痛苦的方法。他们会提前教会产妇一些知识，还会帮产妇按摩，安排合理的饮食，总是有一大堆的事情。在我们那儿，就算是住在贫民区的新妈妈都有自己的诊所，还有卫生随访员来看顾新生儿，给母亲提供建议和合理的饮食。你不能因为自己经历的那些不好的过程，就阻拦晶莉的人生啊。”

我还在热烈阐述自己的观点，告诉她很多前所未闻的事情，让她震惊。让我欣慰的是，她也从我的解释中对这些有了大致了解。事实上，我不确定她是否还在继续听我讲，因为她已经了解了自己之前的无知，也意识到，年轻侄女的未来是很有希望的。我告诉她，20 世纪最伟大的发现之一，就是新西兰的一位医生认为，新生儿在夜里不需要喂食。这个看法让她显得很是不安，带给她震惊和迷惑。她想了许久，最后说道：“好吧，西方的年轻女孩儿看上去都很健康，他们都是这样被照顾的吗？我确实还有很多需要学习，很多需要学习啊……是的，如果女人们能摆脱生育的恐惧，该是个多好的世道啊。”她拉起我的手，审视地看着我，我想，她是想看看，我说的这些是否都是真话，而非凭空捏造的。

“是天上的星星恰巧在这时把你送到我们这里，告诉我们如此宽心的事情。你觉得，如果我侄女找到一个合意的夫君，我是否就不用再担惊受怕了？”

我点点头。

“同样的，我其实也不想再主动去外面帮她寻亲事了。”她深思熟虑后说道，“不管香华的嫂子再怎么说我们没人性，阻挠晶莉找个丈夫组建家庭。你们希望自由恋爱结婚的方式，看起来也挺随意的……我要仔细想想这件事。”

或许，晶莉会让你的想法更完整，我暗自想。

第 9 章

# 顾先生

没安排我住在主校区的另外一个原因是，学校正在修建一排新教室，施工时的噪音很早就会把我吵醒，让我一天都无法集中精力工作。我温和有礼地提出过，这其实并无大碍，因为我总会被其他事情分神。

一天，我去吃午餐，却发现围着工地围裙的工人们不见了，没人在和泥浆，没人在用桶挑运灰色的砖瓦，没有木匠在装门框，也没有笑容可掬的工头来跟我打招呼，问我是否用过早餐了。我没对朋友们说什么，以为中国工人和西方差不多，来去都会找些你想不到的理由，或者只是接到别的工作，离开几天而已。

可是，有一天，我看到工头在收拾之前留下的一些工具，还有剩下的半桶白石灰，清理着地面上的沙子，显然是要从此处撤走。可新建筑的墙只建了六七英尺高，我看着空荡荡的半成品，就像我们见过的被轰炸过的城市那般景象。当晶莉用她的红木筷子往我的米饭碗里添上切得细细的萝卜榨菜时，我意识到，此时不问更待何时，于是便闲闲问起新修建筑的事情，为什么那些工人看起来要离开的样子。

他们是要休假吗？晶莉的手顿住了，魏小姐停了停，才回答我：“他们不会再来了。我们不修新教室了。”

我惊呆了。“你的意思是，要把修好的地方重新推倒？怎么回事？”我问道。

“不是。”她的嘴唇僵硬，“暂时就这样搁那儿了，再推倒的话，花费太多了。”

我很震惊，却也没在此时多说些什么，尊重了她的缄默。这样糊里糊涂过了一周，每次看到那些垒了一半的墙，被废弃地立在那儿，凄凉无比，我的心里就腾起一股恼怒。没法从魏小姐那里知道些什么，我决定在某天早晨试试香华。

“这些新房子之前是修来做什么的？”我问道。

“你们西方的教育界是不是也有很多来自政府的条条框框？”她反问道，“或者只有我们中国才有？”

“我觉得你的话里有毛病：是中国发明了行政部门！”我回答道。“怎么了？”

“已经很久了，”她告诉我，“教育机关派巡视员告诫我们，让我们提供初级学校的技术指导。后来他们的态度变得越发强硬，如果不提供，他们就要取缔我们的注册资格。所以，我们觉得这对学校来说，或许是件好事。这样的话，我们就能招更多的学生，至少能有一个正常付费的稳定生源。董事会也提过，只要我们有意愿，他们会为校舍提供更多资助，我们希望或许能从仅剩的几个委托人那提高资助金额。但问题是——问题是，他们大部分人已经年岁大了，跟不上我们现代的需求。”其中一名委托人是位文武双全的将军。“上个月，他传来口信，没写在纸上的。”香华悄声道，“他分给学校公益事业的资金只能是很小一部分了，虽然他也很遗憾难过，但是他要用钱添置军备。”

“那不是还有政府拨款吗？”我疑惑道。

“是的，教育局也传来消息，说因为我们一直相对独立，从没申请过拨款，现在再申请，时间仓促，教育资金本来也不足，等等。”

听完后，我也很沮丧。香华在说起这事的时候，和魏小姐一样，声音都很冷静，没任何感情色彩，好像她是块砖，是块石头，如果不是看到她脖子上起伏的血管，我一定会真的这么认为。

我询问现在学校的学生数量，她告诉我，在主校区有一百多人；旁边还有个分校区，原本是那位将军的射箭场，用来养马和练习骑射的地方，现在腾给了学校，另有四十名学生就在这隔壁上课。他们家境贫苦，交不起学费，如果不如此，他们就濒临失学。一个小学老师在给他们授课，“学校基金”来支付她微薄的薪水。“晶莉也常去照看帮助这些学生，教他们舞蹈，带他们做游戏。”

主校区的一百多名学生里，六成是女生，剩下的是男生。“目前，女生一个月支付六毛钱。过去是一块钱，可家长们说承担不起这费用。男生则必须交足这一元钱。”她坚定地说道。“我们建校的目的是让女孩子们受教育，不是为了男孩子，所以他们算是混进来的。”

“是啊，当然。”她笑道，“男人过去阻拦我们女人读书，所以现在他们理应做出补偿。”

学生们大多来自中产家庭，比如勤勉的医生家庭，在政府部门工作收入稳定的人家等；有些学生则来自家道中落的满清贵族家庭，这些家长本身都知书达理，教养良好，有理想和抱负，当然也希望自己的孩子能继承这些优良品质。有些学生乘坐自己家的黄包车来上学，一个家里的两三个孩子挤在一个顶棚干净的小车厢里。黄包车夫就是这户人家的工人，放学后再让他们坐进车子，放下帘子，接他们回家。有时候，他会父亲般地询问他们的功课，就像我祖母健在的那个年代，我们家的老车夫，接我们回家路上，会问起我这个“小姐”在学校学习得如何，希望我表现得体，功课良好。其他孩子，背上背着小书包，在灰尘飞扬的街道上独自跋涉，两边是高耸的连绵不绝的外墙，墙体后面就是隐蔽的民居。如果他们在街上或其他什么地方碰巧遇到魏小姐或者骆小姐，甚至后来也包括我，总会立刻停下来，脱掉帽子，深深地鞠上一躬。因为这间学校正是以“礼仪”命名的。

我喜欢看孩子们在操场上嬉笑打闹，欢呼雀跃。那里立着一只木制滑梯，一端是可以攀爬到滑梯顶端的台阶，另一端是可以一滑到底的滑板。滑梯已经老旧不堪，因为下面总排着一队等待玩耍的男生和女生。所谓的“学生操场”上，长着一层不甚柔软的矮草，之前是将军练习骑射的场地，现在是孩子们在这里练习体操。在学校教员里，我认识一位顾先生，年轻热情，今年二十六岁，大大的眼睛充满智慧。他穿着一件旧法兰绒灰色西装，一头倔强的短发，双脚飞速地踩踏着风琴踏板。这种乐器在中国每所学校都很受欢迎，因为钢琴毕竟是个昂贵和难以挪动的奢侈物件。他把风琴从一个院子搬到另一个院子，在户外教唱歌和体操课。他也教学生跳“民族舞蹈”。有一天，我正巧看到一大班学生在跳“牧人之舞”[1]，场面热烈，活力四射，十分振奋人心。从此，我和顾先生成了很好的朋友。一天下午，在两节课的等待间隙，我和他坐在一处聊了起来。他充满活力，怀揣很多新思想。我不知道他靠什么生活，虽然他在几个学校代课，但就我所知，所有薪水加起来也少得可怜。

“我们应该看到，中国的孩子们在接受课堂教学的同时，也应当健康快乐。”他继续道，“而且我从心底里敬佩魏小姐和骆小姐，如果可以帮到她们，我宁可自己缩衣节食。好在我也还没成家。”

那天下午，坐在长长的窄凳上，我也同他讲了自己

---

1　原文为“Shepherd’s Hey”。

早年去教他们国家的女孩子唱歌和体操的故事。“十八岁那年，我离开英国的学校，又回到中国。”我告诉他，“在一个叛逆的状态下。”

在那之前的三年，我母亲在伦敦近郊置了一处房子，就像伦敦所有的郊野，不远处有一片破败的社区。每当坐火车路过那些地方时，都能看到漫无边际的窄小房子，阴暗逼仄到可以扼杀掉每一个灵魂。然后我听说了一两个学校里发生的关于女孩子的悲惨故事，恶劣的影响刺穿了我的心。如果十八岁的时候，不去对那种事情做出反抗，就一定会由此铸成大错。佛祖释迦摩尼十八岁的时候，看到人间贫苦、生老病死，于是离开宫殿走向旷野。我告诉顾先生，就是在那种思想状态下，我来到了中国南方。如果宇宙之父的子民互相之间这样残忍地拔剑相向，我怎能全心全意地信奉于他？我告诉自己，如果他真的存在，一定也是懦弱残忍的。坐在太阳的光芒下，我告诉顾先生，虽然已是陈年往事，如果可能的话，当时的我最终会离开中国，回国学医，在伦敦东区当一名医生。我的中国之行只不过是段人生的插曲。

“是什么改变了你的主意？”他问道。“因为我和你有同感，对中国的情况。但我觉得音乐和诗歌的愉悦能抚平我内心的苦楚，让我振作一些。”

“嗯，”我继续自己的话题，“当时我来到中国，看到中国的女孩儿，那时候还裹着脚。从五岁起，她们的母亲就开始用裹脚布紧紧缠住她们的脚趾，自此就再没能奔跑一步。事实上，她们也没有正常地‘走’过路，只是步履蹒跚地挪动，就像用一双生足病的牛蹄在移动。”

“的确如此。”他点点头，“虽然我自己因为年轻没怎么见过，但这旧俗实属糟粕。”

“正因如此，女人们也失去了健康：她们每日坐在那里，缩成一坨，肩膀日渐佝偻，胸部扁平，常染上咳疾：她们的双脚一直摩擦着，用疼痛来减轻肺部的灼热感。而男孩子们就在大街上奔跑欢闹，尽情玩耍。真是残忍和不公啊。最后，我忍无可忍：反正还要再等几年才能正式学医，所以我就想，应该在可以做事的地方，做好我能做的事。”

他再次颔首。“听起来很有道理。”他赞同道，“我想知道的是，你是从哪里了解到的？”

我思索片刻，自己回想了一下，便说道：“那时有一位刚离世不久的人，我觉得是他点化了我，就像佛教徒们说的那样。他喜爱艺术和建筑，也热衷女性教育事业。你肯定从没听过他的名字，我觉得。他叫约翰·罗斯金[1]。”是的，他并没有听说过这个名字。“我们上学的时候学过他写的一些文章，辞藻优美，思想深刻。他非常憎恶残忍、丑陋和愚笨——还有，那种带尖刺的栅栏；

1 约翰·罗斯金（John Ruskin, 1819—1900），维多利亚时期英国著名作家和评论家，代表作有《时至今日》（1862）、《芝麻与百合》（1865）等。

我也是。对于感染猩红热死在贫民窟的劳工和儿童，他既悲伤又愤怒。他也写过那些落单的女人是如何因饥饿走向死亡的。他所说的这些深深刻在我的心里。”

顾先生的脚踩向风琴踏板，然后用一只手，奏出了几个音符，似乎想用音乐驱赶走这些让人痛苦的回忆。他将脸转过来，正对着我，给了我一个微笑。“所以，像我一样，你也发现了，通过培养出美好优秀的下一代，来抵御现实中的丑陋和残暴，这是最好的办法：我们只能用美的事物来驱散丑陋的东西。否则，生活真是毫无意义可言了。”

“没错。”我赞成道。“你承认我的道理，我也认可你的。当我看够了中国女孩子不幸的小脚后，我无法再忍受这种丑陋的习俗。我去到父亲那里，请他帮我写下一些瑞典式体操的指导用语，比如‘站成一排’‘跟我做’‘举起胳膊’等。”

我还记得，父亲是如何微笑着，帮我将这些誊写在一张小纸片上。当时的我也没好好学习汉语，所以理解起他写的短语来十分困难，最后还是彻彻底底地忘掉了。但是，第二天下午，我带着一脸自信，手里攥着纸条，风风火火闯入了一间大教室。一位道德高尚的孀妇是此班的任课教师，我将纸条递给她。她认真研究了一番，疑惑地将纸条撂在桌子上，最终还是没能理解其中含义。我还是没放弃钻研我的“招式”，我竭尽所能，命令五个最大的女生走出来，强迫她们一个挨一个站好。我瞟一眼我的“秘籍”，开始喊口令，她们却全都突然哭泣着跑回座位。我丝毫不气馁，又选了五个体形最小的女孩儿，她们也开始号啕大哭，哭声响彻整个校园。我把这些牺牲品拎出教室，让她们站成一排，逼迫她们做动作，命令她们照着我那样做，并将我的胳膊举起又放下。可她们除了啜泣，什么都不做。就在此时，女校长带来了希望之光，她用我前所未闻的语速说着什么，唯一能听懂的是，她叫她们不要害怕，不要以为我声音大就是在“发飙”。她在上海一间学校工作的朋友在报告里是这样描述的，她对整件事持积极和肯定的态度。她告诉这些流着眼泪的孩子应该跟随我的指令。我迫使她们排队围着屋子走了两圈，打败了她们每个偷偷溜回座位的企图。然后，我灵机一动，把门打开，门外对着的就是草坪，最后终以一个艰难而恐怖的灌木丛“躲猫猫”游戏做了了结。我拖着疲惫的身躯、懊恼的心灵，完成了所有工作。

顾先生笑到浑身抽搐。“我能理解她们。我猜她们之前肯定没听说过‘体操’这种东西，她们的父母肯定也没有。那你放弃了吗？”

“顾先生，”我告诉他，“我当时很苦恼，也不准备让我的好意就此打水漂，就因为那帮傻兮兮的小鬼不领情。第二天，我在同一时间又出现在她们面前，虽然心不甘情不愿，但那些大些的女孩子终归肯听我指挥了。事情也进行了下去。”说到这儿，我打住了。

“这就结束了吗？”他问道。

“并没有。”我对自己笑道，“因为不久后，我就发现，我把自己变成了奴隶：自此后就再也没有自由可言的好奴隶。我也很懒的，不想每天都去带孩子们做操。所以我教会了她们一些集体游戏，像‘填格子’啊，‘狐狸抓鹅’啊——也就是你们说的‘老鹰抓小鸡’。我本以为，这样也就足够了，她们现在可以自己玩，我也会偶尔去带她们做做操。但是因为开展了这些体操、游戏之类的室外活动，我的父母说，如果女孩子不放开‘缠足’，学校就不予接收，经过无数次讨论后，家长们最终也同意了。这一步迈得很有力，也让我很开心。但是女孩们若是离开我就不会自己游戏或跑跳！我多想在午饭后放松地往沙发上一躺，再读上一本小说啊。难道我没在医院里帮一上午的忙吗？但是，我没估算到我那狡猾的母亲——我也知道，她在学校教了一上午的书，也累坏了。她从来不提及此事，但是我知道。她把我从沙发和小说中叫出来，说道，‘过来看看学校大门那边，亲爱的。’有时候，我故意扭过头去与她作对，‘不，我就不看，就不看。’她就抛出糖衣炮弹，哄我说，‘就看一小下，就一下儿！’然后——你相信吗？——我只是靠近窗边，好奇地去瞧瞧她究竟在看什么，我的影子还没落在窗上，或者我的鼻子只从窗口伸出去四分之一英寸，之前挤藏在学校大门口另一边角落里的五十个孩子，全都涌上草坪，向我奔来，满怀期盼的小脸欢笑着，那么明媚，那么健康，向我喊道，

‘福芸，我们在这儿，准备好做体操啦’。”

“所以你放弃了你生活上的平静，得到了你内心的平静，”他一言以蔽之，并大笑起来。“和我的经历差不多啊。”

顾先生真是个聪慧的年轻人，头脑很有智慧。我从不知道，他是在哪里学到的这些。

我没告诉他的是，我的“奴隶生涯”越来越艰难。比如，我模糊地感觉到，我的操练方式完全不够科学。那些日子，我常常考虑，如果用严格精准来替代散漫愉快，是不是会更好些？我父亲当时每周一给我一块钱做零用，我知道他从我的体育课上省不下什么钱。所以，二十五周以后，我用每周积攒下来的零用钱找木匠帮我那二十五名大点儿的学生做一副球棒。可他从未见过球棒长什么样，我给了他百科全书上的图片做指导。第一副太大了，第二副又太小了。最终，一名每天就在港口停靠一次的瑞典船长，出于对我的同情，帮我从上海带来一副。那之后，我们就能顺利使用球棒了——但是，我们记得，那球棒根本没用超过两次，还是跑来跑去做游戏简单愉快多了。

“你们那时候有没有‘民族舞’？”顾先生同情地问道。

“没有。”我承认道，“我当时从没听说过，除了教给孩子们的体操，并不知道别的体育锻炼方式。但是我教授体操的成功让我越发膨胀，下一件事就是，我产生了一种要教孩子们地理的冲动。”

“你觉得你对中国地理的了解充分吗？”当我宣布自己这一想法时，母亲质疑道。其实我也对自己的能力很怀疑，可是我再一次拿起铅笔和纸走进了父亲的书房。“爸爸，”我用颤抖的声音说道，“我觉得，我们的学生甚至都不知道英国或者美国在哪儿，她们肯定也不清楚什么是五大洲和那些大洋。”

他借给我一个地球仪：我再次冲进教室，让前排的学生跟我走进一间昏暗的厢房。进去之后，我坐下来，拿出地球仪，试图告诉她们哪里是中国，哪里是北京，哪里是伦敦、巴黎，还有纽约。

“但为什么这个东西是圆的呢？”一个叫卓姆的小姑娘问道。

“因为世界本就是圆的。”我宣布道。

她们看着我，对摆在我一旁的“证据”深感惊恐。

我继续告诉她们关于世界看起来这么奇怪的原因，因为我意识到，现在似乎该给她们讲一讲我当时在学校里学习到的东西。四下一片沉默，她们中没有人曾走出过城市的四四方方的高墙。中国古代哲学思想里又有“天圆地方”的假设。不信任的沉默真让人恼火。

“我的父母曾游历过世界，”我大声说道，“还有我也有沿地球环行的打算，然后再回到英国。”

“我完全不相信。如果地是圆的，还像你说的那样，一直绕着圈走，为什么我们没觉得晕，也没掉下去呢。”

曲麦机智地打断我。“Gravitation”[1]这个词用汉语怎么说来着？我自问道，仍然相信一件已被命名事物的力量。我必须向父亲咨询。

“我下次再告诉你吧。”我威严地答道，“你们现在可以走了。”

“那有下一次吗？”顾先生问道。

“没有，”我承认。“我父亲也认为，我的汉语水平还不足以解释思想上的问题——肢体上的我倒可以通过演示来解决。”但是我的精神通过这些事情得到了治愈，也变得更谦逊平和，因为我已经打算帮助别人实现美好的一面，光明照亮了我内心深处的黑暗。

我们结束谈话时，上课铃正好响起。晶莉带着她的音乐和歌曲出现了，整个高年级学生都跟随着她，带着满脸笑容和热切的步伐。我有些惊讶地凝视着这一幕，显然，音乐课已经要开始了，就在户外，在顾先生和晶莉两个老师的合作中。看到这二位时，怎能不让我浮想联翩呢？他正沉浸在自己小小的风琴演奏中，而她则直接指导，孩子们排成一行行地齐声歌唱和舞蹈。对我来说，两个“领袖”之间有一种非常完美的和谐，让我很是愉悦。

旧时代的中国，结婚之前是不可能想到浪漫的。戏文上倒是会描述一个年轻貌美的小姐，年轻书生见到后

1 意思是“万有引力”。

都会“一见倾心”。但是我想知道的是，这种爱情能长久吗？会在家庭生活的摩擦中幸存下来吗？毕竟，婚姻生活是另外一码事。顾先生和晶莉每天在工作中碰面，这比仅凭外表就坠入情网的浪漫故事有更多意义。他们了解彼此的性情、精神世界、积极热情的人生态度、承受力与忍耐力及可爱与沉稳。

如果魏小姐没能成功为学校建造一排符合技术指标的新校舍，那她看起来在别的方面已得到足够的收获了，我暗自想。

几个月之前，我在一家二手书店恰好看到《芝麻与百合》这本书。我找到了一段少年时就曾被打动的段落，现在读起来仍让我动容。

> 在沼地与岩石深处——在让人恐惧的街角暗处——这些微弱的花朵躺在那儿，嫩叶被撕裂，花枝被折断——你是否从未走向过他们，为他们整理干净，放回芬芳的小床；为他们筑起篱笆，抵挡凛冽的狂风？每个清晨是否都为你而来，却不是为了他们？

事情应该是这样的吗？要是我能做点什么，就不会是这样的结局。而在1936年，顾先生和晶莉似乎也产生了同样的想法。我真高兴能这样说。

第 10 章

# 火锅

从两位女士的着装打扮上，没人看得出学校正面临着资金短缺问题，她们的衣饰向来赏心悦目。毫无疑问，骆小姐是二人之中衣饰更为精致的那个。魏小姐生平首要乐事就是看到她心爱的香华打扮出众。魏小姐，虽然经纶满腹，但于日常饮食生活，亦称得上一把好手，寻常人一望她的双手便可知。她的手虽不纤细，却轮廓优美，极具创造力，做起任何事情似乎都游刃有余。魏小姐不仅厨艺高明，更擅长服饰搭配。她尤爱在我出席一些特别场合之前来做客，检视我的衣橱，帮我挑选出适合当天场合的穿戴。即便那天的外事活动她从未经历过，也定能择选出最合适的衣衫。宴会结束返家后，我便会向她一五一十地汇报大家对当日衣着的反应。

一个周日下午，我早早到访，发现她正在书房的旧箱子里翻找着什么。

“冬天要到了，我们必须及早让裁缝过来，不然他的时间就要被订满了。不能让香华巴巴等着裁缝的空闲，万一你忽然要带她去什么活动呢。她可是要给我们撑场面的。”

当时，北京的社交活动已逐渐盛行起来，常常四海宾客齐聚一堂。我的朋友和熟人们不久便意识到，北京的氛围变得愈发自由开放，于是也乐于在邀请我的同时，给我的中国朋友们发出邀请，就像魏小姐和骆小姐的朋友们同样接受了我的到访。

一天，魏小姐拿出来一件她父亲的官服，老爷子四十多年前就去世了，这件衣服如今还泛着青铜色的光泽。

“这件衣服的料子比较特别，保养上自有麻烦之处，”魏小姐解释道，“就是不能和其他衣服搁置在一处，得单独放在一个不被挤压的地方。不然，上面的一层细绒毛就会被压坏，毛峰也给压平了。你要是买这种衣料或者大衣的话，一定要记得怎么打理。当然，要买到这种料子已经很难了，这种大衣现在市面上很少见。”

我向她保证，如果有机会知道在哪里能买到，一定会去买下来的。

魏小姐那件古铜青色的长绒大衣内侧还有一层厚实的衬里，松绿色的锦缎，上面有象征祥瑞的环形图案和象形文字做纹饰。被叫进来的裁缝，听完魏小姐的一大通要求，经过一番深思熟虑，便把它全拆了，为骆小姐做了一件冬季短外套，暖和又好看，领口和袖口都翻出宽边，正是当季的流行款式。

“自从你信上说要来北京，我就一直盯着北京的摩登圈子呢。我知道你一定会带香华去各种宴请。”魏小姐跟我说道。“香华的风格是：时髦得刚刚好。”

确实，无论何时何地，无论香华跟我去参加午后茶会、正式午宴还是招待会，总是“穿得恰到好处，”我能觉察出，从大厅各个角落投射过来一束束目光，摩登的中国贵妇们正细细打量着香华。她们经常把我拉到一边，悄声问道：

“你朋友的衣服究竟在哪里买到的？我从祖母那个年代起就再没见过这么漂亮的衣服了。”

“你能喜欢我也很高兴。”我向她们身侧靠了靠。“我也认为她的外套相当迷人。”香华并不清楚我们在一旁嘀咕些什么，有时她眼中含着一丝笑意，玩味地看向我。我觉得她猜到了些许谈话内容，因为她会顽皮地瞥我一眼。回去之后，我定是如实向魏小姐汇报所有好评，她则一边听一边心满意足地摇晃着脑袋。魏小姐很少和我们一同参加这些社交活动，她解释说，学校里起码要留一两个负责人，而她似乎总要主动充当那不可或缺的一位。

“还有，香华去的好处是有机会能和你的朋友们练练英语。”北京的名媛贵妇大多来自南方，像广东或是苏州。她们和北京当地女客在一起的时候更愿意讲英语，不愿给后者任何嘲笑或讶异她们口音的机会。她们基本都曾在美国人开办的学校受过教育，口语十分流利。

“香华生活中的乐趣太少了。”魏小姐为自己的回避找到一堆借口。“她比我年轻，需要更多乐子。我老了，这把年纪才开始参加现代社交活动，已经不太合适；更何况我也没那么多时间。我是职业女性，香华虽然也在工作，但她是名臣之后，大家闺秀：北方地区没有哪家闺秀能比她的门第更高了。香华的母亲讨厌自己的堂姐，也就是慈禧太后，尽力避免去奉承应酬她。她也憎恶太监，痛恨宫闱的波谲云诡，还有慈禧太后对光绪帝的种种谋害。那位可怜的年轻皇帝本可以将中国从当时的愁云惨雾中解放出来。但是无论如何，那位贵人毕竟是香华母亲的表亲。香华为了中国年轻女孩的教育，付出了二十年的大好光阴，从未考虑过个人的幸福与物质。所以，她很是需要穿戴一些合乎身份的衣饰，走出大门，有所展示。”

有时候，我们会一同出门买筐红灿灿的苹果，逛逛庙会，我最爱的便是在东安市场闲逛一番——溜达溜达，在琳琅满目的货摊上挑选泥塑玩偶。这些造型异常生动别致的小泥塑，每只仅卖几个铜板。人们花不到六便士，便能造出一个婚礼场景；或者花一枚铜币就能买到一个比例精确的扛着锄头的农夫；一个诵经的牧师；一个穿着长袍的乐手，永远沉醉在他的场地中；一个拿着鱼竿的渔夫；一个快乐的小男孩，用鞋子的后跟踢毽子——一种很困难的姿势，虽然香华教了我很多次，可我永远挑战不了；或者是两个白胡子老大爷，盘着腿，认真地在下棋；一个花脸将军，头顶带着羽饰，炫耀着手中的宝剑；或者是一个笑眯眯的古代老神仙，一只手擎着一颗红石榴[1]，另一只手拄着一根木节嶙峋的拐杖。所有泥塑每只仅卖一个铜板：只要花一两个先令就能买下整个市井场景，用棉花包好，放在半打火柴盒里带回家。

魏小姐更喜欢逛庙会。她不怎么去瞧那些让外国游客眼花缭乱、不加分辨就大量购入囊中的古董物件。另外，她也不会被那临时搭就的戏台子吸引而停下脚步，上面有低俗的喜剧演员互相扇巴掌、打来闹去；有杂耍艺人站在搭档的头上、手上和腿上，在各个角度展示平衡技巧；还有变戏法的从自己的袍子下面忽地变出一碗金鱼，或是从另一人的鼻子里拽出一只蜥蜴。她孩子气的乐趣来自整个氛围。我觉得，那些荒唐引起的阵阵欢笑比正式优雅的知识分子聚会更让她愉悦和放松。

“把我乐得呀，都忘了这些人做的事儿有多傻。”她眼里流动着喜悦，拍着大腿，对我说道，“可能他们说的话你也不能全听懂，是吧？”我诚实地摇了摇头。“是的，因为他们说的好多是俚语，但我觉得很有意思。”而后，她也跟着摇了摇头。“香华来这里的时候总觉得震惊，我也没时间像这样带晶莉出来逛。”

有一天，我俩闲步到一处绸缎铺。像现代中国的店

1　此处可能是作者笔误，译者推测“红石榴”应为寿星的“仙桃”。

铺一样，这家店也有营造热闹气氛的“售货员”，噪音里透出的技巧较之西方真是青出于蓝。一个悬挂在橱窗顶部的扩音喇叭，大声向全世界宣布店铺内有乾坤。魏小姐悄声对我说，实际上这家店的股东之一是她的二表兄，对魏小姐和学校都满怀敬意，因此会时不时地给学校些捐赠。

“所以，他们店里的人对我说话都很和气。”她解释道，“虽然我不常来，他们也清楚我不会买什么。但是他们尊重学问，敬重我们在学校做的事情。”

的确如此。一看到她，店铺经理们就都从屋里迎了出来，向她鞠躬致意，唤她作“教师”或者“老师”——在中国是很受爱戴的头衔。他们为我们搬出椅子，当魏小姐提出我们只是看看，不准备买什么的时候，他们立刻摆摆手，表示并不在意。之后，又给我们端出两杯茶——“用的是他们最好的瓷杯。”魏小姐低声向我说道。她很受感动，我看得出来，对方的热情主动也让她很是欣慰。尽管她之前说不买什么，但我也看得出，她瞧上了一匹上面饰有栗色树叶浮雕暗纹的黑天鹅绒料子。现在，她的手指抚上了悬在身边柜台顶部的那匹布料，不住摩挲着它光滑细腻的纹理。

“如今已入秋了。”她说道，我知道那些棕色树叶让她想到了季节，“但是这种料子一年四季都可以上身的。是不是很漂亮，福芸？”她把料子轻轻地贴在脸颊上。

我赞成她的说法，另外还加上一句：“我觉得，这种料子中年女性穿上去也很衬得出气质和身份，你觉得呢？”

“是啊，是啊，”她热烈回应道，“要不你买了带回英国吧。但是这可不便宜，是上好的绸缎。”

“是的。”我回答道，“我要买下来。这匹料子轻软厚密，质量上乘，花色也适合中年女学者的身份，就像你一直这么告诉我的。但是，它裁出的衣服要由你来穿——是你穿，不是我。你叫那个给香华做衣服的裁缝来，用它裁上一件好衣服。就算以后我回了英国，你一穿上这衣服，还能想起我。”紧接着，我拿出钱包，叫来店铺伙计。她不断反对，但我终究没再听她一言。

到家后，她又拿出那匹柔软的布料，贴在脸上，向香华和晶莉展示这料子有多舒服，捏在手里攥一下儿，松开后也没留下任何折痕。她的脸上浮现出动容的表情。

“我已经多久没有穿过新衣料了？很久了吧，至少在 1916 年继小姐去世后，我开始掌管学校财政，就没再买过。”

那已经是二十多年前了。这些年，我穿过多少件新衣服啊？我扪心自问。“你确实该选个好式样来裁剪。”我的语气有些激动，“让你宽阔的肩膀看上去更挺拔的那种式样，我的树华。晶莉，我相信你能有好建议，你向来打扮得不错。我们该选现在新式的短袖，你姑姑的胳膊值得一露；要么还是长袖吧，慎重起见，万一你姑姑下一件新衣服又要等二十年以后呢？”

因着和我一般无二的喜悦心情，晶莉脸上泛起红晕，连忙回答说会认真考虑这件大事。这时，魏小姐沉吟片刻后说道：

“好吧，或许我该像你说的那样，找个裁缝来为自己缝这件衣裳。你也知道，我通常都是自己做衣服，但那些衣料都是些年深日久的棉布，我的剪子或许该试一下锦缎了。”她又特意转向我，说道：“但你真是太破费了。就这么一小会儿工夫，你就花了我该用在修缮半个校舍上的数目，另外一半也着实该修整修整了。”

“但你现在也该打扮一下自己了，至少每二三十年总该有这么一次吧。”我义正言辞地说道。香华则在一旁开心地跳了起来，忘却了自己的实际年龄，像小姑娘一样翩翩起舞，两只手兴奋地绞在一起，因为终于有人可以把魏小姐从对自己的克扣节俭中拖出来，放在她应该享有的位置上。

对香华来说，她的衣衫虽然经常由魏小姐来择定，但思想并没受其左右。她的生长环境颇为特殊。我惊讶地发现，辛亥革命初期，香华享有过一段很不寻常的经历，曾跟随家人在中国辽阔的土地上长途旅行，见闻颇广。我第一次遇见她的地方并不是北京，而是远在中国西北部山西省的高原山地上，她的父亲时任山西巡抚。她有时会向我展示一些精美的手工艺品，都是她父亲执掌河南、江西时收到的贡礼。她告诉我，他们住在中部某省的时候，有一年闹饥荒，民众情绪暴躁，他们认定某些官员为了抬高物价蓄意囤积粮食，就乌压压地冲到衙门口。她的父亲，时任巡抚，是当地的“父母官”，身着齐整的刺绣官服和顶戴在衙门应对，她的母亲则带着儿女们从后门逃到田地里，直到暴民散去方敢回家。另一个夏天，她，骆香华，在她十几岁的年纪，就乘着一顶轿子，跟着全家人浩浩荡荡的队伍，摇摇摆摆地穿过中国中部大片种满稻谷的平原，不久后又改骑乘骡子，颠簸过余下的数千里山路，千里迢迢从山西来到北京。她深知中国传统道路行走起来的颠簸与崎岖，见惯了一路上客栈老板表现出的露骨阿谀，官员和扈从们所到之处总能得到住宿和饮食的优越招待，就因为他们在当差。而他们离开后，这些老板又露出了怎样轻松的喜色。她领略到了祖国的壮丽山河——早起赶路时看到的山间晨曦，笼着一层薄雾的湖上秋色，竹子是如何在春天里颤巍巍地抽出新叶；那些日子，她同样也经历过，胆战心惊地乘着一条摆渡小船跨过广阔湍急的河流，船夫用熟练的技巧保得一船人安全，骡马只能在一旁自己游过河去；她亦见过，穷苦农民们被高烧和疟疾折磨得病怏怏的脸色。在一个年轻女孩儿最为敏感的时期，这些不寻常的经历和景象时时在她内心深处搅动，滋养了她的教养与见识。晶莉喜欢带着她的刺绣，坐在杌子上，身心投入地听香华开始讲述那段旅途中的故事。

“我也好想像那样去旅行，看看我们中国的大好山河。”有一次，她向我咕哝了一句。“但是根本没这个可能啊。”

“谁也不知道未来会怎样。”我的预言比我能预见到的未来更远。

就像香华说的那样，她在那些旅途中增长了不少见识，后来又听说从西方来的人虽然粗鲁无礼，但也带来了教堂、学校和医院，加上她发现用碎石新铺的官道确实比之前的泥沼路好走，蒸汽船也好过帆船，种种这些让她喜欢上了西方人。从那时起，香华就准备好要走出家门，去认识和结交他们。现在她定居在北京，去拜访过几次基督教女青年会，十分乐在其中，因为“那些女士都举止优雅”，她如此告诉我。她们很文雅，并且对香华崇尚的工作充满热情，同时，她们也尊重她中国传统式的矜持和礼节。她有一次告诉我，最羡慕的是基督教徒之间的友情，这种感情在基督教团体中似乎很容易建立。

“互相给予关照和友情是你们的基督教义。”她向我解释道。“这一点很好。也让我了解到世界上还有这种友情的存在，即便我自己没法深刻融入。”

魏小姐，树华，大部分的生活都在北京城的一隅度过，对西方的感觉与香华大相径庭。因着这匹天鹅绒，我用实际行动表达了真挚的情感，她终于在一同欣赏布料的那个夜晚，对我敞开心扉，畅所欲言。她的想法与香华截然相反，教会学校为她深恶痛绝之物。对我们而言，它们是一栋栋再寻常不过的小楼；然而对她来说，就是只能让她望洋兴叹的宏伟建筑。她了解的大部分教会学校都是美国人创立的，既现代化，设计得又宽敞。

“我感觉自己的学校就像是它们的穷亲戚，”她抱怨道，“他们有精良的设施、现代化的设备、图书馆、取暖设备和下水管道。你看看，他们最好的员工住在舒适的两层小楼里，干净又整洁，还有精致的小花园和草坪供孩子们玩耍。我们知道这种带花园的别墅在国外很寻常，但是现在连他们的中国员工都能住上一样的房子了。我还清楚一件事，他们都能按时领到工资，薪水相当丰厚，不像我们这里可怜的香华和晶莉，几乎什么也拿不到。他们的员工看起来都很健康壮实。这些中国老师能养得起自己的黄包车，还能送他们的儿子甚至是女儿上大学。他们中的一些人会被培养成内阁大臣，外事或者教育部门的秘书。他们根本想象不出我们遭遇到的种种困难，我们这些人甚至得一起省吃俭用供养学校。而他们自己的房子里就有浴室，烧得起煤炭，用得起浴室热水；但是你呢，我亲爱的姐妹，浴室里只用得上小侍者从我们这里拿过去的两只水壶。”

听到这里，我的火气上来了。“你把我想成什么样的人啦？”我申辩道。

“没错，你不介意。但你确实是个基督徒。”她说道，“我也了解一个基督徒的生活方式。他们会让生活里的每件事都尽量便捷舒适，跟我们的完全不一样。”

我的心中翻滚着不平静，却不知该说什么。而且，说什么也没有用，甚至我都希望，能否认我基督徒的生活背景，因为在大多数中国人眼里，西方社会等同于基督教。还有，他们会祷告吗？他们显然既不信奉儒家学说，也不信仰伊斯兰教，既不理会道教，也不加入佛教，什么信仰都没有。欧洲现在弥漫着对基督教的消极逃避。但是，时间已经给了我最好的答案，看看宗教为那些中国基督徒带来的福音，无论他们在中小学或者大学里。魏小姐言辞抵制的他们，后来在日军飞机的搜索中，成千上百地走出安乐窝，拿上他们的课本，卷起他们的铺盖，把学生或孩子送到远方。他们步行几千英里，脱掉皮鞋，换上便鞋，与其他流离失所的学者结伴前行。历尽千辛万苦，他们时刻准备好鞠躬尽瘁，却为一股强烈的使命感支撑着，那就是要把“学习”这颗星星之火传递出去，直至可以燎原。他们为了这一信念努力奋斗着，直到中国得以解放的那天。如今，他们生活在水深火热中，薪水微薄，没有安全保障，对他们来说，每本找回的书都是一份财富，每堂上过的课都是一个欢欣的回忆和责任。他们担得起魏小姐所崇拜的那些智者追随者的名号：比基督还早五百年的孔夫子，也曾因为憎恶不公的世道背井离乡十三年。

但是这时的我们还没经历过考验期，还奢望着暴风雨能绕行而过。我们在学校简陋的小餐厅用着晚膳，庆祝今天在绸缎店的收获，加之这是个周六的夜晚，魏小姐决定继续挥霍一把，于是从附近的餐馆叫了一份火锅。

饭店的伙计，脸上堆满笑容，殷勤地拿出一只锡制小盘，放在饭桌中央，又将上面的炭火点燃，嘶嘶地吹出微弱的星火。晶莉从厨房取来扇火的扇子，继续扇动，让火苗变成明炽的火焰。然后，伙计走了，留下我们单独享用晚餐，谈天说地。

底汤是在饭店里就煮好热过的，我们用筷子夹起菠菜叶子放入锅中，还有晶莉事先在厨房准备好的薄如蝉翼的羊肉片。我们一边聊天，一边坐等自己的那份菜在锅子里煮熟。我从来都认不出哪片是自己的，但晶莉总能孜孜不倦地将它们分辨出来，在煮得恰到好处时夹给我。而我呢，即便总被滚热的菜烫到舌头，也深感幸福喜悦。

“是啊，”魏小姐继续着她的悲伤论调，“基督教会学校的老师们可能每周都会吃上这样一顿火锅，他们涮的菜都是蘑菇和鱼唇。”这些菜品相当于我们餐桌上鱼子酱和牡蛎的级别吧。这时，晶莉又端上了两捧雪白的菊花菜，堆放在一起，像极了轻盈的雪花。它们被蘸上调料，扔到咕咕冒泡的热锅里，成为我们最后一道美味。晶莉对魏小姐悲戚戚的感叹咯咯一笑，显然并没把姑妈的话当真。她递上一盘芳香的白色嫩叶，魏小姐将筷子伸过去，悬在菜叶上迟疑了一下，仍旧夹了一小撮放进了底汤里。

“我们一年也吃不上两次这样的饭菜。”她哀伤道，“哦，也不是这样，亲爱的。”她赶快加上末尾一句，不想让我这个客人觉得，她是心疼宴请我的花费。

“我真心希望，你每个月都能在一个周六晚上吃上这么一顿好的。”我强调道，“吃的时候要想起你的西方姐妹。”

“我会努力的，真的，我会努力的。”她向我保证，然后又自嘲地笑道，“唯一的好处就是对晶莉来说，可以和美国学校里富裕的中国老师自由恋爱，像你一直希望的那样。这在我年轻的时代不可行，现在看起来倒很实际。”

晶莉显然被突然转向她的话锋吓了一跳，害羞地别过脸。她匆忙地抓起筷子，开始给我夹菜，像平时一样，我碗里堆起来的全是最好的菜。这时，我倒是想起那位顾先生，和她一起搭档音乐舞蹈课的同事，也曾跟我说过，他是位基督徒。但他可真算不上是大公司里富裕的一员啊。

第 11 章

# 驼峰

骆香华有一个很不寻常的姓氏：或许是从蒙古语的名字里直接音译过来的。但现如今落在纸面上的这个字，让人联想起三百年前她的祖先是如何阔步昂首来到这里的。虽然我们认为中国最后一个王朝是满族的天下，但有一点可以确定，尤其是香华威严的表亲慈禧太后可以证明，这其中还有蒙古部族的血脉，他们经过满洲，来到中原。比如，香华可以自如地喝下牛奶，不像一般意义上的中国汉人那样，要强忍着反感。黄油和奶酪让某些人一闻作呕、难以下咽，对她来说却是再可口不过的美味。在西方人到来之前，不少人认为这些食物既不卫生又让人恶心。简言之，香华的姓氏——骆，写下来的字面意思就是“骆驼”。

她例常的上午来访越来越早。“时间流逝得太快。”正如她所说。如果她来得足够早，就会发现我正在享用“天堂早餐”，这是她起的名字——在我吞下第一顿真正的粮草前，先读上一段来自《新约》的精神食粮。我邀请她跟我一起诵读，默默揣测她这么早到访或许正有此意。有时我们用英语朗读，这对她语言和思想的进步都有好处；有时我们也读中文本，我也同样能得到练习。我十分欢迎她的到来和加入，用他国语言去朗读自己本已熟极而流的内容，是一种新的启迪，是从另一种文化角度和逻辑进行思想重构的过程。读完《新约》后，我们才开始一边啜饮着绿茶，一边大嚼松脆的油炸手指饼，有时在客厅的小茶几上，有时干脆围坐在我的床边。一天早晨，魏小姐也极早出现在我这里，因为一些课表的事特意从学校赶过来找香华。她一进来就发现我和香华正畅怀大笑，自然好奇到底是何缘故引得我们如此开心。

“因为一个笑话。”香华回答道，“一文不值的我竟然出现在姐妹神圣的书里。我可从没想过能在那里找到自己，更不用说还是一个笑话的主角。你自己读读。”

魏小姐不在意地拿起柔软的书卷，用中国式的读书方法，在书页上滑动手指，顺着文字排版从上至下，用朗诵的调子吟出阅读的内容。忽然间，她停了下来，两只手摩挲着书本，翻转中国传统书籍特有的柔软书页，将方才读过的内容重新看过，故事讲的是一头负重的骆驼硬要穿过一个针眼儿[1]。读到这儿，她也忍俊不禁。香

---

1　典故出自《圣经》中耶稣的一段话：“我实在告诉你们，财主进天国是难的。我又告诉你们，骆驼穿过针的眼，比财主进神的国还容易呢！”见《马太福音》19：23—26。

华早已抛弃我们，在院子里练起了她的太极拳。魏小姐为这一段内容的智慧倾倒，拍着腿，倚在客厅的门口，笑到浑身无力。

“香华——芳香的花朵啊！”她喊道，“你的名倒优雅得紧，可我方才看出来，原来你是只半卡在针眼里的骆驼啊。天哪，真像只骆驼，不是百合花呢。”

“你真聪明！”香华也喊道，已经瞪着眼睛走上了台阶，“我无论在哪儿可都没被卡住过，你也没有，就算你给咱们的背上加了那么一大坨的驼峰。”

“她这话又是何意？一大坨？哦，我明白了，我得再看看这个笑点在哪儿，是不是？”她又重读了一遍这个章节。

“原来是这么回事！我已经预见到，咱们仨都会在半路被卡住的。香华，我，还有晶莉，现在就几乎被卡在自己的前门里了，不是因为驼峰，而是身后跟着的孩子那么多，办学资金又那么少。”

我的学究毛病又开始作祟，开始一本正经地解释故事里的“针眼”指的是城市后门。魏小姐听后立马露出责备的意思。

“别这么一板一眼嘛，”她指责道，“扫了大家开玩笑的兴致，这种习惯不好。人家这么讲就是图个乐子。我又不傻，难不成看不懂这字面上的意思吗？这是谁写的呢？如果是你们耶稣写的，倒是比我之前认为的更值得读上一读。”我笑了。

“我父亲以前经常说，有个‘证据’能证明我们的信仰十分靠得住，那就是它让布道者和神坛都幸存了下来。”她说。她轻声赞同着这条刻薄的评论，又说道这句话也应该说给那些儒家学者们听听。

“你神圣的书中还有其他笑话吗？”她问道。

“哦，很多呢。”我自信而坚定地答道，虽然心里隐隐有些不安，希望她能多给我些时间将它们翻找出来。就在几周前，我在火车上遇到一位年轻的母亲，就像魏小姐一样，因为我主的连珠妙语而乐不可支。在讲道的那一刻，我并未刻意避免这些笑话，虽然它们有可能会分散众人对神圣的感知。现在看来，欢乐赋予圣言更多能量，因为它不仅揭露了神迹，也展示了其贴近人性的一面。

魏小姐又拿起这本书，翻开书页，浏览起那些不太重要的刻板规定，比如我们要吃什么、喝什么和穿什么。

“所以，你这么认为，”她审视着我，慢慢说道，“如果我信了这些，按照书上写的去做，老天就会赏我一件黑天鹅绒穿吗？”这种直接的文字游戏式的阐述让我纠结了片刻。我感觉自己像一条潜在河底的鱼，正被引诱出水面，但我仍旧毅然游向了鱼饵。

“你得承认，这件事已经实现了。如果我是你，我就相信，上天同样赐予我们一顿好吃的火锅，无论现在还是将来。”

她略带疑惑地看着我，说我是打定主意要尽可能减轻她的心理负担，然后又继续读她的书本。

“天堂里有花儿，有鸟儿，还有树。”她评论道，“就是没有人民、政府和国家……”

“但是这个章节里提到了一位皇帝。”我一边申辩，一边指着其中一节说道，“这个国王叫所罗门。他非常富有，衣着华丽。”

她向我皱皱眉。“不要再扫兴了。告诉你吧，在你没发表长篇大论之前，我就已经受够了我们这儿老学究的陈词滥调了——我明白，我应该在没有你指点的情况下自己全部读完。如果在研读过程中发现它确实是有价值的，我再决定是否相信书中的描述，我曾经很反感《圣经》的白话文翻译，因为文字太拙劣。但现在很多书都是白话文，我揣测，那是因为印出来的书最好能让每个人都读懂，而不是仅供一小部分知识分子阅读。至少这本书似乎比我想象中易读，思想也浅显——但这或许不算是褒奖，你理解的。智慧通常需要深刻的发掘过程。”她向我摆摆头。

“看看现在谁在一本正经？”我反问道。“你难道不该称赞下这些一读即通的诗篇吗？难道只有那些晦涩难懂、钻研半天也毫无收获的文章才算佳作？就因为他们高高在上，不接地气？”

她点点头，接受了我的批判，继续贪看起手中的书，如饥似渴，携着它慢慢踱到外面的平台。突然间，她双肩耸动，一边拍着腿，一边向香华喊道：

“喂喂，骆驼，快过来。姐妹这本怪书里又提到你啦。”香华听闻，信步走上台阶，刚才的活动为她的脸颊平添了红润，看上去健康、美丽而愉悦——只要能让树华暂时从压力中解脱，对她而言都是开心的事。魏小姐向前倾了倾身子，弯下腰，搂住香华的肩膀，用她喜欢的方式轻轻摇了一下。

“没用，压根儿不管用。”她断言道，“就算你每天早起像这样又是拉伸又是折腰的。这里说得明明白白，你永远没法儿长得和我一般高。”

“哪里讲的？”香华问道，“都是你瞎编的吧，因为你懒，不愿坚持每天晨练。”

魏小姐炫耀似的指着其中一行，道：“这儿写的就是你：书上说，老天给你定下了身高，没人能再多长出一个拇指的高度。”然后她转向我，用手指着我。“那你呢？一个整洁的人儿，幸福花园的园丁。提到你的那部分在哪儿呢？”她轻弹了一下书页。“啊，在这儿。你不是想让白发变回黑发吗？你也甭想了，根本做不到。是不是啊，基督徒？如果不想自己看起来像七十岁的老太太，你也只能像我们一样，用染膏染头发。”最终，她满面春风地转身离开，教导她的“小驼峰们”去了。树华的评论确实有些想象力，给人启示。

“现在你知道我为什么如此喜欢她了吧。”香华说道，“她就是这么简单直接的人，而且头脑聪明。”

“你说的这两点也是我爱上我先生的原因。”我告诉她，“伟大的灵魂就像你说的那样。”

那是充满喜悦的一天，我清楚记得。魏小姐在下午茶歇时间又来造访，她面色红润而明艳。

“有时候，”她说，“抛开所有的困扰，我真觉得自己是世上最幸运的女人。我有香华，有晶莉，现在还有了你。学生们爱戴我，家长们也尊重我。今天，还发生了一件更神奇的事，让我百感交集。”之后，她向我讲述了刚刚接待教师代表的经历。

“他们用自己的方式开了个小会，似乎是利用午饭后的一点儿时间。我跟他们提过，学校的财政越来越困难，我不得不停止修建新一侧的校舍，他们之前就已经知道，当初为了启动修建，学校在外面借了两百美金的款子，现在要开始付利息了。”

“你告诉了他们学校可能会裁员？”

“我并未明说，他们自己也猜得出。但是，我真为他们感到骄傲和自豪啊。午饭后他们过来告诉我，决定每个月退还我四分之一的薪水。他们所有报酬的四分之一啊！况且我原本给的就很少。但是就像他们说的，这些正好可以支付那两百美金的利息。我怎能不为这样的奉献精神感到骄傲！他们今天还向我表明，他们十分关心孩子的教育，就像我、香华和晶莉一样，坚守着继小姐的初心。我的力气没有白费。”她的脸在微微颤抖。“你的《圣经》里有没有类似我们学校这样的故事？”她谦逊地问道，“我觉得自己可能有点盲目自大了。你看，之前我没告诉过你，我的职员中，像顾先生，就是位基督徒，现在我看得出来，他们和儒教徒一样，愿意牺牲自我，成全他人。”她的眼泪滑落下来。“你不知道，那些老师们的善意减轻了我多少的思想负担。”

“过来，”我招呼道，“来读读这则寓言故事，让‘我们的老师’来告诉你：他们是如何让饿汉有饭可吃，袒露者有衣可穿，又是如何照料病患、守护孩子的。他们是主带给我们的福音，主说我们一直坚持如此，因为所有这些都是善行。主称我们是他的羊羔，并把我们置于右手之上。”

她虚心拜读，但是像往常一样，她又琢磨起字面含义，开始发表意见。“这里并没说那些济贫乐道的人做了好事后，就可以免遭饥饿和苦难。”她说道，“不过苍天有眼，也会用它的方式给予善者奖赏。比如我们学校的老师，上苍就赐予了他们抵御饥寒困苦的意志力。”

我再次试图给她解释书中的词句，有些对她来说定是陌生，就像它们一度之于我们。“西方人，”这一回我小心翼翼道，“认为‘羊羔’比‘山羊’用在这里更恰当，我也不明白是为什么。”她接下来的话却立刻让我知难而退。

“我早就料到如此，早就料到！”她不耐烦道，“我真是不明白，为什么你总觉得如果不加解释，我就读不懂这么简单的文字。这个故事的主旨非常明显。就像你说的，是非常精彩生动的‘比方’——寓言——显然不需要再多作解释。”疾声厉色说完后，她的态度温和了些，握住我的手，让我忘掉她突如其来的脾气。“你说，我和香华会吃饱穿暖吗？虽然我们自己真的不太在乎。我们的工作究竟是什么？能忍耐下去吗？”

“哦，树华。”我冷静地问道，“或许，我没法给你确定的答案。日本人快来了，无论你的员工是孔家学子还是基督徒，或许都要出去避难，学校也会因此解散，假如这一切发生了，你会认为你的工作和人生都浪费了吗？你会说，我希望从没开办过这所学校，希望当初只考虑自己的利益吗？我担起教育的重担是大错特错，希望自己当初选择的是另一种活法。你会这样说吗？”

她笑了起来，我也跟着微笑。“不。”她坚定地回答，“不会！即便我们粉身碎骨，包括学校在内的所有东西都被毁灭，我也仍旧很高兴，我们做了该做的。这样的人生我愿意再来一遍，不求其他奖赏，只求能为中国培养出行为端正、有知识有文化的下一代。看看我今天得到了老天怎样的赏赐！——我的员工与我同心同德。”然后，她转换了话题。“这本书比我原本想象得好。西方旅者们赠送了我不少本，实际上，我有六个版本呢，但之前从未仔细读过。”

“六本！”我瞠目结舌。她在一旁窃笑。

“没错，就在我书架的最顶层摆着呢，全都没读过。之前没人有时间为我解读，所以你的讲解很好，一点儿都不蠢，我之前的表现让你误会了。”说完后，她又偷笑起来。

“我也曾将《论语》搁置许多年没读过。”我告诉她，决定在此事上打个平手。“但是前两年我也开始读了，发现不少地方很好玩儿。”

“好玩儿！孔子，好玩儿！”现在轮到她爆发了。“他的形象一直是庄严伟大的。”她一时间陷入沉思，开始玩味这一观点。“你们的书里有没有关于诉讼的故事？”她接着问道，又退回到严肃的神情。我不得不细想了一番，突如其来的测试着实让我乱了阵脚。

“倒是有那么一个，讲的是一位妇女和法官的故事。”我最终给出了答案，“我觉得，我能找到。”

她读了之后，的确发现这故事娱乐性很强，虽然脸上带的是冷笑。“这位寡妇一定是中国人。”她推测，“在衙门口纠缠不清，哭天抢地。这位法官想必也是中国人，就像如今官场中的一员。”她吸了吸鼻子，起身走掉了，留下一句含糊的评论，也没多加解释。

“你要去哪儿？”我喊道，因为她已经下了楼梯，穿过了那些种着菊花的花盆。菊花是我新养的，替代了之前的紫菀。

“你一定要知道的话，”她回答道，“我要去餐厅坐下静会儿，然后或许在继小姐的遗像前上炷香。要是她知道有八名员工，男女老师们都那么支持我们俩，甘愿为我们的工作作出如此奉献，一定会很高兴。”

我也跟了上去，她在前面大步流星，我紧随着她走过两三个街角，伴随着窗格后面孩子们念书的声音，我们一径来到晦暗的后院，靠近厨房的一处角落。那里年久失修，实在该重新粉刷一下了，但却一直没有动工，因为教室才是首先要考虑的。那儿有一个小小的壁龛，有顶，但却面向院子敞开着，立着一个祭祀台，上面供有两幅遗像：继将军和他的女儿继小姐。相片已经褪色，可这又有何关系？他们的灵魂还在前进。他们脚步的回声，没有离开，也永远不会幻灭。即便是我，一个外国人，一个来自千里之外的陌生人，也深信不疑。

“我们把他的牌位和继小姐的一同供在这儿，还有他们的遗像。”魏小姐指了指两块立在那儿的木头牌位，上面用墨写着二人的名讳。在牌位和遗像前，放着一只硕大美观的铜香炉。

“或许你并不知道，香华和我每天都要来此上香祭奠他们——如今香华早早就去了你那儿，所以晶莉就替她过来和我一起。我们这么敬重学校的创始人，你会不会觉得诧异？”

“我可以亲自给他们上炷香吗？”我问道，被这种忠心深深打动。魏小姐亲切地望了我一眼。是的，我们是同类人，我心里思忖，因为我也非常敬重这些曾经的建立者们，他们是高尚的——即便他们做过常人的错事，也是高尚的。

“你看上去能够理解我们的感受。”她说道。“必须向你承认，过去，我的确不太喜欢基督徒，虽然香华说我有偏见。可他们看上去总是试图要改变一切，清除所有好的东西，盲目追逐新鲜事物，鄙薄过往。而我们则从小被教导要追远、敬祖。另外，他们嘴里说得动听，行为却常常低劣。”

我可不能让最后一句话就这样溜过去。“儒教徒难道不也这样吗？”我愤怒地反问道，“许多佛教徒不也是有了麻烦才‘临时抱佛脚’吗？”这是众所周知的谴责。

她让步了。“没错。”她笑道，“你说得对。我们没人能做到言出必行，只是有些人比其他人更虚伪而已。但我必须告诉你，有一天发生了一件事，让我对基督徒的印象大为改观。你也在场，只是没留意当时发生了什么。那天，你给我引荐一位刘博士——说他是一位有名的牧师，精通各种宗教知识——然后，当他注意到那儿的牌位时，就走过去细读，还脱下帽子，在牌位前恭敬地鞠躬片刻，真是个好人。我当时没说什么，你也没注意，而他也只字未提此事。和其他一些基督徒不同，他的这份信仰并没有毁掉他的‘礼’——他的礼数。”

这一次，我的泪水几乎溢出眼眶。“他是我父亲的学生。”我告诉她。“我爸爸也很以他为傲。”我开始重新审视我们的生活模式，或者说是那些已被接纳的方式，字斟句酌道：“你不明白吗，魏小姐？就像你的员工从你和继小姐身上学到无私和奉献，他也承袭了我父亲的优秀品质。他来拜访的时候，多次告诉我，多么亏欠父亲的教导。我的书上也提到过，没有好树结坏果子，也没有坏树结好果子。凡从树木看果子，就可以认出它来。人不是从荆棘上摘无花果，也不是从蒺藜里摘葡萄。[1]这是另外一些次要的小笑话。你的继小姐和我父亲，你和香华，已经栽种下健康的果树，李子树，这些果实一定不会是酸涩的山楂。”

我们的谈话被香华打断了。她抱着一大摞作业本进来修改。她向外看了看壁龛，瞧见了余烟袅袅的檀香，对我们笑了笑，点点头，然后把书本重重地撂在桌上。“我的‘驼峰’啊。”她快乐地宣称。“今天这一摞是三十本绘画作业。可是，今天是个开心的日子！我们太高兴了！”

然后，她不好意思地咯咯笑起来。“我早想告诉你了，树华。”她说道，一边拿出铅笔，一边开始研究各式各样的图画，脑袋歪向一边道：“我经常拿走你那成排的外国经书，让高年级的学生读上一会儿呢。”

“可了不得！好吧，我还真不知道！”魏小姐说道，向我眨了眨眼。

“是啊，你外出不在家的日子，”香华平静地补充道，继续批改作业。“晶莉和我一致认为，不能让他们对外国人的想法一无所知。”

魏小姐扑哧一笑。“哦，好吧，或许这些书对他们也没什么伤害。”她宽宏大量地做了总结。

1　参见《路加福音》6：43-45。

第 12 章

# 《一捧雪》

除了火锅，魏小姐的生活中另有一件事值得她挥霍一把，就是去戏院听戏。有天晚上，我们买了非常昂贵的票子，去看了场名角的演出。正如魏小姐所说，无论在东方还是西方，“挤在戏院后排廉价座位上的人，会错过一半念白，一多半动作，还有最精华的表演。如果是这样的话，为什么要来看戏？”

我们当时等票子等了好多天，这等“悬案”让魏小姐坐立不安，为了几张票子费了好大力气。最终，一天早上，年轻的顾先生成功将票带了回来，他从另一个票友的门房那里好说歹说才搞到的。这位票友是顾先生一位同学的舅舅，家资颇丰，他的习惯是每逢名角儿某出剧目的首演必去捧场，而且要遣门房去包下戏院所有的好位置。

“这倒让我想起来剑桥那些大学的门卫，吉尔伯特与沙利文[1]的戏在学校开始宣传时，他们也差不多如此。”我点评道，当然之后还要笨拙地历数一下这两位大师让人欢乐的音乐和戏剧。

当我提到《日本天皇》[2]的时候，魏小姐嗤之以鼻。“在我看来，拿日本人和他们的皇帝取个乐子，倒是受欢迎得很。”她议论道，“我们如今已经不觉得他们有趣了。”我安抚她说。

“我们拿到票啦！”第二天早上，她一边高喊着，一边冲进我铺着地毯的小客厅，向坐在书桌边的我挥动着手里的纸片。当时，我正在编辑一个汉字学习的小册子，是我父亲花了几个晚上的时间为了他的小孙子编写的，魏小姐对此也曾爱不释手。但是现在没时间来关心这些小事儿了——看戏最紧要。“我们一定要穿得暖一些，因为晚上可能后半夜才能回来，那时候天儿很冷。”她下了指令。“我们也得早点吃饭，好提前准备。我还得去雇辆黄包车。”

“这出戏叫什么？”我含混地问道。

“是我最爱的一出。”她开心地几乎要跳起舞来，“叫《一捧雪》，是出历史剧，非常有名。”

“到时候你们一定要给我讲解一下。”

---

1　吉尔伯特与沙利文（Gilbert and Sullivan）指维多利亚时代幽默剧作家威廉·S. 吉尔伯特（William S. Gilbert，1836—1911）与英国作曲家阿瑟·萨利文（Arthur Sullivan，1842—1900）的合作。

2　《日本天皇》是吉尔伯特与沙利文的一部轻喜剧作品。

“我们会让你坐在中间的。”她保证道。

“在天津的时候，婉婕和励诚便是这么做的。”

“我们会做得更好。”她宣布道。一谈到我其他的中国朋友，她和香华总会有些妒忌，语气也变得尖锐起来。

但是我的座位却恰巧在她们的正前方。所以，她们只好时而轮流，时而交替，俯身向前，在我耳畔悄声细语地解释剧情，呼吸间吐纳的气流轻挠我的脖子。坐在我右边的是一位卢女士，画得一手好翠竹，同样也听到了这些耳语。她四十岁出头，丈夫已经过世，容长脸孔已韶华不再，双手优美，目光顾盼四周，与我总是四目交接，最终基于对彼此的兴趣，我俩互相颔首、微笑致意。她几乎立刻就邀请我们所有人下周日一起去饭店用餐，还请我们也带上晶莉，因为她恰巧是这位女画家的学生，而且“颇有天资”——那顿午餐也十分美妙。

我的另一侧坐着一位年轻优雅的社交名媛。“她是我们之前的学生。”我的耳畔传来轻声提醒。据说，她是中国军阀割据时代一位著名将军的女儿。彼时，她身着一件丝质长袍，头发梳成精致的联垂，珍珠耳环在她白嫩的耳垂上闪耀。但是这位年轻女士的丈夫却有着不同的穿衣品味。他穿着一条卡其色军裤，上衣是卡其色夹克，即便是在微凉的夜晚，这身行头恐怕也会让他热得满头大汗吧。

“他现在就关心摩托车。”从魏小姐的语调里，能明显感觉到她对此事的不屑。后来回到家，她又告诉我，前几年，他的心思都放在听戏上了。面带一丝苦涩的微笑，魏小姐接着补充道，这位年轻人的父亲是革命前期一位很了不起的政治家，学问做得也很好。“他舅舅是清朝的总督，做了很多年我们基金会的主席。人家总会问，为什么不让前任受托人的子嗣来接任长辈的工作，好继续帮助我们？且瞧这位吧，和气善良的年轻人，我敢说，身体也比他父亲强健些。可是，从他成套戏服中单独拎出来一件的钱，都比他一贯节俭的父亲给我们一年的支持经费还要多。现在，他的钱又大把大把花在摩托车上了。”

我只能评论说，这种纨绔子弟并不是中国的特有现象。

这部戏的名字甚美，富有诗意，但内容却甚为阴郁，至少从西方价值观来看。这出戏名源自一只珍贵美丽的古玉杯，主人是位达官绅士，名叫莫怀古[1]。不幸的是，他邀请了自己的上司，一位总督前来赴宴。宴席上，怀古一时失误，无意间炫耀了此杯。总督爱慕心起，没有遵照礼数隐藏心意，反而连声赞叹，按当时的礼仪规矩，怀古此时就该奉上此杯。这是一种中国传统礼数，张扬的西方人很难理解其中的曲折。所以，他们参加宴会时看到喜欢的东西总会直白地表露心声。莫怀古当然不情

1　原文写作 Yang，推测作者或许对此戏本不熟，将人名记混。此处译者仍引用了原戏人物人名。

愿交出心爱的玉杯，他最大的乐趣莫过于抚摸它光洁的杯身，玩味它精致的造型，沉湎于它艺术的美感。他对上司的贪婪无礼非常恼怒，所以，想到一个偷梁换柱的办法，做了一只赝品，假装十分不情愿地送了出去。可是悲剧并未就此停止。莫怀古容易贪杯，尤其喜欢酒劲儿足的暖酒。命运的转折发生在一个夜晚，他多喝了几杯后，在一个生性卑劣的家伙面前泄露了玉杯的秘密。这人是剧中的反派角色，作为一名书商，他凭借自己一丁点儿文人身份混入了当时的上层社会，但生性冷酷，且为了向上攀附不择手段。莫怀古只是名地方官员，总督的官位当然比他高出许多。所以，这个小人背叛了莫怀古，立马向总督通报了这一隐情。总督得知后，立刻叫嚣着要砍掉莫的脑袋——一点都没夸张！在我这个没有欣赏能力的西方观众眼里，不过是偷换了一只玉杯，尽管它的确精美绝伦，可是这罪也判罚得太重了。但很显然，中国人对一只绝世玉杯的价值判断却十分不同。如果一个稀世珍品是工匠倾毕生之力创造出来的，那么它就有理由等同一条人命。

听到这个消息，莫怀古带着夫人、仆从和他的玉杯开始逃亡，却被总督派出的手下抓了回去。大难终于临头，或许在我看来如此。我真是被吓到了，或许《哈姆雷特》最终一幕的屠杀场景也会让东方观众感到同样的震惊。眼前这一幕打动了许多中国观众，让他们流下热泪。我看到魏小姐拿手帕去擦眼睛，我的芳邻，年轻的周太太正在竭力控制悲情的泪珠，不让它们滚落到面庞破坏姣好的妆容。因为此时舞台上，临刑最后关头，忠心耿耿的仆从自愿代主人一死！莫怀古立刻接受了仆人的牺牲，几乎不带分毫迟疑。这种软弱的表现，让我想到了《一报还一报》[1]里的克劳迪奥。而可怜的仆人对主人的唯一责备就是："酒要少饮，事要正办。倘若再想要第二个甘愿替你和玉杯去死的人，恐怕今生再难得了。"说着，他从怀里取出"一捧雪"，将它还给了这位无计可施的主人。但是，当行刑这一刻真正要来的时候，仆人的决心发生了动摇。

"我为何要如此？"他唱念道。我觉得，这句唱词不该仅是用来烘托戏剧氛围，更应该给出明确的答案。"我儿未出世，再也不会出世。无人得知我的牺牲，无人在我身后供养祭奠。我就这么化作一缕孤魂。我的命再怎么可怜可叹，我的家人再怎么难过，也不能与我家大人的一切相较。"他在台上蹒跚地踱着步子，悲切切地唱道。于是，莫怀古的夫人（由年轻男性演员扮演，演唱调门极高）出场了，在仆人面前双膝跪下，假模假式地哭泣，仿佛真心悲痛欲绝。

"她是担心仆人最后会变卦。"魏小姐不禁向我俯身耳语道，"她想用眼泪和言语打动他，心机很深。"

---

1 《一报还一报》（*Measure for Measure*）是莎士比亚（William Shakespeare，1564 — 1616）的戏剧作品。

魏小姐的话让我茅塞顿开。当时的观念会认为，莫夫人这样一位身份尊贵的女性，能向卑微的仆人屈尊下跪，是极大的恩典。对我们而言，阶级意识已经不太敏感，就会觉得这个仆人虽然出身不高，但在许多方面的表现都比他的主人和夫人更高尚。但对当时的中国观众来说，并没有太多这种意识。对文人阶层和官僚阶级的崇拜已经延续几个世纪，成为一种根深蒂固的习惯。对出身低微的仆人来说，为主人赴死是他的荣耀，而得到一位尊贵夫人的双膝也是他的福分。斩首之刑被藏在了后台，好在没有当众演出，只是在刽子手前来向总督禀告的时候，巧妙地让观众瞥到了他篮子里那颗被砍掉的头颅。这只篮子在我眼里像是春天里从尼斯来到伦敦的含羞草做成的。

莫怀古和他的夫人怀揣玉杯，隐姓埋名，再次踏上了逃亡之路。可是，那个反派书商，巴结上了被蒙骗的总督，还被邀到总督府赴宴。宴席上，他正巧看到了所谓“莫怀古”的脑袋。一看到庭院中央的那个头颅，他就窃喜地搓了搓手，又停下来凝视片刻，邪恶的眼珠转动起来。

“这并不是莫怀古的头颅。”他大叫道。“那个卑鄙小人又蒙骗了您呢！”

于是，官府再次追捕，逃亡之人再次被抓。这时，书商被指派坐在负责审案的判官身侧，来决定谁的人头要落地，谁的还能留在肩上。最初的企图终于在此刻暴露了：他是看上了莫夫人，垂涎其美貌已久。莫夫人作为证人第一个被带上来，一看仆人的头颅便大放悲声，因为她要装作看到的是丈夫的脑袋。书商不怀好意地慢慢靠近她，又将她引到避人之处，坦白了自己的心思，并且承诺，只要她答应嫁给他，就会改口，说自己之前看错了，篮子里就是莫怀古的首级。他刻意让她独处片刻，不久便看到了满意的结果，他夫妻二人都已屈于他的淫威之下，她同意了，或者说假意接受了。莫怀古也随之被释放。表面看上去，莫夫人如今的身份已是寡妇——不管那头颅是莫怀古的还是仆人的，反正她的丈夫已经死掉。

最后一出戏的场景与《奥赛罗》有异曲同工之妙。白色丝质长袍美艳夺目，预示着即将发生的悲剧，莫夫人已经做好准备，要在闺房接受背信弃义的书商。她手握一柄长剑，表演了一段凄美的舞蹈，向观众显露了怀中的匕首，我们也知道了即将要上演的悲剧，感受到她此时的悲伤绝望和怀有的决心。书商上台了，油头粉面，态度轻佻，一想到能拥美人在怀又神气活现起来。女子假意逢迎，一杯杯劝酒，用歌舞媚态取悦麻痹于他。最后，书商神魂颠倒，酒气上头，拥着美人倒在床幔之后，最后，她行刺成功。这一刻，他就是个醉酒的傻蛋。但她的贞洁仍被邪恶的欲望玷污了。她取出长剑，放在雪白的颈部，一抹下去，倒地而亡。中国传统戏剧的结局和我们的并无二致。全剧结束后，观众们伸长手臂高声喝彩，掌声雷动。

魏小姐被今晚的演出深深打动，激动慌乱间，却在人群中不见了香华。她到处寻找，焦急万分，几乎要哭出来，直至我质疑她是否太过焦虑，方说道：

“你不明白，我必须时时照看香华。她在很多方面就像个小孩子。六个月前，我还时刻领着她，那时候她的眼睛什么都看不到。现在这里又像煤炭一样黑。”

外面确实一片漆黑，只有星星点点黄包车上的小灯间或一闪。当我们找到香华时，这个淘气的姑娘正坐在自己的黄包车里，因为一个笑话笑得前仰后合。讲笑话的是她的一个熟人，碰巧在这里遇到。她们聊得热火朝天，谈论着整晚的见闻。魏小姐几乎落泪的紧张和焦虑也打动了香华，她咯咯笑起来，竟有些得意。我们三人此刻各自怀揣不同的情绪。

那之后的许多个夜晚，魏小姐都会和我一起练习，特别是《一捧雪》中最后一出戏。我扮演莫夫人，假装自己裹着小脚，踩着精致的碎步，捏着嗓子唱出高亢的调子——那种悠长的唱腔本来出自旦角精心练就的嗓子，只是这些角色一般由男性艺术家饰演，我们欣赏起来还有些困难。我用臆想中的长水袖轻拂了一下眼角，假意接受了来自反派爱人魏小姐的求爱挑逗。她还懂很多出戏，念白、唱词和动作都了然于心，经常像这样给我提供私人指导。她既可以唱高亢的旦角，也能唱低沉的老生和花脸，还会踩碎步或者踱方步。香华在一旁倾听微笑，鼓掌喝彩，自己却不愿尝试。

“我并不像树华那样醉心于戏院。平心而论，我也不太喜欢听外国人唱歌。”有一次她坦白道，“男人声壮如牛，女人的声音也太大，并不能收放自如。”

香华从家里继承了一把美妙的琴，是几百年前的古物。这是一架木质乐器，琴弦部分由上好的丝线拧成，而不是普通弦线。这种琴介于曼陀林和琵琶之间。琴桌窄而长，由一整块木头制成，桌边向里翻卷，这种桌子通常用来当神龛前的供桌，最初就是按搁置古琴的标准制作的。有时候，人们还能在北京的古玩店淘到这么一个锃亮的红木桌子。骆小姐的琴桌在她的书房里，抵靠着贴着白色墙纸的一壁。偶尔几个夜晚，她会将那把百年乐器拿出来，小心翼翼地放在琴桌上。

“你注意到了吗？”她问道，“我右手指甲总是留得长一些，我有意留的，就是为了拨弦。”

在她的邀请下，我亲自尝试了一番，发现的确如此。没留长指甲的手指弹出来的音色缺少了一丝清亮，而她拨出来的声音既淳厚又清脆。她忽然停住，给了我别有深意的一瞥，起身去到柜子抽屉旁，取出来一根细细的香，余光又一次滑过我，才将它点燃，然后将抽屉几乎关上，香的尾端正好卡在抽屉间隙被固定住，散发着幽香的纤细烟柱渐渐在室内氤氲开来。

我的内心潜藏着一个老派的自我，在做某些事情时仍然执着于一份传统。她喃喃自语。“当我和姐妹们还是小孩子时，就时常被教导，抚琴之前要为乐仙焚一炷香，让她赋予我们的乐声随之飘散，祈祷她的出现，并让她知晓，我们希望以此取悦于她。你会介意吗？”

在那以后，即便她忘记焚香，我也会主动去打开抽屉，从一束香中抽出一根来，为“卡利俄佩”点上，我告诉她，这是我们音乐女神的名字。中国的香非常恬淡，通常加入艾草，让人回想起飘着百里香味道的山坡，或是水中的莎草。它的香气轻盈，盘旋在空气中，时有时无，不是那种黏着的、香气逼人的浓烟。

“我越发喜欢你了。”我告诉她。“如果我想象乐仙在愉悦的香气中倾听你的演奏，听到你弹得如此有情致，这音乐声就更加好听几分呢。”

“或者说，我努力弹得动情。”她纠正我。“你必须靠近一些，离我非常近，再近些，近到我们的膝盖碰到一处，否则你是听不到的。我现在要给你演奏一首我最爱的《鸿雁捎书》。”然后，她把我的椅子拉近，和她的轻轻并在一起，又从抽屉里抽出一份琴谱。这种乐谱我完全看不明白，虽然我已经看了一遍又一遍。这是一种古代的记谱方式，看起来很优美，就像我们的一样，但却是各种点和线组成的迷宫。她把琴谱立在桌子和墙之间，指尖拨动起丝弦。声音缥缈，仿佛音乐在低声耳语。我在一旁，静静欣赏。我感觉到，月华如水，流入室内，纯净、静谧而清冷。更像是，遥远的恒星发出的一束光，一点点地靠近，直到你的心弦与它有了节奏的呼应，随之颤抖。这一切的感触被那拨动的丝弦声唤起，赋予这声音魔力的正是那娇柔的指甲。

“这首曲子就是《鸿雁捎书》。”香华向我阐释了乐曲的意境，那是长久别离的一对夫妻再次相会后的双重喜悦。男人被派到荒凉的北境，去打一场不属于自己的仗，现在他终于回到苦守寒窑的妻子身边，回到了温暖的家。即便分离已久，两人仍忠于彼此，就如同大雁忠于自己的配偶。这首曲子要弹奏得很轻快，就像两只鸟儿在第一眼就认出彼此后扇动的翅膀节奏，喜不自胜，不管何时再出现，依然能够伴着彼此，比翼双飞。泪水和欢笑在夫妻二人的灵魂深处融合，正如天上的那对鸟儿。中国几个世纪里饱受战火摧残，因而分外珍视这种感情。在如今的压力下，我们也有同样的感受。

香华接下来弹了一首《古琴吟》。讲的是一位乐师发现了一把空置已久的琴，被之前的主人遗忘在墙角，终日与荨麻枯草为伴，音乐之魂已经沉寂。乐师治愈了它，用棕油擦亮木质琴身，重新更换调试了琴弦。因此，他用悲切的音调表达了琴在草丛等待时的哀伤，结束时的欢快曲调表现了它得以重见天日的愉悦之情。

突然间，骆小姐笑了起来。“听，”她命令道，手指悬在半空。“你能听到邻居家的狗叫声吗？这件事非常奇特，和琴声有关。你，我的姐妹，要坐在离我很近的位置，膝碰膝，才能听到乐曲的精妙之处。而邻居们谁也听不到一个音符。隔壁的树华要努力竖起耳朵，方才听得到。但是，只要有人弹琴，邻居家的狗就能立刻知晓。这些狗总会叫起来，有些还试图跟着一起唱。这个关于琴的特点简直家喻户晓。”

还有些人也能听得到。每当香华开始演奏，如果我侧过脑袋，总能发现晶莉已经溜进房间，蹑手蹑脚地轻踩地毯磨蹭过来。随着时间推移，我充满情谊的双手离她已经足够近，而她则自然让手指滑入我的掌心。我们一起欣赏起丝弦的魅力，分享着同样的喜悦与温馨。

艺术总有不同的表现风格。魏小姐喜欢那些让她血液瞬间凝固的东西。这一时代西方的舞台表演、小说和电影都能给她提供多种选择，掠夺、恐怖或者背叛的故事题材不胜枚举。我担心，香华的音乐精灵，那么柔弱纤细，会在我们萨克斯的声音下委顿。可以肯定的是，没有哪种香料能帮助那种刺耳的声音留住音乐女神。然而，当中式乐队奏响热闹而激昂的曲调，铙钹、喇叭和大鼓在我耳畔回响时，我也只想立刻逃走。我想，音乐女神的品位一定是丰富多样的。

第 13 章

# 两个邪恶的侄子

在这样非常时期维持着一所学校，朋友们的生活和工作已然十分不易，因此，加诸其身的额外负担让我的心越发沉重。我花了好些时日才弄清楚她们生活里其他的艰难，中国的名门世家有着自己的尊严和骄傲，只要自己能解决，就不会轻易给友人添麻烦。但是，我最近觉察到，每两周左右，魏小姐和骆小姐就会躲在“蓝胡子的密室”里，热切地讨论着什么。然后，从不为了娱乐和拜访活动踏出学校半步的魏小姐，会身着一件精致庄重的深灰色丝质长裙出现，这件衣服通常是为了配合某些特别重要的场合，而现在她显然准备踏入一个要靠外表去征服的世界。她短发利落，留至颈部——是晶莉的杰作。据魏小姐说，她眼光独到，用起理发剪刀来得心应手，为家里省下不少开销——向后梳起，用发油整理得纹丝不乱，因此也没戴帽子。她一手握着一只看似政府函件的信封，另一手攥着一方大手帕。“如果刮沙尘暴就蒙在脸上。”所有北京居民都会随身带着这么个物件。她的方帕是白色丝绸的。在我到来后的第二天，香华就送来了一条红色广东绉纱刺绣方帕。在这之后，魏小姐会消失好几个小时，几乎一整天都不在，香华和晶莉照管着学校，将一切安排得有条不紊。不久后，一个失魂落魄的人就会回来。当她晚上回到家里，脸上写满疲惫，连晶莉精心准备的诱人晚餐也勾不起她任何食欲，明显被头痛折磨着。我突然意识到，吞噬她的不仅是头痛，恐怕还有心痛。最后，我再也忍不住了。

“你这一整天到底去了哪里？”我问道。

“你觉得呢？”她有气无力地答道，语气乖僻不似往日。

“你回家了？你的母亲不太好？或者你去找董事会要钱修建新校舍？”

“我这一整天啊，”她低沉地回答，“都耗在法院了。”我不单单是惊讶，简直是震惊。

“你告谁了？”我询问道，惊诧到汗毛立起，原来我对她的了解只是冰山一角。

“我们没把谁告上法庭，永远都不会这样做的。我们是被别人告了。”香华温和地插进一句。这件事真的非同小可。

“我的祖父，”我简单描述道，“在我出生以前，赢过一场官司，当时他就是被告，拼尽全力摆脱掉这场官司。他是赢了，但仍分毫都没拿到，那是一笔数额巨大的财产。所以我们的家族再也没有恢复之前的好光景。我从小就厌恶打官司。你们有没有可能抽身？我很担心你，会像我祖父那样，即便赢了官司，也得不到什么好处，对我们来说和输掉的结果相差无几。我怕你也会走到这一步。”

魏小姐投向我的眼神毫无神采，冷峻如磐石。“我同意你的每句话，大姐。”

“我们不会主动去招惹官司，”香华又重复了一遍，“永远都不会。打官司就像打仗一样愚蠢。我们是被一个又蠢又坏的男人给告上法庭的。”

“他并非大奸大恶之辈，只是个无知愚昧的蠢货。”魏小姐接口道，“这就更糟了。我现在很怕邮递员，一看到他的绿制服，胃就抽筋。我也怕他递来的那些讨厌纸片，传唤我周五下午一点去法庭，但我不得不去。”

“不能和对方私下调解吗？”

“我也这么想，也希望可以调解啊。但是他拒绝和我碰面。我已经遣去好几拨朋友做中间人，但都被他骂回来了。他甚至还扬言，谁敢再替我说情，就用锄头敲烂他们的脑袋。他越说越歇斯底里，面红耳赤的，朋友们都怕了他。八年前，他第一次把我们告上法庭，没几年，我们就打赢了官司。之后他开始上诉，从那时起我们就开始受折磨。我听说，那可怜的蠢货最近卖了一块地，就是为了能胡搅蛮缠下去。但这也耗费了我不少钱，不算头一两年的，已经花掉八百块钱的律师费了，他肯定花得更多。我们的律师还算诚实，至少目前来看。而他那边的律师只是想趁机捞一把，他们一定清楚这样的上诉完全没道理，最后也没机会赢下这场官司。”

我听她讲完，仍有些不知其所以然，照例看着香华，等她来解释。

“都是因为他住的那块地皮，以前属于继将军的。”她开始解释了，“反正他也不能卖掉地皮支付律师费用，但我们也不能——就算这地没多大用处，可也没法拿去抵销官司花费。”

“我们并不想卖地。”魏小姐简单地说道。

“那你干脆把地让给他，赶紧从这烂摊子里脱身，不行吗？”我问道，很不喜欢看到魏小姐心事重重、形容憔悴的模样。她摇了摇头。这段拜访期间，我一次都没听过她的怨怼之词，而这个家伙确实给她平添烦恼焦虑，搅乱她宁静的生活。对于这个给她带来磨难的蠢货，除了一点不耐烦的同情，她竟然只字未提。我并不感到惊讶，因为在那段侵略战争时期，我也很少从中国人的嘴里听到对日本人的怼词。他们明白，怨恨就像回旋镖，最终会回落到投掷人那里。

我一点点地将这个故事拼接完整。这场官司冗长繁琐，女士们解释起来累心乏力，没办法一次叙述清楚。大概是这样的，继小姐的父亲，那位满族大将，将自己住的屋宇赠予了继小姐——他唯一的孩子——用做她的学校事业。除此以外，他另外还有三处家族宅邸和田地，大一些的地皮都在郊外。他自己也清楚，像这样将所有财产都交到未出嫁的女儿手里是一项非常之举。但这个女儿也非寻常之辈，是他的得力助手，深得他宠爱。而且，将军十分支持女儿的女校事业。在这种意识下，她有意将自己的房产与宗族其他财产剥离开来，作为单独遗赠。但按照新法颁布之前的中国旧式传统，一个家族里的其他男性成员有权瓜分族人离世后留下的财产，即便是个人家私。宗族关系在旧式中国不见得是错，这种关系确实也是联结整个社会的纽带。如果一个人升官发财，他的亲戚也会得到提携眷顾。如果他忽视了亲戚，这些人就会找上门，指责他自私自利，不讲道义，直到他拱手认错，方才罢休。

继将军不落俗套，他不仅将巨额财产悉数留给未出嫁的孤女，还留给了这间博爱的学校。作为家族族长和继承者，他有权这么做，但却不符合当时的宗族礼法：至少他们族里余下的两位青年男子并不这么想，他们没法平静地接受这种安排。继小姐还活着的时候，他们还间或来找麻烦，更不用说，待到继小姐撒手人寰，她的产业又被另外一个和继家毫无血缘关系的未婚女子“霸占”，他们会气急败坏到何种程度？这两个年轻男子是继将军弟弟的儿子，正常来讲，继小姐膝下无子，将军本该过继一个本族子嗣或者必定会留意此事，来继承家族遗产。当然，如果继小姐的思想合乎当下，她也会带着属于自己的嫁妆嫁为人妇；即便从未出嫁，继将军家赀巨万，也给女儿留下丰厚嫁妆，剩下的部分就该由那两个子侄继承。但事实并非如此，老将军也为女子的教育事业“着了魔道”，女儿影响了他的思想，毫无疑问，已经彻底将他“洗脑”。

香华解释说，如果这两个男人，是行为端正的好青年，继小姐也会一定程度上按传统礼法对待他俩。但是他们行为放荡，声名狼藉，浮夸奢靡的举动让自己的老父都伤透了心。更糟糕的是，他们行径恶劣，残忍冷酷，不配为人。

“在他俩父亲出殡的时候，”魏小姐向我诉说这些时，目光里闪动着惊恐，“他们行下了最不得体的事儿。他们的母亲早已离世，父亲身边还有两房妾室，老老实实地伺候他们父亲，也颇受宠爱。但他们却对这两个无辜的中年女人十分不敬。举丧时，他们剥掉两个女人的外衣，一直撕扯到腰间，不知羞耻地在她们的身上乱抓搜身。因为他们觉得父亲留下了一些本属于他们的珠宝首饰，被两个女人私藏在怀。虽然后来什么都没搜到，他们仍不满足。出殡后，丧葬车队回到家，两个女人当然也跟着队伍回到她们居住多年的房子，那也是她们唯一能去的地方。按中国所有的律法规定，她俩都有权在余生得到家族的赡养，有屋可住，有食可餐，有衣可穿。但那两个可恶的孩子率先进了家门，操起大门口的扫帚将她俩扫地出门，就这样将她俩撵到大街上，什么都不给，直到两个人快要饿死了才被人发现。”

这真是个让人毛骨悚然的故事，是对最讲求家族观念、长幼有序的中国礼法最大的践踏和蔑视。一般来说，妾室在家庭中也有一定的地位，家中总有她容身之所，死后也有入葬家族墓地的哀荣，可以长久栖息在夫君身侧，就像他们生前一般。最好的位置会留给正室，家族嫡子的母亲。有些妾室生前的所作所为也常常逾越自己的身份，成为正室太太的眼中钉。可也有些正妻，盲婚哑嫁过门，乐意接受自己在婚姻里的代替品，待她如姊妹，如果屋里的妾室脾气温和又不贪恋权势的话。对中国的已婚女性来说，最大的解脱无疑是几年前新律法的颁布：禁止纳妾。但整个允许纳妾的婚姻体制待要自然消亡也需些时日，在这过程中，无论是年老色衰的妾室，抑或颇有姿色且掌握家中实权的年轻姨太太，都有权得到夫家的眷顾，丈夫生前有她一席容身之处，丈夫死后也能靠族人的接济赡养度日。等去了另外一个世界，她的魂魄也理应受到祭祀和供奉。

“像我侄子这样天杀的年轻人永远别想继承我半分土地。”听说了子侄的恶劣行径，老将军愤愤宣布道。当时他在病中，没有亲自参加葬礼。“我宁愿用继家的钱，我自己的钱，好好去教导那些不愿嫁给这种人渣的女孩子们。如果男孩子掌握不了传统美德，就让女孩子们去学。”脾气火爆的小个子满族将军一边说一边在庭院里踱来踱去，就是我们日常走动的院子，魏小姐告诉我。

“继小姐全都告诉我了。”她补充道，又把我领到饭厅的壁龛前，再次领略了继将军身着戎装的风采。照片里的他看起来确实脾气暴躁，我不得不承认。

因此，他身故后，作为校长的继小姐，和其他学校校董，一同接收了他在北平近郊购置的三处产业地租遗赠。学校本身自然也不用付租金，因为这里正是继小姐自己的宅邸。那段时日，校董们都很积极，慷慨而富有，大部分人都是政府里的朋友或者继将军的同僚。随着时间推移，继小姐看中了魏小姐的学识和底蕴，挑选年轻的她做自己的副手。而魏小姐也逐渐意识到，继小姐在学校经济方面遭遇到不少困难和压力。继小姐对资金缺口只字未提，因为在她的意识里，这关乎一位学者、女士和将军千金的自尊。

“另外，香华对上天的公正充满信念，”魏小姐叹息，“我也理应怀抱这种信念，但发现很难。理由很充分，因为儒家学者也信命运，真正的坏人也绝不能颠倒是非黑白，但是他们却能让好人和美德饱受蹂躏和摧残。即便如此，好在继小姐生前并没经历那么多让学校陷入窘境的纷扰。或者，正因如此，老天才带走了她，希望她免受更多困扰。”

“上天已经保佑了学校，除却这些麻烦。”香华插嘴道，带着她纯洁的智慧。“我始终相信，上天会引导我勇敢的树华走向正确的结局，包括这桩案子。每个人都在尽自己所能来帮助我们。树华的母亲，比如说，一次次地支持学校，部分原因是她对树华的爱，部分是她真心爱所有的女孩子们，还有一部分是她作为佛教徒的善心。她非常慈爱，我们从心底里爱她、敬她。继小姐在世时，她就悄悄塞钱给树华，帮助支付员工薪水。你看，像我们三个家庭的成员们，也都在为学校提供无偿服务。在过去，这样做真的很好，因为女人们虽然赋闲在家，却也想为国家做些事情，这是唯一的途径。但是后来时代变了，孩子们需要更多好老师，能教授更多科目，所以我们必须招聘接受过培训的新人，他们中也不是所有人都能接受义务教学的。魏小姐正在尝试做的事，放在继小姐当时肯定无法理解。”

“别在意我做的这些事了。”魏小姐打断她，“因为继小姐去世时，最丢人的事发生了。继小姐是名伟大的学者，她一生兢兢业业，身后只留下几个铜币。我捎话给她那些子侄，告诉他们继小姐去世的消息，问他们作为亲属，希望如何操办丧事时，他们一个钱都不愿拿出来。继小姐这么好的人，又高贵又有学识！”魏小姐现在回忆起这些事来还是气得浑身打颤。

“所以，树华卖掉了她自己的银手镯，用这些钱为她的老师办了一场体面简单的丧事。那手镯是她小时候母亲送的，打小一直戴在胳膊上。”魏小姐向我展示了她的手臂，我发现，和她这个社会阶层其他女人不同的是，她的手臂很素净，什么装饰都没有。

“她出殡的时候，是我在灵前和墓地为她哭丧，这本该是她家亲属做的事。”她说道，“我不得不卖掉镯子，纯银实心的，几乎是我当时仅有的财产了。我不能向母亲开口要钱支付继小姐的丧葬费，因为她给我用来支持学校的钱已经远远超出了我的嫁妆部分，再花钱的话就要动用到我侄子那部分了。我的长姊对学校也很好，她没有结婚，也从自己分得的家产里拿出不少钱资助我们。”

继将军的侄子们，在继小姐的新坟旁边，还做了一件令人发指的事。他们拦住送葬队伍，试图恐吓既悲伤又愤懑的魏小姐。

“他们赌咒发誓会从学校要回所有房产。但是老将军了解他们的秉性，早就做好保护校产的措施。所以，他们只能暂时偃旗息鼓。”

我本以为，这些对一个女人来说已经够头疼了，但麻烦事聊到这里，甚至还没接近这个故事里的诉讼部分。继小姐过世后不久，魏小姐接手学校事务，才发现学校稳定的收入来源——地租，已经日益减少。1911 年爆发了辛亥革命，1926 年俄国共产主义也来到中国，土地和私产，特别是满清贵族的，被大量没收。继将军最大的一块田地上耕作的农民被革命当权者告知不需要再缴纳地租，因为地主是满族人。第二块土地较小些，佃农们还继续缴了几年租子。但是，中国随后进入了蒋介石上台之前的动荡期。那个时期军阀混战，土匪横生，日子非常困难。连年灾荒战乱，百姓困苦不堪，负责收租的老管家忠心耿耿，但拿回来的地租却一年少似一年。魏小姐告诉他，不要逼迫穷苦百姓。最后，老管家死了，再去向贫苦大众征收地租就更困难了。

“所以，现在能作为学校资金的只有第三块土地的地租了。”我推测道，对这个故事的发展感到十分惊奇。作为社会的先锋推动者十分不易，尤其是在古老文明长存的社会，或者像北京这样复杂的城市。这家学校，由满族将军和他的爱女创立，不算那些个别的男生，汉族和满族的女孩子们在一位汉族女士和一位满族女士的共同监管下学习着礼仪和文化。你可以想象，积极的民族主义者会把这样的学校看作“乌托邦”。但事实并非如此：对于那些纯粹出于爱心而工作的人们，事情远不是那么容易。他们必须忍耐所有困难和负担。魏小姐摇了摇头。

“他们没明白，”她温和地说道，“我也没机会和民族主义者解释，我并非满人，学校也几乎没有什么利润收益。但如果那样的话，他们或许也不会喜欢我们的教学方式和内容——即便我们为了配合政府的教学大纲，已经在努力调整课程了。”

不是为了愉悦甜蜜，
不是为了安逸稳定，
不是为了我们能够享有那被驯服的快乐。

所有的快乐，所有的悲伤，都是我们的，
时刻与我们相伴；

我们今日列队前行，我们扫清沿途的一起障碍，

先锋！哦，先锋！[1]

年轻的时候，我喜欢罗斯金，也喜欢沃尔特·惠特曼[2]，但只在自己心中默念这些诗。我真的不知道，香华若是读到，会怎么处理这些韵脚。

1　这首诗是下文作者提到的诗人沃尔特·惠特曼的作品。

2　沃尔特·惠特曼（Walt Whitman，1819—1892），美国著名诗人、人文主义者，美国自由体诗的先锋。上文引用了该诗人的诗歌，原文也无韵脚，所以下文打趣香华看到此诗时该如何处理“韵脚”问题。

第 14 章

# 三十个银币

“但是我仍然没弄明白，你为什么会卷入这件案子。”我粗声粗气，为整件事烦恼不已，将一半的错误归咎于我不幸的朋友们。魏小姐一声叹息。这时，晶莉进来了，给了我一个意味深长的眼神，比任何言语更让我羞愧。

“第三块地，也就是最小的那块，给我们惹来了麻烦。”香华用抚慰的声调说道，仿佛我是个不懂事的孩子。“这块地一年的租金只有三十块银币。”她继续说道，“尽管她赢了第一场官司，这你也听说了，可是后来的应诉已经花了她差不多八百银元了。”

“疯了，简直是疯了。”我又叫嚷起来，怒火中烧，盯住她们——仿佛她们是我的敌人。

“是的，的确很疯狂。”魏小姐赞同道，继续向我解释，第三块地离北京城墙不远，最初将军买来用作他的墓地。在当时的中国，公共墓地埋葬的都是穷苦之人，坐落在城郊的荒地，常有佛教徒为了积攒功德前去打扫祭拜。稍微有点尊严的家族都会辟出一块合适的地埋葬自己的族人。就像一个农户，他长眠的最佳地点，莫过于自己农田上的一角，他的灵魂可以欣赏一个勤勉的儿子或者女婿兢兢业业地耕种；或者，从另一个角度来说，能时常在田地里出没来警告那些偷懒的子孙。

将军给自己选了一块绿草如茵的风水宝地，种上了柏树苗，又在四周修了一圈美观的围墙。他在墓穴旁建了一座二十三间寝室的大房子。作为一位声名卓著的人物，他可以修建一块墓园，作为自己身后之地，而丧葬和祭拜活动也能给家族众人一些重聚的机会，就像我们现在这样。

“这些房间可以让前来吊唁的人有处落脚歇息。”魏小姐解释道。“尤其是曾经在国家担任要职的贵宾，他们权势显赫。”

这块地皮除却墓地，剩余的地方都种上了蔬菜，非常实用。矩形的菜园一派安宁和睦，草色青青，绿色成荫，旁边就是这个家族的坟冢，埋着如今已归于沉寂的傲骨。根据习俗，将军选择了一位忠厚老实的家仆来此守灵。他可以无偿住在抱厦里的一角，墓园里的其他土地也归他使用，每年仅要上缴三十银元的岁贡。除了守灵，他其余的生活就是正派规矩地在城里做点卖菜的小生意。他的主要职责是打理墓园的屋宇及坟墓，好让家族成员来祭拜的时候，这里的一切都整洁有序。继小姐是最后一位入葬的继家人，就埋在他父亲的脚下。很多年以来，这座墓园兼菜园都风平浪静。

“然后，我的姐妹啊，烦恼开始了。庆幸的是，这些烦恼实实在在都属于我，没有惊扰过继小姐，她一定承受不住。老的守园人去世了，这个老好人的儿子接替了他的位置。他也是个诚实勤勉的人，不过身患咳疾，没多久后也离世了。后来，按我们中国传统习俗，你知道的，他的弟弟补上了他的位子。可这却是一个不知好歹、贪心又愚蠢的人，就是他在浪费我的时间、精力和金钱，他和他疯癫的诉讼。”

“可是你和这个园子根本没有个人牵连，也没有任何的利益关系啊！”我质疑道。

“这就是整件事的关键点，这就是他们坚持说——至少他们是这么认为，我从中获利了，就算我不是这家的亲戚。”

“是那两个邪恶的子侄在背后煽风点火的，你觉得呢？”我问道，不禁回想起我自己家的事，同样是两个叔父辈试图摆脱不懂事的孩子——简直是我家故事的东方翻版。

“我也这么觉得。”她赞同我的说法。“虽然我证明不了这一点。但是他们恨我，也高兴看我被整垮。他们认为我生活在这儿，在这个房子里，就像一只苹果里安逸的蛀虫。即便他们知道实情，却仍然满怀恶意地想要毁了我。他们或许已经通过传言和打听知道我并没在这里赚什么钱，只不过他们觉得我不是继家人，还能住在这儿，已是占了大便宜了。这些子侄想要夺回所有产业，如果他们不能光明正大地抢，就要靠背地里的小动作来偷，我敢肯定他们是这么想的。”她向我保证，尽管如此，她必定能打赢这次官司，因为第一回胜诉的就是她。可问题是，这要等到何年何月？“我们手里有墓地和菜园的产权文件，可以证明这些是属于学校和托管人的。我们是被昂贵的律师费拖垮了。那个守园人就是傻蛋。他们告诉我，他一天要干十六个小时以上的活儿，劳累和怨恨让他瘦成了杆儿。这也不奇怪，他和我们一样，要支付律师费。我曾经试过找中间人，还有一些好人去他那儿，跟他讲道理，私下和解，但是这个木头脑袋根本什么都听不进去，只会喊叫、咒骂和恐吓他们，脸红脖子粗看上去胃都要气炸了。他这种固执也真是不可理喻。”

“我揣测他已经在这事儿上耗费太多，不得不继续硬着头皮顶下去。”我感到悲哀，喃喃自语道。“应该把地和房子都交给他，放弃你们的财产，我觉得。”

“我真希望可以这样，但是我不能。”她简短地回答道，香华开始继续解释。

“树华是这个学校的托管人，还是主要托管人。如果她这么做了，有一天，其他托管人或者政府就会对她说：你为什么这么做？你没有权利交出不属于你的东西。托管人不能对被托管的产业随心所欲地支配。这样是不对的。”

“我明白了。”我说道，话虽如此，心里仍很伤感。

“另外，”魏小姐又拾起话头，“继将军的遗孀以后也要入葬墓园的，那是他生前的一房妾室。”

我呆住了，受到极大的震动，静静地立在那儿。此时，我们已走出了星光，站在四下漆黑的院子里。“难不成她还活着？”我质疑道，惊讶万分。

魏小姐面露微笑，或者我觉得是。“是啊。男人不会选年长的女人做妾的，特别是像将军这种人到中年时，想要一个儿子，你能明白的。但她如今也已经七十二岁了。很有意思，是不是，不管是正房还是二房，都没能给将军留下一个儿子。如果他有儿子，你和我或许现在就不会站在这儿了。她现在住在路边的茅舍，那里原本住的是将军的马夫。房子就在我们大门前的一处空地，先前是将军的练箭场，你从自己的前门望出去就能看到。将军的一个侄孙跟她一起生活，顺便照管她。这个孩子是将军妹妹最小的一个孙子，身世凄苦。可以肯定，那些邪恶的子侄不会为这个可怜的孩子做任何打算。我听说，他的父母亡故后，他的境遇变得很是凄凉，于是就把他接过来，让他和那位老太太一起过活。他也在我们学校上学，是个懂事可爱的孩子，今年才十二岁就立志日后要成为军人，像他爷爷那样。如果这世道一直如此下去，他倒真有机会。”

“那这个老妇人和侄孙靠什么生活呢？”我问道，其实心里已经有了明确的答案。

“哦，是这样的，过去这二十年，我每个月从自己的日常开销里匀出十二块钱，给她做生活费。”魏小姐悲凉地笑了笑。“起初，她总是过来责骂我，说我偷了他们继家所有的财产，场面委实难堪，让家长和学生听到了都不好，我也没法去跟每个人解释实情。她没什么文化，也弄不懂个中曲折，可怜的人儿。可她现在挺和气的，因为家里的子侄一点儿都不帮她，她只能叫骂诅咒，也是被他们逼的吧。可是，她死后也得躺在将军身侧呀，这是她的权利。所以，哪怕是为她着想，我也必须守住这个墓园。要不然，等她走的时候，我还能到哪儿替她寻个体面点儿的墓穴呢？我们欠将军的太多，不能让他的遗孀流离失所啊。”

“无论在她生前还是身后。”我颔首。

“是啊。”她不假思索地赞同道，笑容浮上脸庞。“这就是为什么当初我问你，《圣经》上有没有关于打官司的内容。你给我看的那些让我发现了，这世界上并不只有中国女人才会被卷入不公正的诉讼案里。”

我心思沉重地走出大门，回到我可爱的居所，上床躺下。再次想到，这两个身心疲惫的女人，她们真是好人啊，在这样的情况下，还费神为我准备了这么怡人的栖身之所。真希望能为她们做些事情来回报这份情谊。

我的机会来了。一个星期五的早上，邮递员又投递来法院的传票，装在一个长信封里。讨论了个把小时她离开后学校的工作计划，魏小姐又穿上了那件庄重的灰丝长裙，将已经非常整齐的头发整理到纹丝不乱，一副令人敬重的女学者风范，消失在去往西城的方向。回来的时候，她却仅剩下满面倦容，精神委顿。现在，我也知晓了这个家里的秘密，可以敞开来谈她在外面遇到的事情。她刚回来时忧郁而疲惫，在狭长饭厅的石板地上踱来踱去，为了省电，屋里的灯光昏黄，晶莉只能慢慢摸索着摆上晚饭。

“今天怎么样？”这个星期五的晚上，香华关切地盯着她的眼睛问道。

魏小姐无奈地耸耸肩。“还是老样子。”她凄苦地答道。“一个新法官，重新询问了所有问题，‘你多大年纪？你的案子是什么性质的？我就回答，‘四十九岁，是委托人纠纷案。’然后他把材料重新合在一起理了理，递到我这边的桌上，说，‘你可以走了’——等了五个小时，就等来这五个字。最糟糕的是，我的姐姐，”她转向我说道，“我每次去遇到的几乎都是一个新法官，根本没有任何连续性。”

这之后的第二个星期五，我在北京的旅居生活快要结束的时候，我收到一份邀请，来自当时非常有名的一位中国夫人，她的丈夫是位大使，正在驻外，她自己也很有魅力，亲切和善。这个邀请比较突然，但我还是希望能带魏小姐和骆小姐一起赴宴，我打定主意这次一定拖上魏小姐同去。中国大都市社交圈，撇去表面一层的客套，真正的交流内容都是西方思想，从中很少能窥探到传统的中国生活方式。也就是说，当下的中国社会，上层水面向西方流动趋势明显，而潭水深处却静止而滞后。那些习惯待在潭底的民众也同样落后于时代的发展，尽管如此，他们也很有考量价值。我那些摩登的朋友们，或者他们中的大部分人，也意识到了这个现实，对于能通过我或者其他人不断与这些纯粹的中国人接触、窥探到“他们的根”而倍感高兴。

“你的朋友们身上有些我们已经遗失掉的东西。”一个穿着迷人、聪慧得体的女士这么对我说过，她在巴黎待了几年刚回来。“我觉得遗憾，我的孩子们从来不知道把他们带到世上的那种尊严和自豪。”“他们身上的礼仪气质和我父母的一样。”另外一位评价道。

我以为，从我的角度看，让魏小姐多见见这些外国文化熏陶培养出来的女子也有不少好处。毕竟，她们教养良好，能独立思考。她应该从自己的位置跳出来，多与现代生活接轨，正视迅速发展的未来世界——就算为了晶莉考虑。我知道香华也赞同这种想法，所以我特意强调了这次邀请。

“我从法院回来后就赶不及了。”魏小姐抗议道。

“你不能缺席一次吗？”我引诱她。

“我可以说我生病了。”她开始思考，用手压住眼睛。“也不算太假。”学校的琐事、官司的麻烦已经快要摧垮她的意志，也影响了她的健康。毕竟已年届五十，她的身体也处在自然生理调节的状态。于是，我提了个建议。

“如果我陪你一起去见法官，”我暂时建议道，“你觉得他会听我的吗？或者我一个外国人出现在那儿太唐突了？”

“你真的愿意为我这么做？你真的愿意跟我一起去？”她带着一丝哭腔，用力看着我。“我觉得是这样，我想这或许会有些帮助——在你见法官的时候给你些许支持，因为我没去过，也没有被传召的压力。或许他见到你带着我会感到某种程度的震惊；或许他对外国人能稍微客气点儿；或许他会想，我可能不是看上去那么孤立无援。”这时，她立刻补充道：“我在考虑你穿什么最合适。”接着，她可怕而敏锐的目光观察我良久，斟酌着我身材长相上的优缺点，我敢肯定。

我，一个女人，自然也开始集中精力打量我那旅行者的衣柜，看看有什么盛装搭配，适合下午一半时间待在法院，一半时间去赴宴。我要看起来是愉快的——还是安静的？我还从没尝试过即兴面见英国的法官，现在才开始体验，即将遇到的还是位中国法官，以我这把年纪来说是不是有些轻率？另外，让他吃惊这个建议真的可行吗，我能胜任这项任务吗？她或许也觉得我完成不了第一种策略。抑或，拿出学者派头是最好的方法？目前看起来，也没甚效果。

“树华，我陪你一起去，是打定主意要把你从法庭上的纠纷里拉出来，带你和我一起赴宴。”我声称道，感觉这必须是我此行的首要目的。“不管是否乐意，你都要去学会喜欢现代社交聚会，比如今天的都市女性宴会。”谁承想，这次又止步于言语层面！

我们准备停当，中午早早地垫了些吃食，魏小姐在最后一刻又帮我从头到脚整理了一番，确保我作为西方女性的形象足够整洁得体：没有突兀的发绺或发卷，衣服上没有褶皱，脸上涂满了这个场合需要的面霜和粉，让我自己觉得自己像个面饼。可是这些让我的形象更好或者更差，我却永远无法确定。更差吧，我觉得。

“如果我们不搭黄包车，改坐电车，你介意吗？”她请求道，态度稍有些局促。

“根本不会介意。”我愉悦地回答。因为对一个消费标准很高的外国人来说，在北京很难坐上平民化的电车来旅行，车里可能挤满了扛着大蒜的老百姓。在商业化程度较高的上海，钱来得快去得也快，需要或者喜欢节约生活的外国人也经常会搭乘电车。当我们的铁桶一样的交通工具路过新建好的使馆区时，我不禁笑了起来。这一天刮起一股令人不适的热风。大风扬起北京城里的尘土，空气中混杂着灰尘和细菌。速度虽快但全封闭的电车从人力黄包车旁飞驰而过，我暗暗赞叹魏小姐选择了经济又卫生的交通工具。外面的那些尘土一定会让我变成一只褐色的面团，想到这儿，我不由得暗自庆幸。刚刚，我还认出来一个美国旅行团，早些天的某个下午，我们曾见过面，他们很痴迷东方文化。和城市里其他行人一样，他们的脸裹在宽大的丝巾下，所以我是通过衣着和身形辨认出他们来的。

“我们待在电车的玻璃后面真是好多了，对不对？”魏小姐满足地向我耳语道。“而且还便宜得多。我永远也搞不明白，为什么让一个可怜人用黄包车拉着你满街跑就比坐在窗明几净的电车里要高级。”

我点点头：不仅仅是因为飞扬的尘土本身，还有一个原因，如果一个人用丝帕——或者广东绉纱，像我这样的情况——遮住脸，只露出一小角，就不容易看到那可怜的车夫是如何在灰蒙蒙的尘土中低头拉车的。慢慢地，他满身的尘土会让他看起来像块蛋糕，灰尘和着脖颈和背上的汗水变成泥，不多久就会有褐色的“小溪”从他的脖子一直流到脊背。车夫们气喘吁吁，咬牙拖拽着车厢，张大嘴喘息，卷着灰尘的邪风吹进他们的牙关，可怜的人们就这样把可怕的脏东西都吸进了肺里。无怪乎，虽然光照充足，肺结核依旧在中国北方肆虐横行。

法院是一栋外表装饰相当华丽的大楼，让人联想到法国某省的市政厅大楼。走进去却是一段昏暗逼仄充满回声的长廊。一个办事员用洪亮的声音冲地下室叫唤名字，如果轮到我们案子的话。另外一个门卫却又把我们领了上去，因为我们只有一个进入等待室的许可。魏小姐走到一个窗口前，用讨好的语调客气地向格子间的小吏说着什么。然后，我们在第二张通行证的保驾护航之下再次向地下室走去。楼梯最上面一层站着一个门卫，他粗鲁地推了魏小姐一把，掐着她勇敢的肩膀带我们下楼。魏小姐难过地望了我一眼，把自己的胳膊横在门卫和我之间，防止我也遭受同样的推搡。

“他们的行为一贯如此。”当我们走下逼仄的楼梯，她在我耳畔悄声低语道。

“别为我担心，”我的心中充满感伤，“恐怕全世界的小官僚在身陷囹圄的可怜百姓面前都是这样，仗势欺人。”

最后，我们在地下室的一个房间里将自己安顿下来。这间等待室里安置的都是二等女性诉讼人，屋子里围着一圈窄木条板凳，固定在曾经刷白过的墙壁上。在地板中间立着一只大痰盂，几年前还不知手帕为何物时，大概有人认为这里需要这么个物件。

屋里靠顶部有扇装着铁栅栏的窗户，已经是接近地面的位置。我们和屋里的同伴们互相客套了几句，出于礼貌回答了她们的问题。是委托案件，我们简短地回答，魏小姐也大略询问了她们的案子情况。一个中年女子不愿支付丈夫的黄包车执照费用，因为他已经去世了。另一个女人年轻一些，她的哥哥拒绝分给她遗产，按照新继承法，女儿也有权分得家里的财产。

“胡闹啊！她闹到法院可太没好处了。”魏小姐悄声说道。“她和哥哥都要在律师费上浪费掉一大笔钱了。我在你的《圣经》里看到过一些和对手和解的建议，听起来不错。我希望神能保佑我，让我的对手也同意和解吧。”

我们坐在硬木板凳上的时候已经差不多下午两点了。魏小姐的传票上写的时间是下午一点，但是经验告诉她，准时来到根本没什么用。门卫一遍遍跑下来，站在我们房间和隔壁男士等待室两门之间，用含混不清的声音大声传唤着下一个案件涉及的人名。我们安之若素，静静等待着。

第 15 章

# 地下室里的谢赫拉莎德[1]

因为没其他事情可做，我们就开始聊天。1936 年的北京，发生在地下室或其他憋闷空间里的聊天有千万个小时，敌人的飞机就在头顶盘旋。这样的聊天非常妙，无形中拉近了人们彼此间的关系。我们聊了足足四个钟头，魏小姐和我两个人：起初，我们随便东拉西扯穿衣打扮之类的摩登话题，然后谈兴越来越浓。你会不会觉得惊讶，如果我感觉自己的根和她的根自此便紧紧纠缠在一起，只要一想到她，我心中便似有根弦被扯动一下。她不会对我有同样的感应，因为她不是在我的国家遇到的我。但我知晓，她也是不会忘记我的。

我们自然而然聊起了学校事务和它的经济问题，现在这些话题对我来说已经是完全敞开的了。“我不能再向

---

1　谢赫拉莎德是《天方夜谭》中的苏丹新娘，夜复一夜地给苏丹讲饶有趣味的故事，从而幸免一死。

家里提出任何要求了，这话之前也讲过。我自己本身也不希望再给家里增加负担，我侄子还要上学、成家立业。等我老了，家里人还会再接纳我，回到老房子，给我容身之处。即便我回归的时候身无分文，他们也会养活我。但是这些不能减轻我对香华的担忧。她自己的家是回不去的。如果到时候我母亲和姐姐还在世的话，她们也会接纳香华。但她们毕竟不会陪我们走太久，我老母亲已年过八旬，我姐姐也体弱多病，所以才一直未出阁。家里小一辈的人呢，未必会对不是自己家的人那么上心，何况家底也越来越薄，每况愈下。此外，香华骨子里很傲气，她说过自己不会这样一直靠魏家生活，虽然我跟她说，自己欠了她二十年的薪水。她只是笑笑，说她相信老天会给她一个好归宿。”

“学校究竟还剩下多少钱？”我直截了当地问道。

“一分都没有了。”她说，“我们还有债务。”

我沉思良久。四个小时的时间可以让一个念头在脑袋里翻转许多遍。

“放弃这个官司吧。”最终，我还是这么劝道。“我知道，不是这一年三十银元的租金让你在坚持。我知道你花了这么多时间和精力后又退出会显得有多软弱。但还值得继续投入更多吗？你忠诚地追随恩师继小姐，用了将近三十年的时间履行她的遗志。她若还在，肯定第一个支持你退出这场鸡肋般的官司，把精力放在更有意义的事情上，而不是坐在这个逼仄的地方一等几个钟头，让自己变得更加消极抑郁。敬重自己的恩师，没人比你做得更好了。”

“你真的这么想吗？”她向我投来感激的一瞥。

“我当然是这么想的。”我断然道。“你让学校履行着良好的建校初衷。”

“和她当初相比，我们砍掉了很多国学经典课程。我们不能……”

“我都明白。”我打断她，“因为政府的条条框框。”我无力地笑笑。“就算是继小姐，也会顺着世道的变化做出调整的。你给继小姐办了一场体面的丧事，你供养着她父亲留下来的老姨太太，还打算为她体面送终。放弃吧，让这个男人赢了这场官司，加上一个附属条件：等那位老姨太太去世后可以安葬在墓园里。回家后，我给你看一段《圣经》里的话，一句就能抵过我在这讲的几个小时。”我忍不住思索着眼前这个女人，她为了国家的进步几乎付出了一切。她的时间，她的精力，她生活中的欢乐，都因为这起无用的官司而饱受摧残，她宝贵的生命活力就在这冗长磨人的等待中消耗殆尽，两周又两周，八年来无数次美好时光的浪费。

“这个案子一开始是怎样的呢？”我问道。

“起因是我收到了一张财产税纠纷的传票。我给地方法官回信说，因为学校已经许多年没有从这块地的租赁人那里收到地租了，所以不应该由我们来支付这个税款。接下来一件事就是，我们得知，这个仆人辩称自己不该付地租，因为我不是继家的人，而他作为继家宅院的管家，才是这块地的合法继承人。我找了学校律师，给他看了继小姐交到我手里的地契，他向我保证可以很快赢下这个案子。几年后，案子胜诉了，如你所知，但是我们的律师不久后也去世了，那个仆人却开始上诉。我们找了个新律师，我觉得他已经尽力了，但我们却在费用方面越陷越深，处处需要花钱，所以我又换了新律师。但是他也没有让事情有任何新进展。两年前，我终于决定作为贫民当事人来辩护。”魏小姐在这里顿住了。“那是我生命中最黑暗的两年。”她继续道。“就算是为了继小姐，我也撑不下去了。我母亲一定不知道当时发生的事。我同情贫民，你也知道的，竭尽所能帮助他们——可当你与他们为伍时却感觉糟透了。”我不明白她所指。“做一个贫民当事人意味着没有座位，没有休息室——甚至像这么‘好’的地方都没有。”

“我们西方医院的休息室条件比这儿也好不到哪儿去。”我告诉她。“可恶又凄惨的是，他们还会羞辱我们。”她又为此添注了一笔。

“是的，在北京做一个贫民当事人比现在这样还要可怕得多。我从下午一点站到晚上七点，六个钟头，漫长而疲惫，连离开一下儿的机会都没有，因为我们都挤在一起，甚至放松一下儿都做不到。我被挤在男人女人之间，人群里充斥着小偷、妓女和杀人犯。他们成年累月地不洗澡，身上散发着可怕的气味。我作为这个身份只去了两次，就再也忍受不了了，就算是为了学校我也做不到。再继续下去，我会绝望死的。”她的话头打住了，又伴着啜泣继续说道：“说实话，我已经几乎要绝望死了，坐在这个房间里，太频繁了，时间太久太难熬了。”她深深地叹了口气。

我拿起她的手，握住，摩挲安抚着。我亦感同身受，陷在悲惨世界里与罪恶为伍，落在小官僚的手中任其欺侮，我也会觉得自己已经死了。

“过去两年，我多次有过自杀的念头。”她坦白说道，我点点头。在中国人眼中，自杀并不代表是对上天安排的反抗，或者是对自我尊严的犯罪，而是一种能被理解宽恕的行为——虽然行为很激烈且无可挽回，但是却能被当作反抗压迫者的一个利器。

“我的死或许能为学校换回正义。这个消息会见报，会唤醒人们的关注和良知——或许会。”

“但是你不在的话，学校该怎么办呢？”我问道。

她耸耸肩膀。“我在这儿熬上几个小时后，学校或者其他事儿都显得不再重要了。只有香华——我就担心她。如果我能给她提供点什么，可能会走得容易些。”

“但是没有你的话，香华的精神会垮掉的。”我不同意她的说法。“她不光是和你生活、工作在一起，你们还是对方的依靠，需要彼此的关怀与友爱。”

“确实是这样。”她赞同道，握了握我的手。“但是香华这个人啊，别看她的外表娇弱，你也清楚，其实看待生死问题上比我勇敢得多。”

“无论如何，她也没法像你一样挑起学校这么重的担子。”我坚持自己的想法。

她的眼睛慢慢溢满泪水。“说实话，你真的觉得我活得够好吗？”

我真的好难回答。怎么才能让她明白，她是我见过的最尊贵的女人之一？但是她下面说的话让我大吃一惊，陷入了两难之地的窘境。

“那就留下来和我们在一起吧。”她恳求道，“来和我们一起生活——永远在一起，就在我们学校。或者你喜欢郊外的话，可以住在西山。只要经常过来帮助我们，领我们走向你说的那种新生活。如果你愿意来学校监督学生们的英文学习，哪怕一周就一次，学校也会招满学生的，而我很快就能支付起新校舍的钱。我知道，你可能也会无偿来做英文督学，就像我们自己一样分文不取，因为你也非常希望看到中国的进步。”

“我不能留下来啊。”我回答，内心被两种情绪拉扯着，很遗憾让她的恳请落空，却也为她思想上的实际转变感到高兴。我知道，在我心底深处，是一定要离开的，我要在适当的时间返回英国。另外，我也有强烈的冲动想要尽可能地看到当时中国的全貌，尽我所能在这期间走得更远，因为在 1936 年，没人敢断定在中国的旅行能有多少安全保障。而且，中国也不会长久保持她现在的面貌了：许多巨变正在发生。我的眼睛特别想去看看四川，那是我丈夫早年间在中国做领事时到过的最西部的省份，他写了关于那里的书，是我帮他打出来的。

“我想去看看我丈夫曾经描述过的地方。”我告诉她，“去他生活工作的地方看看，去他爱过的地方看看。”

忽然间，让我惊讶又懊恼的是，因为想到过世已久的丈夫，那些曾为他流过的悲伤泪水让我再次陷入啜泣。看来在地下室憋闷的空气中待上的几个钟头也摧垮了我的精神。在一个集中营里保持住活着的信仰是多么困难的事！

“我也有一个坟墓。”当我又能正常开口交谈时，我告诉她。“对我来说也异常珍贵。我不能将我先生长眠之所拱手让与任何人，更不用说像你仆人那样的恶人。虽然我离开了那个地方，我仍然要对你说，要将生命之船驶向新海，勇敢为中国找到思想上的新世界。”

我们就这样聊着。六点钟如期而至，我几乎把宴会邀请的事抛之脑后。我不得不离开她，如果要赶去赴宴的话。我好不容易在一个十分钟路程以外的车库找到一部电话。用外语打电话绝非易事，但最后还是听到了香华的声音：“喂——哈喽？”我告诉她树华要继续待在她的地下室，不能去参加聚会了，而她可以在吴太太家和我碰面。半小时后，我就走入了一处北京宅院的鲜花甬道上，铜盆栽种的菊花摆成“之”字形，连接着府邸里的各个宅院。老北京城的贵族们对于家中的摆设很有品位，雕梁画栋、月洞门、鲜花铺设装点甬道等等。

与刚才的遭遇真是天壤之别，我现在坐在一个怡人的房间里，和谈吐优雅轻柔的女士们聊着天。屋子里的菊花装饰更是繁复，现在正当花季，白色、黄色的花瓣精致地卷曲着。自助餐桌上摆着闪亮的银器和瓷器餐具。老熟人们邀请我挨着她们坐下，我们一边聊天，一边用小银勺搅动着高脚杯里的水果圣代。但是我知道，一半的“我”还留在那个昏暗压抑的地下室，在那里，魏小姐仍坐在昏暗的瓦丝灯泡下，等啊，等啊，或许她身上那款平常的灰色丝质长裙，她严肃的发型，还有她矜持的高贵态度，都会让她在这样的聚会上略显过时，我这么想。或许，并不是。这里的许多人也是从困难日子里走出来的。

“她刚和家人从满洲过来。”一个女人向我耳语介绍着另外一个。“她的丈夫是名医生，但是日本人让知识分子在那儿的日子很不好过。他的职业发展在那儿得不到任何安全保障。为了避免像其他朋友那样被当作三等公民折磨，他早早选择了离开。”

我们转过身，看着那位医生的妻子，一个眼中充满警戒的女人，面容悲伤憔悴，还是一副难民的腔调，是那种我们近几年已经习以为常的语气。

“真的不能想象，如果我们没有离开家，没有逃到这里，会是怎样的光景。”我的朋友低声喃喃道，好像是在讲给自己听。看得出她的疑虑，作为一个家庭的母亲，她是怎样开始这段逃难的，她一直在思考自己是否具备一个逃难者应有的能力和勇气；她不断怀疑自己，像一个人正常反应那样。我也曾经想过许多次，如果她能及时地成功离开结果会怎样？我真的不知道。

“你看起来很疲惫。”一位身着优雅晚礼服的中年女士向我说道，她是一位英文文学教授的妻子，丈夫在北京一所尚处建设中的优秀大学任教。我向她坦白了下午的遭遇，引来一群听众，听着听着，她们也陷入了沉寂和思考。

“请问，大家有谁可以给我介绍一个北京的好律师吗？”我结束时说道。

“你提了个好问题。”今晚的女主人冷静地答道，她也加入了我们的谈话。

我们知道，对民主制度的国家而言，制定法律不难；但是保持法律公正性，却颇费力气。经过多年对司法制度的潜心钻研，一些国家在这一领域已首屈一指，中国也发展出一套优秀的现代司法制度，但是对这些法律的执行力度还远远不够。

我的朋友们围在茶桌边讨论起来，最终给了我一个名字和地址。

“没错，他很诚实、聪明、有能力。”她们一致同意，这一话题暂时告一段落。

不用说，当我怀揣热情，第二天就去他家拜访，希望让他尽快投入工作时，他却已经在前天就启程去了上海，一个月之内都不会回来，但那时，我应该已经离开了。生活在二十世纪三十年代的中国，有件事非常恼人，若你想在上海见个朋友，他就去了北平；当你到了北平，或者说是北京，他又去了南京。或者，又去纽约、牛津或者汉堡讲学了。

我和香华回到家的时候，魏小姐也已经回来了，她和晶莉正在等我们一起吃晚饭。但是香华和我刚才已经吃了太多美味又有趣的菜肴，再也吃不下什么了。香华绘声绘色地向树华描述着那些美味，这些让她暂时忘却了生活的累赘，仿佛得到一位女管家的照料，把她推到了晶莉准备的晚餐佳肴面前，即使是带着要与香华提到的那些美味争胜的心态。而香华实际上还在回味冰淇淋带来的愉悦。

“加上果汁真是别有一番风味啊。”她详细注解道，“即使是你，树华，也会忘掉那是牛奶做的。”让我吃惊的是，晶莉突然开口，对她的姨妈说：“冰淇淋真的很好吃，您应该品尝一下儿。”魏小姐也吃了一惊，开始考虑或许某天真该尝上一口。她之前抱有一种观念：人应该对自己的食物保守一些才好。

“我走后你那里怎么样？”我关切地询问。

“又是一个新法官。”她抱怨地嚷道。“就像我之前预言的那样。他和书记坐在桌子的两侧，这一次，他邀请我也坐了下来，问了几个常规问题，比如我的名字和案件性质。然后他说道：‘你已经来过很多很多次了。’

这个话头让我有机会继续为自己解释，说我真的只是一个委托人，这个案子实际上是属于学校的。”她忽然间不说话了，起身在屋子里踱来踱去，最后来到我面前，立定。

“哎，我的姐妹啊，我真是羞于开口跟你说下面发生的事儿。”她一边回忆一边搓红了自己的脸颊。“你看，我真是太羞愧了，就连说出口都觉得丢人。但是你——你也知道我们的国情，就算你知道了实情也会继续爱我们的。法官对我说，如果我分他三分之一的钱，分给坐在旁边的书记另外三分之一，他就放手让我们赢了这场官司。‘但这样的话，还能给学校剩下什么啊？’我问他们。‘我们要卖掉地皮付钱给你们俩，因为这个仆人也没钱。’他耸了耸肩，然后说，‘但是你们继续这样打下去，最后还能剩下什么？你们已经纠缠八年了，我清楚’。”

“你怎么答复的？”我问道，怒火中烧。

“我没说话，是的，我什么都没说。我就说我必须考虑一下儿，就走了。我不敢朝他狡猾的脸上吐口水。”她整个人陷在椅子上。“我真想去死。”她呻吟着，“我希望离开这个世界，离开这个连我们的法官都如此变态的世界——他们本该是纯洁和正义的化身。”

“人们总说我们清朝官员贪污腐败没有正义感。”香华眼中含着愤怒，她也被这种恶行激怒了。“但在最高层的衙门，我们还不至于如此恶劣。我父亲生前一直努力在判案的时候维持正义，行为不端的经常是下级官员。但如今，连最高级别的法庭都出了这档子不光彩的事儿。”

“不。”我打断她道，“最上层是不会的。如果魏小姐六个月内得不到应有的正义，我会找机会告诉蒋夫人所有这一切的：学校所有情况，没修完的校舍，还有这起官司。你们知道的，如果她没看到正义被伸张，是不会休息的。”

魏小姐一下子跳了起来。“你说得对！”她兴奋地说道，“蒋夫人会主持正义的。她会帮我们得到最后的胜利。我之前为什么没想到她？也就是在北平，我们的法官才推进得这么慢。可是她在南京日理万机，不能经常来北平做改革工作。告诉她吧，请你去告诉她。”我向她保证一定会完成任务。可是，好不容易在圣诞期间有机会谒见蒋总司令，蒋夫人却未陪伴其身侧，而是去了别处帮他分担事务，她的缺席推迟了我的承诺。

忽然间，魏小姐又一次站在我面前，命令道：“你之前说要给我看的《圣经》上的那句话是什么？”

我一时间没想到，后来又记起来了。我领她走到书房，来到她自己的书架前，在最高层，一个偏僻的角落，放着六本不同版本的《新约》，是可亲的人们送她的礼物，却没机会看到她翻阅。我取下来一本，在她的强制命令下打开："任凭死人埋葬他们的死人。"[1] 她轻轻地读了一遍，然后又大声念了一遍。

"太残忍了，太邪恶了。"听到这句话，骆香华叫嚷起来，感受到一丝突如其来的沉寂，上一秒气氛还是温馨的。"你为什么给我们的树华看这句话，这么可怕又让人震惊的句子？耶稣说的不对，大错特错。"

儒家学者魏小姐摇了摇头。

"没错，"她慢慢回答着香华。"耶稣是对的。"之后，让我迷惑的是，她开始冲我发火。"但是你，"她用力推了我一下，"你！怎么敢给我看这句话？你难道没说过，你也有一个墓碑要守，你要为此离开这儿，抛下我们，去四川寻找你逝去的丈夫？啊，你和所有的基督徒一样，说一套做一套。"她起身离开我们俩，开始在屋里来回走着。她用手捂着脸，香华吃惊的目光来回在我俩脸上逡巡。我看着树华孤独绝望的步伐，回想起在地下室待的那几个钟头。我必须说些什么，一些真诚的话，回应她，反驳她。

"我是打算去四川，因为我丈夫在那里生活过，工作过，为了英国和中国。我想去那里找寻新的自我，让灵魂和思想贴近他曾经做过的事，去感受它，理解它。我告诉你的都是真心话，我背井离乡，留他躺在英国的墓穴里；现在，我也敢告诉你，让你对继小姐做相同的事。

1 参见《马太福音》8：22。

我要去寻找的，是活着的丈夫，就像过去一样；你的继小姐，就活在这个生机勃勃的学校里，而不是躺在将军郊外的墓地里。”

她在我面前探下身子，看了我许久，而我一直保持着坐姿。坐着的人总处在劣势。

“我相信，我能理解，”最后，她开口说道，深深地吸了口气，仍然来回走动，陷入沉思。“很好。但是我仍然不能从这个官司里抽身而出，就像你不会放弃去四川。我是学校的委托人，或许审判会及时结束的。我已经等了八年，不在意等更久。但是我向你保证，我不会让这件事再像以前一样压抑自己的精神，是的，我会听从你的意见，去咨询其他律师。”

“下次去那个黑地窖的时候，记得带点编织活儿，或者带本书。”说出这句话后，我的神经倏地一下放松了，站起身来，因为她已经在向外走了。她很快又返了回来，用胳膊环住我，紧紧拉向自己，我知道，我们俩之间没事了。

“我绝对，绝对，”她用最热忱的情绪说道，“不会忘记，你是怎样陪我到了那儿，坐在我身边，等了这么久。这件事儿再也不会看起来这么恐怖了：因为我会记得，你和我在一起。”

她都听进去了，当我告诉她这没什么，真的没什么——确实没什么大不了。

“我陪了你还没有一小时吧？”我问她，故意道，虽然她知道事实不是如此。

“是四个小时。”她一字一字认真说道，然后把她的脸爱抚地贴近我的，充满感情——几乎像一个吻。

第二天，我碰到晶莉从我的房间出来，手里攥着一小把东西——是我的脏手帕。“我洗好烫好再拿给你。”她一边说着，脚下的步子却一刻不停，“你为我姑母做了那么多，我至少可以替你做做这些事情。”还没等我开口，她就穿过了月洞门。合欢树在一旁摇曳，好像在笑我，笑弯了腰。

第 16 章

# 我父亲的义女

“你一定在想中国人有多么不老实吧。”魏小姐哀怨地说道。事情过去后的第二个周五，她收到了传票。与她之前的推测相反，我又一次陪伴在她身侧。我们轻松地坐在长椅上，找到让自己舒服的姿势。我转过身，凝视着她。

“何出此言呢？”我惊讶地反问。

“嗯，因为你知道了我们官司里所有的卑鄙勾当。”她悲戚戚地回答。

“正好相反，”我告诉她，“我很吃惊，中国人的诚实让我觉得温暖又振奋。看看你自己吧，举例来说。”

“香华不也是因为亲戚侵吞了校产才来学校教书偿还的么？”

“是啊，你对香华的评价很中肯。但是她和我都是受过教育的人。我们是在孔夫子的道德教化下成长起来的。”

我又一次审视着她。“但你不会以为这种好品质的践行只囿于读书人阶层吧？”

“是的。”她深思熟虑后赞同道，“无论如何，君子之德风，小人之德草，我们是这么说的，意思是：优秀的人在前面指引，普罗大众在后跟随。我忍不住觉得，贫民很难做到诚实守信。我自己能做到的也仅此而已。”我嘲讽性地向她微微一躬。

“一个德国修道士在回答询问者时恰巧说过这样的话，他叫路德[1]。”

“我从没听说过这个人。我想他应该也满腹经纶，我们的一些僧侣也是如此。至少，我和香华都是读过书的。受过教育的人理应诚实，他们知道自己受过教导。”

“听着，”我告诉她，“我给你讲一个真实的故事，有关一个中国贫苦女人的故事。她是一个农民的妻子，虽然确实也接受过一点儿教育，但是她的教育环境并不完全是孔式的。像你一样，她诚实守信，像日光一样明媚清白。”

碰巧的是，那天下午地下室的女休息室里，几乎一直只有我们两个人，我也不知道为什么。隔壁门内，男休息室则人满为患。我可以听到他们的抱怨声此起彼伏地交流着冗长的人生经历。所以，我也考虑，或

1　马丁·路德（Martin Luther，1483—1546），16世纪欧洲宗教改革倡导者，基督教新教路德宗创始人。

许可以用别人的故事帮我的朋友分散一下注意力。魏小姐靠着我，后背放松，让我搂着她。事实上，她靠在我的肩膀上，听我讲那个远在南方农村、社会地位并不甚高的朋友，她叫崇美。我不知道她名字的含义，但是印象中有个解释是“坚韧如丝”，于是我也这么告诉了魏小姐。

她有三个姐妹，排行老二，她们的父亲老金，是最早一批追随着我父亲一起工作的人。当时在一场暴乱中，有一块本来砸向我父亲脑袋的石头却被他挡住了，他应声倒地、昏迷不醒，我父亲十分感念，永远都没忘记这一幕。

老金死于肺痨，不久后，他的妻子也随他而去，留下三个孤女，自然受到了我母亲的照顾。他们是我母亲小学校的第一批寄宿生，当时她第一次休假，把我和弟弟留在英国，回到中国后，开办了这家女校，起因也是这三个女孩。她的怀抱空空，这三个孩子适时填补了她的空虚。她们的父母给大姐起的名字叫“达玲”，也是仿照我母亲呼唤襁褓中的我用的爱称。三个女孩作为家里的成员在我们周围长大了，我的父母和教会对她们而言就是爹娘和家。我觉得，她们能感受到自己是被爱着的，因为她们属于所有人，真正的慈爱无比温暖。两个大一些的女孩子，在我们离开温州那几年出嫁了。她们的丈夫人都不错，却都是没怎么受到教育的山民，因为老金一家原本也来自大山。两个姑娘后来都有了几个孩子，生活很勤勉。出自个人意愿，她们连周日都在亲自操持家务，像苏珊娜·卫斯理[1]一样。她们的丈夫无比满足，为自己在城里长大的妻子骄傲自豪。

“一旦一个女性知晓了这位祈祷者，‘我们的天父’，”我母亲曾这样对我说道，“她就不会停歇，直到她的孩子们也能同样祷告，不然，她如何安详地离去？”

崇福，最小也是最可爱的女儿，嫁的丈夫来自城乡结合部，最后做了厨师，专为医院的英国护士做饭。他是位称职的好厨师，值得尊敬，可现在人已离世，在日本空袭时不幸遇难。这是另外一个故事了，发生在魏小姐和我在北平法院地下室谈话后的第四年。现在要讲的事是关于“崇美”，金家的二女儿。

开始，崇美在山村里和丈夫过着平凡的生活，日子虽然辛苦，倒也充实。她的境况比姐姐达玲好一些，因为三年旱灾让达玲家的稻田颗粒无收，一点点家产损耗殆尽，她和丈夫、孩子只能靠吃树皮度日。他们不得不背井离乡，逃荒到城里，求亲靠友。我记得很清楚，因为那年我刚回到牛津孀居，和父亲同住。他得知中国当时的饥荒后忧心忡忡，立即将他姑母留下的一些遗产捐赠出去，帮助他早年生活过的地区上那些受苦

1 苏珊娜·卫斯理（Susannah Wesley, 1669—1742）是颇具影响力的基督教牧师约翰·卫斯理和查理·卫斯理的母亲，一位有名的家庭教育者。

受难的人们。

“我之前没预料到，现在也不会置身事外。”他理性地说道，“若不是走投无路，他们是不会向我写信求助的。这些中国农民都是自立自强的人。”

但即使崇美侥幸躲过了天灾的劫数，四五年后，她丈夫的农田却遭遇了土匪的打劫，正值中国由独裁向共和制度过渡的特殊时期。二十五年的时光，放在历史长河中只是沧海一粟，但对个人而言，却是半辈子的兵荒马乱、流离失所。一个秋天，一伙儿强盗冲进小村庄，掳走了一些青壮年，还将谷仓洗劫一空。他们向村里人勒索赎金，还恐吓打骂掳来的人质，迫使他们的家人缴纳更多钱财。

“但他们最后还是很快被放回来了。”崇美跟我讲述这段故事时说道。“我猜他们也看明白我们有多穷了，真的再也榨不出丝毫了。”

不幸的是，她的丈夫那会儿正赶上身体不好，被缚住双手、光着双脚走了十几里路。虽然身体上并没受到更严重的伤害，但这段遭遇所受的折磨和惊吓彻底摧垮了他的精神意志，回来之后没几天就死了。崇美的大女儿早年和一个军人订了婚，她的婆家当时来求办婚事，因为儿子很快要去另一个省服役，这家人希望能尽快抱上孙子，所以她匆匆忙忙地出嫁了。崇美的大儿子只有十九岁，也得尽快娶亲成家，万一日后有个三长两短，农田和家里的那点儿财产该怎么办？

魏小姐也立刻发现了这一点。“是的，是的。你说的崇美真该马上给儿子娶个媳妇了。但是娶儿媳妇很花钱的，就算是在山村。而且，还有她丈夫的丧葬费用，她儿子的父亲怎么着都要体面入土。我能想象得出，要筹到这些钱有多困难，何况强盗又抢了她的谷仓。她后来怎样了呢？”

魏小姐站了起来，开始对崇美的故事兴趣盎然。我这个朋友，当时也处在经济困窘阶段。

“她从邻居那儿借了一百块钱。”我说道。

“是啊，她能做的也就这些了，也很简朴。”我也这么认为。葬礼和婚礼一共花费五磅，真不能算昂贵。

“当然，她还要付利息。”魏小姐点点头，“在农村的话，正常来说也算合情合理。”

“每个月四块钱利息，对我们来说这利率太高了。”我激烈地回答道。

“哦，不，真不是，对我们而言太正常不过了。但是她当时应该是付不起这个钱的，她付清了吗？”

于是，我告诉魏小姐，头一两年她是怎么应付过去的。他们地里的主要农作物是红薯，收上来后，女人们将它切成片，晾晒成干，以备过冬。但是有一年，接连两次的收成都不太好。或许年轻的农民还没将父亲的农活手艺学到家。利息就这样拖欠下去，债务也越滚越多。有那么几年时间，崇美欠了将近两百块钱。那时，儿媳已经给她添了个孙子。看到她对家里年幼的孩子很上心，打理家务也算妥帖，崇美就放心了。一天早上，她收拾出了一个小包裹，带了几件生活必需品：一个保证她发髻整洁的梳子，一些简单的换洗衣物，几个给城里朋友的土鸡蛋，然后就出发了，步行二十几里路去城里。庆幸的是，她没裹过脚，踏过遍是红薯藤的蜿蜒山路，穿过嶙峋多石的淙淙小溪，掠过溪水滋养的遍野山花，一里路，又一里路，"爬上去又走下来，上上下下，有时候像攀在屋檐边上。"她这么对我描述着。最后，她看到一条波光粼粼的小河顺流而下，舢板上的船夫撑着竹蒿，稻田里青色的麦苗整齐成行，稳稳地立在脚下的泥水里。这片绿色的田野中有一户人家，是她学生时代的同窗，也是我母亲的学生。她接待了崇美，给她递上热茶和吃食，送上微笑和欢迎，安置她在自己的床铺歇息。第二天，同窗的丈夫从另一个城市乘船而归，他靠着这条船将菜油运到城里卖掉。菜油装在大瓶子里，瓶口用蜡纸封上。下一次去城里的时候，他带上了崇美。虽然离开涉世未深的孩子们让她难过而不舍，但走出来，坐上船，感受清澈的河水被船头破开，顺着船缘流逝，看着船工们立在船下推着船飞快前行，河水淹没过他们的大腿，这感觉真的很好。她觉得自己又回到了幼年时代，和我母亲一起跟随父亲出游。

但是等崇美到了城市，却发现大部分的朋友都和她一样一贫如洗。日本炮轰闸北破坏了上海与外埠的贸易往来。她此行的目的是攒够还债的钱，但是不能乞讨。

她收到过达玲的一封信，从靠近上海的一处港口宁波寄来的。达玲在信上说道，自己觉得儿子们需要接受更好的教育，山村里根本没有学校，都是她亲自来教孩子们，还有几个邻居家的小孩儿，但是她也做不到正常规律地教书。为此，她十分焦虑，虽然已年届四十六，却毅然决然抛下丈夫，让十八岁的大女儿接替她打理家务，自己则前往宁波做工，毕竟那是比温州还要大的港口，赚钱的机会更多。

“继续讲崇美的事情吧。我想，她一定是觉得，既然达玲都能为了孩子们的学费外出做工，她也可以出来赚些钱还债，真是淳朴的老实人啊。”魏小姐说道。

达玲在一户人家做住家保姆，这户女主人曾是我母亲第一批学生中的一员，嫁给了一个不错的丈夫，是邮局里的小头目。他们一个月付给达玲五块钱。她尽量把钱节省下来，等攒到一百二十块钱的时候，就能送二儿子去读城里的寄宿学校了。

“可糟糕的是，我那个讨厌的丈夫就是傻蛋。”有次见面的时候，达玲愤愤地对我诉苦，“他把我寄的钱都打水漂了——扔在了耕地上！或者被其他什么人给骗去了。三年过去了，还没存下来原本计划的一半！”她说着，满腹牢骚，也无怪她生气。我见过那个男人一次，的确是个傻乎乎的老好人。这种事时有发生。

“还是说回崇美吧！”魏小姐拍着我的膝盖，而我正呆呆地想着达玲家那个笨蛋农夫的故事。

“我在给你介绍背景呀，好让你更容易理解我的故事。”我心中窃笑。看到她能暂时忘却身边的环境和自己的烦恼，我真是高兴。“达玲是个很有主见的人。她的这份爽利与能干也让她名声在外。我在上海遇到她雇主的姐妹，她告诉我，真不知道自己妹妹一家离开达玲的话怎么过日子。她头脑聪明，经验丰富，懂得助产，还非常讲卫生。她说，是我母亲教她在准备食物和照顾卧床病人之前都要先把手洗净，而且多烧滚水，以备不时之需。孩子出生后，她又很会照顾产妇坐月子，直到身子强健了才许她再碰家务。”

“崇美也这么能干吗？”魏小姐问道，试图用计将我的话头引回到崇美身上。

“不像她的姐姐，但是她很温和。”我告诉她。“如果遇到笨人，达玲会很不耐烦，比如说对她的丈夫，会直言不讳。”

“没错，当然会这样，她毕竟是大姐。”

“崇美很需要赚钱，欣然接受了第一份工作。她也去了一户人家当住家保姆，一个年轻的主妇带着三个孩子，丈夫在上海一家大书局工作，但收入并不丰厚。这家人每年添一个孩子，崇美也干得很努力。但是在上海，能干的产婆很多，所以崇美不用管接生的事儿，只用打理家务，打扫卫生，煮煮饭，照顾一下产妇和其他孩子。她的雇主每个月只付给她四块钱。”

“我也付给家里的保姆这个数目。”魏小姐说，“这些钱只够她还利息的。当然，雇主还会给一些布料做衣服，或者额外的东西，比如信纸和邮票，可以给家里写信。”

“男主人挺不错，”崇美曾告诉我，“亲切善良，待她很好，尊称她‘老妈妈’。他倒也想多付她些工钱，但说实话，他付不了，因为他也没什么钱。”

每个月，崇美都老老实实把那四块钱寄回家付债务利息。她怎么才能从单调的工作中解脱出来，还清那一百块钱的债本，还有那笔因为拖欠还款滚出来的一百块钱利息呢？

“你知道的，这些拖欠的钱，”魏小姐说道，“也是需要还利息的。”

“是的，我知道，她也正是这么做的。”

魏小姐点点头，抿了抿嘴，真心为可怜的农村女人感到悲哀。然后她轻轻挠了挠脸，疑惑地看向我。“我在想，是你帮她付了这一大笔钱吧。”她把矛头指向了我。

“不，我没有，当然没有。”我立马矢口否认，像一个被捉到犯了错误的孩子。

“那你后来做了什么？”她坚定地追问，“你肯定不会放任母亲的养女在那种悲惨境地不管不顾的。我觉得以你对中国的熟稔程度，足够扛下父母家庭留下的担子。”

“我是生在中国，但不觉得要对三姐妹中的谁做什么负责任的事儿，哪怕只是一点点。”我回答道。我凭什么要这样做呀？她们都已经成年了，几乎和我自己一样年纪，成家生子，崇美都是做奶奶的人了。魏小姐有着可笑的观念，总爱去揽那些本不属于她的负担，扛在自己儒家学者的肩膀上。比如，收养个七十多岁的老姨太太，抚育个十二岁的男孩子，给远方来的朋友租院子、布置一下房间，或者容忍其他人来占她的便宜。她习惯如此，我也没辙。就算年纪轻轻的晶莉，正当盛年的香华，也都默认了魏小姐这些“多管闲事”的行为，愿意用自己单薄的双肩为她分担重担，我又凭什么要去揽自己的闲事？难道就因为，她们是曾经在我父亲年轻时的圈子里生活过、现在几乎要被遗忘的家人，如今在生活中又遇到了困难。要这么说的话，我也算是帮助过达玲几个月呢，在我们还年轻的岁月。我每天给坐在我家阳台上的她送一两次水牛奶，一种我们的奶制品。很费力气的工作，是不是？达玲十七岁的时候，出现过肺结核的初期征兆，至少善于观察的医生是这么认为的，而正是这种病带走了她的父亲。因此，她住进了我家阳台，既能与大家隔离开来，又能得到我们的悉心照顾。她的身体恢复得相当好，但父亲的某些中国朋友却颇有微词，认为他没有尽到一个做父亲的责任，没有在她更小的时候按当地习俗为她订好一门婚事。然而，当他们了解到她潜在的病患时，也一致同意，应该对这种反对早婚的外国传统给予公正评价。

“假如知道她身子不好，还硬让她订婚结婚的话，罪过可就大了。”现在，他们都深以为然了。也是因为她，当地娃娃亲的风气也被压下去不少。

达玲很享受阳台养病的慵懒时光，我认为她的预防治疗确实很及时。她吃饭、睡觉、读书、做针线活，还要喝下我送去的牛奶，上面浮着一层厚厚的奶脂，那可是刚从母水牛那儿挤来的原汁原味的新鲜货色。最初，她一见到牛奶就发抖，显然，我的任务就是要哄她喝下那么一丁点。我唠唠叨叨地惹她发笑，最后，为了让我高兴，她勉强吞下那杯恶心黏稠的东西。不久之后，我发现她开始期盼我的到来，因为她的脸色会随着我的出现而明媚起来。可我却觉得离她很遥远，无论是精神上还是情感上。

“我怎样和这里的中国女孩子做朋友啊？”我给英国学校的同学信中写道，她曾来信问过我的近况。“为什么，她们连火车都没见过，连它长什么样子这种基本概念都没有。她们的故事书和我们的也全然不同——都是些狐仙变成美女潜入和尚或者书生房间之类的——她们可以读任何东西，除了厚重艰涩的经典书籍。对她们的生活，我了解一些；但是对我在英国的生活方式，她们却一无所知。”我的朋友回信说，我这么写显得很奇怪，因为她和我的友谊并不是建立在对火车的了解上的。但是那时候我也不可能为自己辩解更多。

“是啊，但她是你母亲的学生，你了解她，就算她不了解你。”魏小姐评论道，当我跟她讲了一些其中的事情后。“我希望我的学生能彼此友爱，终生互帮互助，无论他们的人生之路在何方。或许在我死后，他们还能长久地相互扶持，纪念他们的老教师，就像你母亲当年一样。我以前从没想过这些。这让我现在受的罪看起来更值得了。”

我跟她确认，至少在我初到上海的时候，我的脑中并没有想到崇美或者达玲。我已经三十年没见过这些金家姐妹了，她们父亲的脑袋帮我父亲的脑袋挡过历史上的一块大石头，在 1884 年的暴乱中救了我父亲一命，而那会儿我还没出生呢。

1935 年，我到上海的前一年，曾从牛津给那个港口城市医院的女舍监写了封信，就是我曾经给女孩们练过操、给达玲喂过牛奶的地方。信中我写道，自己会去中国待上一年，如果方便的话，是否能在我去拜访她的时候提供一个栖身的角落。后来我在去加尔各答的途中收到了她的欢迎回复。（亲爱的薛美德[1]啊！她曾经连续工作两年没有休假，不愿让医院和年轻的护士们离开她的保护独自面对日本人。1941 年，她得了痢疾后不幸去世了，和她其他许多姐妹一样，身后被埋葬于她一直服务奉献的土地上。）我怎么能知道，收到我的去信之后，薛美德就把我要来的消息传到了街头巷尾，她的护士们又告诉了自己中国的亲朋好友。中国从南到北都得知了一

---

1　薛美德女士（Bessie Petrie Smith），1923 年开始在温州白累德医院（苏慧廉教授在英国社会募集善款修建的医院）工作，后来成为医院的护士长。1928 年，她主持创办了白累德护士职业学校。

个消息：我父亲的女儿在信里说要来。小道消息就这样沿着中国海岸线传开了。

到了上海之后几天，薛美德给我来了封信，告诉我崇美——那个我三十年来几乎从没想起过的人，正在这个城市里当女佣。写信的人知道我忙，但是崇美若是能和了解她过去生活的故人见上一面，一定会很高兴的。我的心里也有了这样模糊的想法，要去拜访她。但那时上海的天气又湿又热，给我的地址又是我有史以来见过的最复杂的一个，信封上写了七行有余。她雇主的家显然住得很远，隐藏在市井之间，一排排背对背的房子，一条条难以接近的里弄，住着穿长衫的土生土长的上海人，每个人都好奇他们是怎么养活那么一大家子人的，或者说为什么要这么拖家带口地生活。我在上海还有许多别的消遣，所以要去那些让我迷糊的里弄里找到她，着实需要决心和毅力。我当时自然不清楚她的困境，还有每个月四块钱的利息，以及它带来的后续恶果。

“我以为她或许想要些什么，或者我可能感觉到，应该给她带些小礼物。”我告诉魏小姐，她的眼睛转向我，闪烁着尖刻而了然的目光。

“老天伸出了手，”我告诉她，“将我推向了崇美的麻烦中，无论我是否愿意。”

魏小姐当着我的面大笑起来，边笑边拍打着坚硬的长椅，因为我就这样被逮住了。

第 17 章

# 我母亲的教子

“你讲故事太曲折了，都一个小时了，现在才讲到崇美。”魏小姐指责道，“继续说吧！”

“好吧。”我回答道，“既然你这么执着于她的故事。一个周六的上午，我兴致勃勃地想去逛街，上海的店铺总是很有吸引力。然后，在一条大路上，我与一位年轻的英国传教士面对面碰了个正着。我知道，她正在这个生机勃勃的城市做着社工工作，为社会底层人民服务，并且乐此不疲。我当时正被一种深蓝色的厚丝绸料子吸引了注意力，琢磨着这美丽的布料用来给一位年近五十的女士做件外套和裙子再合适不过了，而我和那位英国社工就在这家当地最好的绸缎铺外相遇了。”

“你的一个朋友，也是你妈妈的学生，现在就在上海。”年轻的女士郑重通知我，将我从深蓝色丝绸料子的思绪中拉了出来。“她叫崇美，在一个书店店员家做保姆。我很清楚这户家人的情况，工作勤勉，人也很好。

这一年来，每次见面她都要问我你到中国了吗，有时候别人也帮她问我。大家都知道你要来的消息。昨天我正巧遇到她家女主人，告诉过她你已经到了。”

除了感谢她的好意，并且装作迫切希望早点见到我妈妈的学生，我还能怎样？当然啦，这个年轻热情的社工一听说后立刻积极着手为我安排这次会面。听到我就这样被盯上，魏小姐爆发出响亮的笑声，地下室里的回声久久不散，让我觉得很受用。这笑声引得门卫也朝我们看过来，伴着他不明所以的笑料，跟着一起点头微笑。

于是，接下来的周一中午，我发现自己置身在位于上海最繁华地段中心位置的中国教堂，老老实实地爬上楼梯，来到上面的主日学校[1]，也就是我们的约会地点。但是当我推开大门那一刻，吓得差点儿转身退回楼梯，迎面不多不少站着十四位中国人，除了崇美的雇主，清一色来自中国南方的那个港口城市，他们已经知道这个消息整整一年了：我父亲的女儿要来中国！他们了解西方的欢迎礼仪，早早就已排练好，对于我的到来齐声鼓掌，欢呼着蜂拥至我身旁，虽然我已满头华发，他们依然对我无所不知，加上我现在又像极了母亲当年的面容。欢迎礼之后，他们说准备了一个小游戏供我参与娱乐。

“我们知道这么多年过去，你看上去一定是上岁数

---

1　主日学校（Sunday-school）是教堂在星期日对儿童进行基督教教育的课堂。

了，大家也都变了样。我们还知道，你一定特别想见见你的姐妹崇美，所以就把她藏在了我们中间。你猜猜哪个是她？”

为了混淆我的视听，他们走来走去交换位置，最后站成一排，因为这点小乐趣互相微笑着。我的姐妹“崇美”！是的，我想她一定惦念着我父母对她的恩情，就像她的父母之前对我们也一样有恩，而我竟然遗忘了她三十年。我现在已经投入这些中国家人准备的小游戏中了。我仔细辨认每张面孔，先排除了四位男士，但到底哪个是崇美呢？我的良心被深深刺痛，最后，我还是被友好地告知了结果，简直难以置信，当我看到她……

“她怎么样了？”魏小姐好奇道。

“我当时一直在找那个脸蛋光洁、美丽开心，是的，开心的女孩，我知道，虽然人会变老，这是自然规律……”我停了下来。

“告诉我吧。”魏小姐着急听下文。

我已经忍不住开始抽泣了，我记得当时内心的震惊，当我知道面前那个女人就是当年那个活泼开朗的女孩儿时。生活怎会残忍到如此地步！我的妹妹，甜美可人、两颊圆润的小妹，而今却……

大家发现我几乎很难把她找出来，就好意地将她推到前面。那是一个瘦小干瘪、疲倦苍老的妇人，不再鲜嫩的嘴唇布满纹路，透露着毫无怨言的隐忍，牙齿虽仍干净，但已经坏了不少，不再整齐。她卑微地觑向我的脸，用低沉的嗓音疑问道："达玲小姐，是你吗？"——达玲是我以前的名字。

我握住她的双手，两人开始聊起来，其他人则饶有趣味地站在一旁欣赏着旧人重逢的场景。现在我意识到，她靠我这么近的原因是眼睛已然坏得厉害。一想到她这样的视力，还要在厨房里添柴烧饭，我就不寒而栗，实在太危险了。

"我走之前，一定要多见见她。"我当时这么对自己说，善心大发，"就算看在我母亲的份上。"

当我告诉她这些时，魏小姐开心地晃了晃头。她站了一会儿，抻了抻胳膊，然后又坐回硬木板座位。"你说了这么多别人的故事，几乎让我忘了自己的麻烦事儿。"她说道。"但我确信，你肯定没有对这笔债务袖手旁观。"

"我怎么能撂下不管呢？"我承认，"但是崇美从没开口求我做过任何事，我向你保证。"

那个星期一中午，她和雇主一起来到我暂住的英国朋友家与我见面。这户人家非常友好，主人希斯科特热情周到，他的夫人多多亲切可爱：我知道，他们是不会介意崇美二人来访的。那时候的上海还没有被日军的侵略炮火蹂躏，颇有才华的西方绅士可以在此努力工作，施展个人抱负，用敏捷聪慧的头脑赢得中国同事的尊重；而他的太太，也会经常在家中举办聚会，为朋友们专门辟出一个安静的角落用来交谈。宽大的草坪上设了一处美丽的房舍，其中一个明亮安静的空间被当作画室。崇美他们如约而至，希斯科特和多多友好地接待了他们，略微交谈后，就留下我们单独相处。崇美身着深蓝棉布裙子，小心翼翼地坐在我拉给她的椅子边缘，双脚老实地搁在厚实的金色地毯上不敢挪动半分。与她同来的是男主人，因为崇美和女主人不能同时离开六个幼小的孩子，所以他特意为此向书店告了假。和崇美沟通并非易事，她依旧只讲温州话，而我说了多年北京话之后几乎已经忘了用温州话如何开口。

“所以我才跟着一起来，帮忙解释一下儿。”她的男主人魏先生说道。这位先生三十岁左右，穿着整洁，眼睛明亮，有一副理想主义者的形象，我相信他一定是。不多会儿，我就意识到，他这次过来，也是希望我能帮助崇美解决当前的困境。是他跟我讲述了崇美所有的经历，而崇美仅在一旁不时地点头认可。

谈话是这样开始的，我自然而然问起崇美在他家工作的原因，他原原本本从头讲起，告诉了我她丈夫的离世，儿子的亲事，还有孙子的出世。当男主人在讲述这些故事时，大滴的泪珠滑下崇美的脸颊，落在她放在膝头的双手上。

“她特别想再看看自己的孙子，想要去照顾他们，还担心家里离了她会变得一团糟。”魏先生解释道，我也深以为然。

渐渐地，细节拼凑出一个完整的故事，债务、利息和她为此做出的努力也浮出水面。

这时，多多的侍者过来了，身着一丝不苟的长袍，端来一盘茶和蛋糕。多多考虑周全，专门为这次小聚会准备了茶点。我也找到一个机会，把魏先生单独拉到一个房间详谈。

“她现在没办法回家乡啊，债务太重，她要还掉所有钱。”我绝望地说道。

“是啊。”他也承认，眼光投向我，等待着什么。

“我想，或许我能帮上她些什么吧。”我结结巴巴道，立刻又意识到，如果我帮了其中一个姐妹，就要想办法去打听另外两个的境况，难道这些负担都要我来扛？但我这句话一出口，魏先生就抬起了头，理想主义者的目光从镜片透过，热烈地投向我。他愉快地微笑起来，看上去因为心有同感而无比喜悦。

“女士，”他说道，“我们也不想和崇美分开。她若离开的话，我太太一定会流泪的，还有我那蜗居里的孩子们。我也不知道去哪儿再找一个像她这么称职的保姆了，我能负担起的薪水实在少得可怜。但我还是相信天意。如果你能帮她回家的话，我再挽留她就太罪过了。再过几年她就老了，那时她就能在儿子家安享晚年，含饴弄孙，还有媳妇照顾着。我现在就去告诉她，你会帮助她的，一定会让她高兴坏了。她一直等着你呢，问你什么时候回来，问了整整一年。”

“先等一下儿。”我喊道，“我必须先搞清楚细节。

人不能仅凭愿望就弄到钱，我总得知道具体数目是多少吧。”我有些苦恼地说道。于是，我们继续聊着。

“所以，你还是替她还了债。”魏小姐说道。她轻嗤了一下，变身成嗅觉敏锐的经济学家，滔滔不绝道：

“真可惜，当时我没在那儿。如果本金和大部分利息一次还清，总额上是可以打个折扣的。”我听完，大笑起来，替她抽出一支香烟，奖励她听了这么长的一段故事。

“没错。但我也做了个交易。”我告诉她，“因为我感觉到，如果让崇美直接接受这笔还款，她心理上也会有负担。她是个独立的女人，欠谁的债都会让她不自在。所以，我开始动脑筋，希望想到一些办法，能让她觉得这些钱是靠自己的劳动赚得的。忽然之间，灵光乍现，我的母亲——崇美的教母，从星辰中给我送来启示……”

“是的。”魏小姐同意道，“或许一切就此顺利。”她的眼里闪烁着光芒，沉浸在故事愉快的尾声中。

“现在，崇美啊，”我说道，“如果你就此摆脱债务，恢复自由之身，回到家乡与孩子们团聚，你会不会对天父的同情充满感激，并且向周围的人，山村的父老乡亲来诉说祂的关怀与照顾？”

“我会的，一定会的。”她回答道，依旧泪流成河，不过现在流的是喜悦的泪水。“我太愿意这么做了。在城里说教的话我资质浅薄，城里需要的是更聪慧的年轻人。可是山村里的女人们会觉得我很有智慧，因为我毕竟能识文断字。如果能这样做的话，我就太高兴了。就算再过几年，就算我年迈体衰，也不会觉得自己步履沉重。”

“我并不是要求你所有的时间都用来做这事儿。”我有些困难地说道，“你也要待在家里，照看你的家人——缝补衣衫，栽种秧苗，让庄稼丰收。也就是说，当你做完自己的事情，闲暇之余，再看看要做些什么。你会很忙的，儿媳妇也许会给你生更多孙子。”

“女人在家里和田里总是忙不住，”她简略地答道。“但是我的儿媳妇已经积攒了不少生活经验，我会有空闲时间的。”

因此，我巧妙地替她还掉了第一笔一百块钱的债务本金，给了她回家的路费，之后的三年每个月支付她六块钱作为薪水。她就这样成为我母亲的代理人，尽她所能，走遍山村的每个角落，向人们讲述传颂着我母亲心中圣洁的教义。那些关于神的家庭的教义，无论在天堂还是人间都应实现。天上人间都应如此。用这六块钱的结余，她可以逐渐付清之前欠下的利息。

“不过，”我对魏先生说——他信守诺言，并且帮我办妥了这些事——“我觉得，债主们收到这一百块钱本金算是意外之喜，应该心满意足，不能再算第二笔欠款的利息了吧。”他也觉得这个想法很公道。魏小姐听后思索片刻，也表示赞同，并且承认我对财务这么有敏感度她颇为吃惊，之前她的言辞有些片面无礼了。

一天下午，崇美单独乘一辆黄包车跑来见我。这时候，我的温州话又想起来些，所以我俩的沟通也流畅了许多。她告诉我，自己内心轻松喜悦地几乎无法入睡：她不能就这样让我再次走掉，一定要让我知晓她对我的喜爱和感激，或许这一别又是一个三十年。我们静静地站着，握着彼此的手，就在这间美丽的屋子里，桌子熠熠生辉，安乐椅舒适宜人，三脚架钢琴气派非凡，法式窗户边上的花瓶里插满鲜花，窗户敞开，透出外面平整的草坪，女主人多多正在散步，一边欣赏着自家花坛，一边和苏格兰犬嬉闹着。就在此刻，我可怜瘦小的姐姐突然跪了下去。

“这就对了。”魏小姐说，“她想要‘叩头’。”——认为这个行为极其合理。

“哦，不对！”我喊叫道，“该下跪的人是我才对！是我几乎将她遗忘了半生。我才是那个羞愧的人，才是那个应该祈求原谅的人。”

“不过你不应当阻止她。”魏小姐肯定道。“中国人叩头不光是因为内疚，我们这样做也表示对长者的爱和尊敬。让她叩头可以减轻她的心理负担。你也不会认为对女王弯腰鞠躬是不合适的吧？叩头是一样的意思。”

这或许便是中国人的逻辑，尽管如此，我仍旧跪下抓住了崇美的腿，她把头靠在我胸前，我也把脸颊贴在她梳着光洁发髻的疲惫的头上，然后她说了一段极为动容的话：

“上帝曾经将我完全遗忘。我多么盼望着你的到来。我几乎已经不抱希望，以为你永远都不会来了。”然后，她又说了一两句话，我没有告诉魏小姐。

魏先生是一位积极热情的青年，深受一所圣经研读学校影响多年，而这所学校坚信，基督再临指日可待。自从那时起，我时常会想，或许内心的某些推测并非出自本能和直觉，撒旦在天堂放了一把火，就在他们的头顶，虽然没人分得清，那到底是飞机的轰炸声还是大天使的号角声。至少，主的再次降临并未给每个人都带来快乐的希冀之光。崇美让我吃惊，深深的叹息让我满怀愧疚，当她看着我的时候：

“我多么担心，耶稣会站在云端的天堂里，看着我，在那重重的债务中找到我。”

我敢说，当时，我的确不愉快地哼出了声。我敢肯定，如果一定要把耶稣放在法官的席位上，需要祂操心审理的案件肯定比她的严重多了。可我依然尊重这种诚实，她确确实实判自己有罪，理应下地狱，因为那些欠债她无力偿还；而在我看来，这种精神可贵而正派。

“但如果真是那样的话，即使她有钱偿清债主的债务也没什么用了。”我心中微微冷笑道，又轻轻摇了摇她。

“崇美，我的姐妹。”我庄严地恳请道，“千万别再以那种方式来想圣父的圣子了。你也从来没听过我父亲用这种方式来讲道吧。正如我们所知，好人们是用自己的眼睛而非头脑来解读圣言。当耶稣到来的时候，温暖如盛夏来临，甜蜜如无花果树结出果实。那就是祂口中所描述的自己。祂的国度充满欢乐、和平、欢笑、鲜花、宴席，而你将要回到山里，为那里营造出这样的氛围。只有那些残忍、傲慢和贪婪的人才会惧怕祂眼神的注视。现在你相信了吧，是不是？”

她眨眨眼睛，向我又靠近了些，一点点微笑浮上嘴角。“是的，你说的对，你的父亲从未用基督再临来恐吓我们。他只是将他带到我们身边。”她依旧可以理解的。

不是因为魏小姐可能不会理解，我才对她隐瞒了故事中的这一段。通过她的母亲，她也了解过二次降临的所有细节，佛祖乔达摩，宇宙之神，会带着他的信徒、阿罗汉、罗汉、鬼怪出现在天空中，乘着祥云，坐在狮子座上，颈配芬芳花环、珠宝和银饰。然后，佛祖慈悲的声音会响彻无穷无尽的天地之间。佛祖的箴言有一股力量，正如拔摩岛上的约翰、流放中的但丁和盲坐在英国农舍里的密尔顿一样，能够用撒拉弗[1]的眼睛洞穿世事，揭示出死亡、现世黑暗和失败的托词。他们全都将目光投向不可见的世界，看到神到来的光辉，看到的是善行必胜的奇迹与欢欣，并在赞美歌中将此抒发感怀。但是我也知道，魏小姐，我自己也是一样，会紧紧把握住事物的节奏和感觉，这些崇高美好的事物在我们当下的生活轨道之外，因此，我在崇美这一段故事上缄了口。

“现在，我故事的重点来了。”我继续道，“你的思路要先回到三小时之前，故事的最初，我提到的关于中

1　撒拉弗（seraph）是《圣经》中守护上帝宝座的天使。

国人的诚信。我突然想到，我要保护崇美，不让她有任何可能再陷入将她血汗榨干的可恶的债主手中。因此，我对她说道，‘你还掉这些钱的时候，得确保拿回当时写的借据’。可是崇美困惑地盯着我，所以我又重复了一遍自己的小聪明。‘但是我从没有给过任何借据，’她支吾道。‘我并不知道要写借据。我们村里没人这么干。’”

因此，我彻底了解到一个中国山村和一个村民寡妇到底能有多么的忠厚老实。她的邻居同情她丈夫的离世，不忍心看到他草席裹身终了一生，于是大家你五块、他三块，最大数目超不过十块，凑齐了钱借给崇美让她给丈夫办场体面些的丧事。李家孙子的出生也让村民们喜不自胜，这户姓氏已经在村里延续了几代。他们从自己卖庄稼的钱款中，从为女儿置办的嫁妆中，又抽出些钱借给崇美。因此，崇美牢牢记住了这些无字借据，约束的效力不亚于她的债主们有满满一盒子画押盖章火封好的借条。

“我不明白你为何对此大惊小怪。”魏小姐说道。“如果她不付掉利息，就永远回不去了。她的家人也会因此名声扫地，再也抬不起头。”

“但是都没有写字立约，那可怜的弱小妇人就能做到远离家乡，带着沉重的思想负担努力工作四年呢。”我耐心解释道。

“你的意思是告诉我，”魏小姐激烈地问道，“一个英国农妇做不到这样吗？我不相信你的国民会这样。如果崇美死了，她的儿子会接着还债，她儿子的儿子也会继续还下去。父债子还，天经地义。你们农民的子孙不会做同样的事儿吗？这是基本的诚信认知，世界上有哪儿的人不一样吗？”

我必须守护我们国家的名誉。“在我们国家，确实需要立下签字画押的字据，以防扯入官司或者死亡。但我们的利息可要少得多。”

“好吧，每个国家都有自己的方式，我觉得，否则世界没法运作下去了。”魏小姐宽容地说道。“除了你之外，我还知道一些英国人民也是诚恳善良的。现在我讲一个关于你们国家的诚信故事吧，公平对等。你知道晶莉的父亲，在她出生后不久就去世了。他是通县人，所以晶莉现在也时不时会和表兄妹走动，他们经常回来看她。在你来到的这段时间里，其中一个表亲正好来走亲戚，是位上了年纪的老人家。他说你一定是个诚实可靠的人，不管你是什么身份。”

我有点儿激动，连连追问他是怎么知道的。

“哦，因为第一次外国联军进北京的时候，有些军队驻扎在通州六个多月。刚开始，所有的人都逃走了，因为他们了解一般士兵的德行。但是这些士兵来自英国——英格兰，他们会为自己吃掉的每粒粮食付账，会为马儿吃掉每口草料掏钱。没有比他们更诚信的人了，这些老乡告诉我们。”

“那是很早以前的事了吧，或许你说的是义和拳暴乱那年？”

“不是，比那还要早些。或许不到一百年前吧。是他们的祖父小时候发生的事情，然后又告诉了他们。”

我冥思苦想了一会儿，最终还是放弃了。魏小姐又回到距离现在较近的崇美的事情上来。

“我想知道的是，搞定崇美的事情花了你多少钱？我猜，你之后又会觉得还得照看一下儿她的两个姐妹吧。”

“我不能放任达玲不管，是不是？我也得帮助她回家啊，她的儿子也得去上学呀，是不是？”我反问道。“达玲一直对我说，他是家里最聪明的孩子，应当给他一个机会。”

“告诉我，你花了多少钱？”她坚持问道。

我再次认真地望着她，心中充满奇妙的感觉，接着说道：“一分钱也没花。”

她撅起嘴唇。“别指望我相信你的话。”

“是真的。在安排这些事的时候，一件不可思议的事发生了。我突然收到了一张支票，数目刚好是我需要的——事实上还多了那么一点儿——是多年前我父亲在中国出的第一本书的版税收入。父亲去世后，这个公司就像崇美一样期盼我回到中国，好与我结清这些书款。”

魏小姐听闻这天上人间巧妙联结的一幕后，露出满意的笑容。

“所以，你父亲自己还清了他老助手的人情。”她几乎喊了出来，开心地一拍大腿。

“是的，”我点点头，这对我来说，也的确是个奇迹！

乘着故事的翅膀，一下午的时间就这样溜过去了，没多久，门卫就过来通知说法院要关门了，我们必须马上离开。我们理理头发，我戴上我的西洋帽子，两人一边开心地聊着，一边顺着蜿蜒的楼梯爬上地面。天色尚早，我们找到电车，坐车回家。

“我从没见过树华回来的时候这么轻松。”香华对我说道。如同谢赫拉莎德，我得到了期待中的奖励。我看到了第一束黎明的微光已经显现。

第二天一早，半梦半醒中，一个日期突然闯入我的脑海，将我唤醒——1856年！那是第二次鸦片战争时期。联军驻扎在北京近郊，并非想要惩罚无知的原住民，只是希望当时的朝廷有所觉醒。将近一百年了，通县的百姓还记得英国士兵的诚信！而我们自己还习惯性地只记得自己犯下的错误。事实上，那一年，我们烧毁了圆明园，不知道还能用什么办法来警告清廷的傲慢自大，而当时的皇帝和他的朝廷却逃走了，躲到了附近的地方。

达玲颇有天资的儿子，哎，也是天鹅变回了丑小鸭。或许是他遭受了太多苦难，幼年时染上的痢疾和连年的饥荒影响了他的头脑发育。他在学校的表现并不是那么出色。但是他给我，他的“阿姨”，适时寄来了一张穿着新警察制服的快照。我想知道，当日军侵入我们的小港口城市时，他安全逃脱了吗？我想知道，他现在是否已经加入了总司令的军队？毋庸置疑，我会及时收到消息的，他的孩子们也会尊称我为他们的姨婆。我希望如此。

第 18 章

# 潜龙潭

我们的谈话也并非都是在法院大厦阴晦的地下室进行的。

十月十号，著名的“双十节”，是中华民国庆祝新国家建立的节日。1911 年的这一天，革命党人在汉口打响了辛亥革命第一枪。今天是公众假期，在一个非基督教的国家，是不庆祝圣诞节和复活节的。1936 年 10 月 10 日，武装袭击开战前夕，在我的记忆里，真是个值得纪念的日子。

当我知道学校会休息整整一天后，就开始游说女士们，当务之急是带我去几里之外的西山远足。为了回报她们的好意，我邀请她们和家人们组成一个小小探险队，费用由我来承担。礼貌的客气之后，我的邀请被接受了，关于决定此次短途旅行路线和方式的委员会立刻成立，以确保费用不会超支，所有细节也都充分而愉快地讨论确认了。

我们组织了一个愉快的聚会，天气暖和，阳光明媚，大家都穿上了浅色明艳的夏装。我们的队伍里加入了几个年轻的亲戚，似乎来自传统的中式家庭，虽然之前未曾谋面，但依旧受到了我们热情的欢迎。我们乘公共交通前去，这是此处出行的指定交通工具，因为出行人数众多，我的钱袋子要拉紧才行。我们从紫禁城东边嵌着铜钉的大门出发，这里也是宦官之门，看上去粉饰得华丽夺目。即便是在艳阳之下，“太监”一词让人联想起的残暴与磨难仍使我禁不住打了个寒颤。

上了车之后，我们就在与宫殿平行的道路上奔驰了几公里，宫殿庄严的矩形方阵是这座城市的心脏位置。交通系统执行的是单行道，因此我们乘坐的公车旁边有许多其他汽车疾驰而过，直到穿过西北门下了车喘过气，都未迎面见过一辆车。我们很是兴奋，沿着美丽的田野，奔驰在碎石路上，一直到了西山脚下才下了车。这里有一所著名的寺院提供休憩的场地。爬上几段台阶，穿过树木遮蔽的峡谷，沿着蜿蜒的小路从一处庙宇走到另一处，来到最高处的平台，俯瞰美丽的秋景一直延伸到北京的城墙边上，从清晰到朦胧。

我们遇到几个熟人，他们正躺在帆布椅上休息。这种椅子当时正流行，在中国的度假方式中被广泛使用。实在巧得很，从人群中站起来一个健硕的身姿，是我们的顾先生，音乐和体育课教员。他和几名大学同学也出来欣赏西山秋景，呼吸山里的清新空气。我们都感到颇为惊喜，彼此问候，有说有笑，气氛友好融洽。他和朋友们陪着我们走了一段，专业地向我们介绍这里的风景。我们对康熙留下的照壁颇为敬仰，这是他作为一个皇帝看到如此景致备感愉悦的纪念。和魏小姐匆匆商量后，我邀请这些新朋友与我们共进午餐，但顾先生说他们已经吃过，这群年轻人便微笑友善地告辞了。

“游完这些寺庙，他们准备步行回家呢。”晶莉在一旁和香华说道，话音传到我的耳朵里，她明显觉得这是一项成就，也的确如此。

我们将两张方桌并在一起，摆在康熙影壁的阴凉处，吃上了热米饭和寺院厨房提供的“五斋”素食。墙壁为我们挡住了风吹和日晒，我们为此感念康熙皇帝的恩德。这位清朝最伟大的帝王，如此热爱寺院。这座墙，他造来吸纳善行、抵御邪恶，差不多二十英尺长，十五英尺高。迄今为止，我还深刻地记得，墙面是一种柔软的陶土红色，中间嵌一个精美华丽的椭圆石板，镀着绿色、蓝色和黄色的珐琅，绘着盘旋闪亮的“二龙戏珠”图。

“你懂骑术吗？”魏小姐问道，将筷子横放在碗上表示她已用餐完毕。

“可以的。”我确信道，“骑术一向是我最爱的消遣之一。”

“那我们骑到山那边去吧。”她招呼了聚在外墙正翘首期盼的牵驴汉子。

听到她的第一声高声召唤，他们就一下儿冲到了我们身前。瞬间，我们的骑行队伍上路了。山路遍布陡峭的下坡，每个窄道都是滑溜溜的石子儿：除了驴或骡子，没有动物能适应这样的路况。我们笑着，尖叫着，骑跨着骡马，上下颠簸，我们手舞足蹈，衣裙四处飞扬。魏小姐领头，当然她一贯如此。

“魏小姐，”我叫喊道，“你坐得笔直，像个将军。”这赞扬让她无比高兴，每次我们靠近时，她都虚张声势地把身板挺了又挺。

“我感觉自己像是十五岁，而不是五十岁。”我向晶莉喊道，她大声笑起来，因为颠簸和兴奋上气不接下气。

我们在一个高耸的寺院平台前停了下来，香华表示希望故地重游，之前她和父亲来过这儿一次。这里正在重新修葺，只能看到一条长长的玻璃顶平台。“那是一处为肺病患者盖的疗养院。”牵骡的男孩儿说道。

他们带我们经过了另一处格局凌乱的老房子，建在山边的水平空地上，倒也干净整洁。这里现在是孤儿院：我们逗留了一阵儿，看望这些被遗忘的孤儿们，希望他们的悲伤能被双十节的喜悦冲淡，至少国家还是爱他们的，即便父母已离他们而去。“他们去了另外的国度。”香华温柔地说道。这些孤儿，不论男孩儿还是女孩儿，都在草坪上玩耍着，看起来很开心。

“新政府成立后，这些寺院被用作关怀之所，这样很好，是不是啊，我的姐妹？”魏小姐向我喊道。

“非常妙！没错，佛祖和老子都会赞成这一善举。”我回答道。我这么说是因为在中国的庙宇里，人们很难将佛教和道教的神祠区分开，几个世纪以来，这两种生存道法都深深地互相影响着。事实上，它们之间是不同的抑或是互相补充的？祭坛类型和神像可以在同一界域或范围找寻到。

我们又向远处走了走，来到一处美丽的景点——潜龙潭。水流自山泉眼流出，乾隆帝下令将其截流蓄存在此，形成一个半月形的潭。潭的一边有半圈围墙，立着红色廊柱，将潭水揽入怀中，躲开公众视野。另外一边，有一处“之”字形的双层凉亭，面朝潭水镰刀状的一侧，屋檐中央挂着一个蓝底金字的牌匾，上书三个大字：“清心池”，以示对世人的劝诫。字迹倒映在水中，加深了其中的妙义。周围有一条黄菊、紫菊簇拥的台阶，从凉亭一直到池边。真是处幽静雅致、令人难忘的景观。

我们到那里的时候，此处貌似只住着一个女孩儿，十六七岁的样子，正紧绷身躯，站在廊柱突出的围栏边钓鱼。肥硕的鲤鱼在水中窜来窜去，时不时将尾巴甩出水面，感受外面暖和的空气。少女手里拿着一根细枝条，年轻的身子躬成一道曲线，双目紧盯着缓缓流动的潭水，看上去非常适合成为雕塑家手中的雕像。我们经过的时候，她甚至都没抬头，魏小姐领头向廊柱更远的地方走去，她显然放弃了引鱼上钩的希望，蓝色衣衫如鱼鳍般一闪，人就消失不见了。

我们在水边安顿下来，坐在低矮的木栏杆上。泉水从竹制的小沟渠流下来，我们身子前倾，掬起一捧流水，又将手帕浸湿，擦了擦因为骑驴赶路而燥热的脸。我们中的年长者就在水边徘徊，享受着静谧时光，孩子们则四散离开，有的去附近爬山，有的则与门口的赶驴少年互相打趣。水滴入潭的声音对我们而言是种美妙的音乐，还有外面树叶因风起而互相摩擦的沙沙声，还有午后温热的气息，着实净化了我们的内心，洗去了忧伤。晶莉从她的包里取出一件小小的蜜色亚麻，继续用彩色丝线在上面做着刺绣。她的中指第二指节上带着一枚顶针——一个中间有洞的铜圈，类似我们圆锥状的顶针护指。她开始飞针走线，将针拽向自己的反方向，而不是朝着自己，也和我们一样。我就这样漫无目的地看着她。

“她在这里做女红，定会绣出祥和优美、针脚细密的花样。”魏小姐认可地评论道。

“啊！”我欲言又止。

“哦？你想到什么了，姐妹？”香华问道，向我倾了倾身子。“我看出来你肚里有话要说。”她把手放在我手上，然后又将我二人的手一同伸进清澈的水中，再一同拿出来，从一个掌心到另一个掌心，我们观察着可爱的水珠像是喜悦的泪珠从我们相接的指缝中滑落潭中，好像两个彼此关爱的孩童。然后，我用自己长着盎格鲁—萨克逊宽大骨节的手掌握起她纤细的小手，不禁再一次想到，一个中国艺术家的灵魂真是奇妙，竟能将女红刺绣艺术与清澈的潭水联系起来，并且能在另一个织女纷飞的针线下看出宇宙自然带来的和谐。因此，我安逸地坐在那里，告诉她们，曾经遇到的一群中国女人的故事。“就像你在这儿一样。”在牛津时，她们突然造访。茶点过后，她们在客厅里随意走动，饶有兴趣地品鉴着我们从中国带回去的东西，想更清楚地了解我们挑选这些中国物件的缘由和购买地。在所有的中国艺术品里，我丈夫一直钟爱刺绣，作为一个苏格兰男子，这种热情是很少有的。当他在四川做总领事的时候，他抓住每个机会，从小贩手里购买二手绣品，因为这可是出产大名鼎鼎的蜀绣的省份。

后来几年，他和我经常伫立在街上，被绣庄里的绣工吸引，盯着他们瞧个不住。像中国其他店铺一样，绣庄也是敞开大门做生意，人们可以毫无顾忌地看到里面所有的情况。绣工们将绷子和布料整理好，就开始工作了，四五个人同时开工，安坐在各自的角落，面前摆放着描着花样的小纸片做指导。他们都是少年或青年男子，因为绣活儿和木工活儿一样，在中国都被认为是一门手艺，需要经过训练、具有品位和稳定有力的双手。所以，刺绣不会被当作一项纯粹的女性艺术。那些工匠和学徒将丝线搓开理顺，轻柔而谨慎地将根根丝线穿过纹理密实的缎面，细细观察比对着色彩，直到一条彩虹被缝进了外套，多彩的光束嵌在衣服上，装饰效果极美。丈夫去世后，我带着他的挂饰和窗帘回到了牛津。我的母亲也像他一样是名中国刺绣的爱好者，和他一样醉心于那些硕大的牡丹、金龙、表情严肃留有胡须的阎王爷、一群踢毽子的小孩儿，或者其他一些自然的、非自然的场景，以及那些幻想中的景物。这些都适合用中国的针和线来进行描述。

当时，我对那天下午来访的外交官夫人、银行家夫人的深入谈话有些好奇和困惑，就问她们其中一人，是否喜欢我们挂在窗户上的可爱窗帘。

“她怎么说？”香华问道。彼时魏小姐正安静地坐在一旁，轻轻吹散萦绕在她眼前的烟圈，像平时习惯的那样将一条腿搭在另一条腿上，斜倚着朱红色的廊柱，本身就像是一幅刺绣作品上的优雅女士。

“方太太并没将这些放在眼里，只是微微撇起下唇。”我告诉香华，眼睛却瞟向魏小姐，“回答我说，我的绣品基本上都还过得去吧。”

魏小姐迸发出一长串笑声。我还记得方太太是如何用敷衍的称赞来诋毁我宝贵的窗帘的。我看着翅羽洁白的仙鹤在深蓝色的绸缎上翱翔，无论遭到怎样的贬低，我依旧深爱着它们。我会在想象中攀上它们的脊背，由它们带上广阔的苍穹。我会继续享受这样愉悦，无论它们以中国刺绣标准来看有多么低劣。

“我礼貌地询问我的绣品存在什么问题，”我告诉身边的两个朋友，香华又递给我一块湿帕子，我猜她是想让我舒展一下因为烦恼而皱起的眉头，因为她也在笑。

“你的这些绣品，”方太太解释道，“是店里的绣工拿了工钱做出来的，毫无疑问都出自训练有素的针匠之手。只不过，他们是——买来的——”最后一个词让人如鲠在喉。“买来的”是怀特岛上的厨子看我拿回商店出炉的蛋糕时用来鄙视我的词：非常形象。我把这件事说给了方太太。

“没错，就是这个道理。”她赞同我的说法，“非卖品，即便不是最出色的，也十分美好，因为艺术家在完成它的时候倾注了爱。买来的东西，一定会缺乏想象力、自由性和幸福感。”说到这儿，她握住了我的胳膊。“听着，”她继续道，“你都不知道今天你有多走运。看到那边那位女士了吗，大概四十岁的那位？修太太？正在打量你敞开柜门的衣橱的那位？她正巧是位刺绣品鉴专家呢。问问她你的针线活里哪个是顶好的，让她尽管敞开心扉来品评。”我按她说的做了，接着又从楼上的箱子里取出母亲收藏多年的爱物，来自浙江的、山西的刺绣。结果，钢琴上，桌子上，椅子上，到处铺满了刺绣。魏小姐和香华听到这次展览都大笑起来。

“是的，”我承认道，“我们的客厅当时看起来像个集市。”修太太则面无表情地在绣品间走来走去，丝毫未流露出惊喜赞叹之意。她走过这些收藏时好像这里空无一物。然后，她又径直走到早先吸引她目光的橱柜前，从一个昏暗的角落里拿出一只褪了色的葫芦状紫色缎面荷包，周边镶着穗带，好像是一个世纪前用手工织布机织出来的。荷包上绣着淡黄色、绿色和蓝色的葫芦花，周围是蔓延的绿叶和卷须，就是那种我们在魏小姐院子里乘凉时头顶上的葫芦花。我并不太中意这个丝绣荷包，压根没想过要拿出来展示。

“那个，”修太太带着毋庸置疑的专业口吻说道：“是目前你给我看的所有绣品中唯一的精品，非常精致。是一个女孩少女时代绣制的，应该十六七岁吧。她的技术已经颇为精湛，并且热衷此道。她尚未婚配，所以心性至真至纯，还没被生活的琐事侵扰。”

我站得离她有段距离，其他女士正在传看把玩那件褪了色的小物件：就连我现在都看清了，这些刺绣是多么的小巧细致，那些扣结像小珍珠一般排得多么整齐，搭配得多么完美。过了一会儿，我也看出了一些门道，是她们口中说的那种自由美好的感觉，那些葫芦的卷须好像在随着微风舞动着。

“那这个绣品的来源，她说中了吗？”香华问道。

“是的，”我承认道，“她说对了，这一点让我非常吃惊。这个荷包是一位年轻的中国夫人送给我的。她在英国的时候，我帮了她一点儿小忙。当时，她着急带着小女儿回山东老家。我知道她经济上也不宽裕，临走道别的时候，她羞涩地将这个小玩意儿塞到我手里，跟我说这是她祖母少女时做的针线活，在山东那个守旧的小城里，她祖母的手艺一向很出名。”她又补充道，她的祖母慈悲善良，所以她认为这个东西送给我最合适不过。

我觉得自己确实不值得收下这么精致的嘉奖，试图退还这份好意。但她坚持不肯拿回去，我当时以为礼物不大或许我也用不着过分推辞：现在，这个荷包得到了最高褒奖——对我而言，就像是“穷寡妇的奉献”[1]。

美丽可以被真正摧毁或者遗忘吗?

晶莉停下手中的针，倾听我的讲述，至少当我在谈论一颗纯真无瑕少女之心的时候。是我自己的胡思乱想吗？还是她的针的确轻轻颤动了一下？她的心是否已经不再那样清明？在我看来，顾先生在我们到达山顶寺院之时恰好出现是个颇为耐人寻味的巧合。晶莉穿着凉爽贴身的印花棉布长裙是多么苗条而美丽，短袖下露出藕节般的一段手臂，裙子下部的开叉又展现了腿部的优美。她的脸色明媚动人，圆润的脸颊如盛放的桃花，肤色桃粉，吹弹可破，让人不禁想去触摸。是我在臆想吗？她的眼光在我的注视下躲闪，又开始让手中的针穿梭起来，是在掩饰什么吗?

“我不明白你对方太太的评价为何如此惊讶。”魏小姐嗤笑道。“谁都可以从一个人的艺术作品或者诗里看出作者是怎样的人，年轻还是年老，快乐还是悲伤。你也可以从人们演奏的音乐中体会到他们的情绪：照我看，能理解一片绣活算不得什么大事，不值得大惊小怪。”

1 “穷寡妇的奉献”是来自《圣经》的一个典故，形容少而可贵的捐助。（参见《路加福音》21：1-4）

香华向我耳语道："树华太聪明了，我觉得她和方太太一样有判断力。"

如果是这样的话，真希望她不要看到晶莉那天下午的绣活，我暗想。

"今天把琴带过来就好了。"香华憧憬道。"想象一下，在这里的月色下演奏该多么美妙。月亮倒映在水里，像一颗珍珠，除了琴声外，就只有泉水流下、水滴入潭的声音。啊！我应该让琴自己来演奏，弹出它独一无二的乐章。我或许也会做首诗，琴对我悄声低语：此诗绝美、至真，然后它会将节奏和思想一点点融入一个人的灵魂，就像这泉水沁入潭心，使它得以净化……"

"多好啊，待在清澈池水边上的这些时光。"魏小姐轻叹了口气，"但是我们不多久也要回去了。"她转向我，盯着我的脸看了许久。"你一天天地越来越像我们的家人姐妹，你和我们同样喜欢这些让我们愉悦的事物。西方的人们心灵疲惫时会去哪里寻求宁静呢？他们没有佛寺可去呢。"

"没错，但我们也会去大自然寻找纯真与和平。"我告诉她，陷入梦境里。

或许我们会用更猛烈的方式来净化自己的灵魂和身体，在烈日的光辉下，我们喊叫、奔跑、嬉戏。我们会找寻一片茂密的森林或者挺拔的高山，而不是在这种温柔的流水边，欣然待在廊柱和清潭围成的茶杯里。

"你的花园一定绿树成荫、鲜花盛放。"魏小姐突然开口道，“恬静舒心，我很喜欢。”她又叹了口气。“但是如果被一个案子烦了八年，心境是很难保证平和的。”

我们磨蹭了一会儿，来到门口，回望刚才待过的地方，期望将这份宁静收拢入怀，随身携带。年轻人早已向我们打过招呼说山脚下见，而后便呼朋唤友骑驴而去。

“日头已经低了。咱们走吧。”我们的牵驴汉子从门口探头进来说道。

我们重新骑上驴和骡子，但这一次，我们在魏小姐的带领下，缓缓行走在静谧而多石的羊肠小道上，“像将军一样把身板挺起来！”她带领着这支和平的队伍向前走去。

你相信吗？顾先生和他的朋友们骑着驴子正在下一个路口等着我们！他们一路陪护我们回到北京，到了学校门口还帮我们一一扶下公交车。

我想，这或许是我度过的最美好的时光之一。是的，我们的内心已被潜龙潭的池水涤荡净化。所有的悲伤、战事和分离，都不能把这一天从我们的生命中剥离。

第 19 章

# 石榴园里的誓约

“下周日请不要安排外出喝茶或招待客人的活动。”魏小姐郑重地对我说道，“我想提前和你约好，因为我们想做一件非常重要的事，会占用不少时间，不能被旁人打扰。”

我疑惑地看向香华，她经常在我和魏小姐之间扮演翻译的角色，无论是思想还是语言。

“告诉她吧。”魏小姐看着我的表情，对香华下了命令。

“树华和我已经是结义姐妹很多年了，这你也知道。”香华解释说。“树华两晚之前在床上跟我商量，问我是否赞成让你也成为我们的干姐妹。我听了真是满心欢喜。首先，你分担了我们的麻烦，然后是在法院那么长时间的等待陪伴，最后我们还在潜龙潭共同分享了喜悦与宁静。所以树华说，你在心灵上已经是我们的姐妹了，如果能通过正式仪式加入我们，就再合适不过了。”

“我不配啊。”我回答道，用合理的礼节，也是真心话，“但如果能和你们联结得更紧密，我就太高兴了。”我非常动容。曾经，我也结拜过姐妹，但那时比现在年轻三十岁。在我们青春洋溢漫不经心的年代，宫家的花儿和我省却了繁冗的仪式，就轻轻松松认了彼此做姐妹。现在，我深深凝望着一双成熟女子严肃的眼眸，她的心性已在逆境中历练多年，忠贞已深入骨髓，儒家信徒的忠骨绝不会动摇。这不是一次对友谊轻率的定义。我们不已经是朋友了吗？你可能会问。是的，但是现在我们准备对苍天起誓，而这些誓言会将我们终生联结在一起。

魏小姐满腔热情地为接下来的仪式做着准备，就像一个修女为了誓约，一个纯洁的新郎忙于他的订婚。我不确定她是否进行了斋戒，而我的确是没有，因为我逐渐才领悟到，我们之间的结义誓言有多么神圣。况且，我还忙着收拾整理自己的东西，因为不久之后，我就要离开我的石榴园，离开我的月洞门。曲近终，情愈浓，我享受着北京的款待时光，内容着实丰富。我和北京的朋友们在圆桌上吃饭，虔诚的佛教徒魏老太太却拒绝品尝北京烤鸭。我觉得魏小姐审视的双眼对我不是那么满意：对她来说，我表现得太轻松愉快了。我知道她正在问自己，是不是所有外国女人——没有特别提到我——都从心底里清醒地了解友谊的誓言所带来的考验。

直到一天早上，我开始紧张起来了。香华在她喜欢的时间来访时告诉我，她已经向树华保证了，我是真心诚意在乎她们的，向上天许下誓言对我和她来说都有着相同的含义，虽然我看上去大半天都坐着黄包车在北京城跑来跑去，大半个晚上都在和各种人物聊天，好似没有特意为即将到来的仪式做准备。

十天过去了，周日的早晨，我告诉魏小姐，我得去一下自己的教堂，为她们向天父祷告。香华随我同去，我们在布道时静静握着手，所以她能体会到，我的确将她们置于心上，至少在那个时刻，如我承诺过的。

我们共进午餐，像平时一样玩笑。晶莉知道有些重大的事情即将发生，所以那一天特意回来照看屋舍，好让我们自由进行自己的典礼。知道我将要成为她的新“大姑”，她对我比以往还要尽心，不住地将好吃的菜夹到我碗里，表达她的深情厚谊。我向她摇摇指头，告诉她，她定会成为一个没出息的妻子和母亲，然后促狭地看着她的脸颊由珍珠粉转为桃红。

“你会宠坏整个家庭的。”我对她说道，“多少妻子因为坚持不懈地关注丈夫的胃口而毁了他们的灵魂。”笑靥乍现，她咯咯笑起来。

午饭过后，我穿过尘土飞扬的街道，来到自己住处的天井，一切都已整理停当。香华随后跑了过来，悄悄对我说，让我穿上最好的绣花丝质长裙，魏小姐非常喜欢的那件。我已经注意到，花瓶里的水和花都已经重新换过，门口陶盆里的菊花也都重新修剪、摆放过。我们给小侍者放了下午的假：我不清楚是否有意为之，但王家也似乎没什么动静，虽然一院子浆洗好的衣物泄露了王太太上午忙碌的行踪。院子里酝酿着一场深邃的宁静。我在平静和沉默中坐了十来分钟，厚重的情谊向我奔涌而来，环绕在我的周围。我们三个女人，那么不一样的女人，怎会如此深爱着彼此？是的，一定是的，我们的亲密建立在现实之上，莫名其妙地，被同一个声音呼唤，而且都听到了那声召唤。“我另外有羊，不是这圈里的；我必须领它们来，它们也要听我的声音，并且要合成一群，归一个牧人。”[1] 香华和我一起读了这段话，在她喜欢的英语基础读物上。

不多会儿，魏小姐也来了，是我之前很少见到的形象：身着灰蓝色丝质学者长袍——她最好的衣着，我知道——头发梳得光洁，但是她的嘴唇上涂了些鲜艳的唇膏，脸颊上也抹了些颜色，肩上别了一朵粉色玫瑰，耳朵上带着玉纽扣。她的手里拿了六本册子，印着精挑细选的中文短语。她告诉我，那是仿照著名的“桃园结义”书写的。她找寻多日，最后在一家专有书店发现的。上面为起誓人留了书写名字的位置，不光是我们自己的名字，还有父母的名字，我们及父母的生辰八字。上面还印有祷文，祝福结盟各方，还留出了贴照片的位置。我们第一个半小时，就是坐在我的大桌子边上，认真填写

1　此段文字是作者摘自《约翰福音》10：16。

这些信息，当然是一式三份。填完后，我们互相交换了名册。我将写有她二人姓名和宗谱信息的两份册子放在妥善之处保管，她们也都放好了各自的两份，我希望如此。一切都很顺利，虽然我在写父母出生地和日期的时候有些不确定。魏小姐好心地让我们都不用写上出生的时辰，似乎现在星象还被认为是一种迷信。

接下来，魏小姐离开一会儿，但是很快就回来了，双手捧着——在中国礼仪中非常礼貌的一种姿势——那个曾经摆在饭厅龛壁继将军和继小姐遗像前精致的古铜香炉，上面还横放着一盒香。她将香炉放在我的桌上。桌面之前铺着格子油布，现在替换上了一块织锦。她略有些尴尬地看看我：

“你是基督徒，可能不会愿意焚香吧。”她不太开心地小声说道。“但是我个人觉得，我们所做的誓约不焚香不合适。”

“很多基督徒也会焚香的。”我回答道，“我一点儿都不反对他们这么做。每个国家都有自己表达崇敬之心的方式。我闭上眼睛做祷告和你们点上一炷香是一个道理，都是一种崇敬。现在，我是在中国，和你们在一起。”

如果香曾被那样使用过，现下对我来说，点上一炷香的确颇合时宜。毕竟，香华为她的音乐仙子焚过香，魏小姐也在将军和继小姐的牌位前上过香。现下，在这个阳光明媚的房间里，鲜花和友谊散发着甜美的香气，星星香火又为此平添了一抹幽然气息。如果香曾被那样使用过，现下对我来说，就是最合适不过的机缘。

“这些香你们是供给谁的呢？”当魏小姐看起来期待我阐明我的原则和异议时，我教条地问道。

“给上苍。”她回答说，向上指了指。

“我也相信上苍。”我同样说道，“给老天上香真是太好了，那么让我来点燃它吧。”

我们三人，我站在中间，每人都擎了一炷馨香，用火柴点燃，还是日本制造的火柴，在地毯上跪成一排，双手持香，交叠在一起成祝祷式。一时间，四下一片沉寂。然后我听到魏小姐的声音——急促、颤抖、顿挫地念着誓词。而我口中发干，因为我听到她大声说出的言辞，在向主宰我们这个小小世界的力量祈祷，祈求这个力量在我人生之路上保护我。审视我们之间的友谊，或许除了真诚别无他物；我知道我也要大声地念出我的祷词。

我想，这是她人生第一次大声念出祷词，而且是如此真挚热情。她的声音停下后，我停顿了片刻，然后集中精神，全力大声地祈祷，为了我的新姐妹们，为了中国，为了学校，为了这场官司能被明智地解决。当我说到结尾时，节奏慢了下来，一字一句，带着主的祈祷，我听到她试图跟上我的言语，和我一起念出来。我们说完后，香华也念了一遍，最后简单地补充道：“我同意。”我们站起来，魏小姐充满感激地轻叹了口气，我也同样感动，充满感激之情。魏小姐分别握起我和香华的一只手，我们一起走上前去，就像一个整体，将手中的香插入香炉中积聚的旧日香灰中。然后，我们坐了下来，因为强烈的情绪而精疲力尽。

“即便你去到地球另一边，这些誓言也会将你和我们永远连在一起。”魏小姐说道。

“我们对她来说也是一样。”香华补充道。

“现在要进行起誓的第二部分了。”片刻后，魏小姐说道。她站了起来，有些困惑地看着我。“你是英国人，”她说，再次满怀疑惑道：“你可能不会喜欢这么做的。”忽然，她脸上的疑云一扫而光。“哦，但你是我们中最年长的，也用不着这么做。”

我像个痴笨的领头人，起初不知所以，傻呆呆地以年长者身份坐在她们为我安排的扶手椅上。魏小姐，树华，高大挺拔的中年女子，学校的最高领导，曾带领学校经历过风风雨雨的传奇女子，走上前来，朝着我双膝弯曲，跪在了干净的地毯上。我惊骇万分，下意识动了一下，但是她用高深而安定的目光稳住了我，像是一个骑士守护他的荣誉。她垂下发髻光滑的头，手掌按住地毯，完成了三次最为庄严的叩头仪式，旁人难以想象当时的场景。我感到卑微，因为我当不起。我怎么才能偿还如此的信任和深情呢？几个月前，我才唐突造访，带着我的西方礼仪和思想，并未梦想有朝一日能唤醒如此深厚的情感。

她做完这些礼数，站了起来，脸上仍旧挂着高贵而喜悦的表情，我们中最小的那位，香华，也走上前来，向我叩首三次。然后她起身，转向，跪下，向她挚爱好友树华，又行了三次叩首礼。但是魏小姐和我不同，她懂得如何在这样的仪式里体面地表现。带着一丝纯粹的微笑，就像一位老师傅对待自己的徒弟，她微微屈身，保持鞠躬姿态，伸出一只手，向上半抬。她并没有真正接触到香华，叩首礼必须顺利进行，按照中国世代相传的传统，这样才算是尽责的起誓。但是我从未见过一个人的躯体在平伏跪倒时还能像她俩一样优雅高贵。所有一切都是在富有深意的沉默中进行的。

“吓到你了吧。”香华突然评论道。紧张的时刻过去了，我们现在重新站在一起。她用愉快的声音说着话，仿佛现在的一切都让人开心。“自从你陪她去了法院，树华就一直在说这件事。她说之前没有一个中国朋友为她做过这样的事。”

“但这真的没什么，没什么。”我重申道，就像我之前说过的。“如果他们清楚她的需要，一定也会去的。我和你们住在一起，所以能意识到这些。下面我们该做什么？”我带着一些忧惧地问道，担心自己再次在我们的友谊乐章中只扮演一个协奏的角色。

“哦，现在隆重的仪式已经结束了，我们可以唱歌跳舞啦。”

“为什么？”我傻傻地问道。

“因为我们太开心了啊。”她如此回复。“现在我们永远是姐妹和朋友了，一辈子都会关照彼此。”

“如果是英国的姐妹，现在会做什么？”魏小姐问道。

“我们会拥抱。”我说。

因此，我们三人站在一起，胳膊环绕在一起，紧紧抱住身边的人，我们的姿态映在了我的大穿衣镜里。它让我想起经典的雕塑“美惠三女神”，不过是有点奇怪变形的那种。接下来，我们即兴跳起了爱尔兰吉格舞。

“我不知道怎么跳舞。”魏小姐道歉说，但是她很快用活泼的舞步跟上了我仓促尝试的谷仓舞，并且在旋转的时候紧紧搂住了我的腰，给我一个大大的拥抱。

“哦，有个冬天，我在国外的基督教女青年会上过一课，”香华说道，自娱自乐。“但是我们要唱什么歌呢？告诉我们外国人在朋友们玩得兴起时都唱些什么，哦，我的大姐，幸福的园丁——福芸？”

这不是第一次，我突然被中国朋友要求选一首歌来演唱了。现在的我已经习惯了，直接选择从潜意识里跳出来的第一个旋律。罗比·彭斯[1]显然可以满足现下的需求：

1 罗比·彭斯（Robbie Burns）是十八世纪苏格兰著名诗人。

我们老朋友，

不能忘记

我唱起来，一遍又一遍，我们重复这两句："我们老朋友，不能忘记。"被通知得太仓促，除了这两句，我没法再多翻译，但是它们对现在的场合似乎已经很充分了。"不能，不能被忘记，"她们一边离开，一边还哼着歌曲，树华抱紧了铜香炉，香华一边唠叨，一边躲避着王太太的周日浆洗衣物。

还没有结束，因为我现在又被邀请过去参加一场特别的茶会，品尝着晶莉制作的糕点，这次再没有奶油蛋糕了。她看起来也在等着给我叩头，另外她还得到一个机会，给姑妈和香华再重新行一次叩首礼。从此之后，她就改口换我姑妈了。我差点开口问她，是不是过不了多久，我就能享受到顾先生成我新侄婿的喜悦了。但是我没时间进行轻松的揶揄了，也没时间将年轻人朦胧的恋情残忍地拖拽到下午明媚的阳光之下了。

三人焚香再拜而说誓曰："念刘备、关羽、张飞，虽然异姓，既结为兄弟，则同心协力，救困扶危；上报国家，下安黎庶。不求同年同月同日生，只愿同年同月同日死。皇天后土，实鉴此心，背义忘恩，天人共戮！"

誓毕，拜玄德为兄，关羽次之，张飞为弟。

……得三百余人，就桃园中痛饮一醉。

这是《三国演义》一书中很有名的一幕，此书完成于十三世纪，写的是生活在公元 200 年的三个勇士如何在桃园里起誓结义。他们的誓词这样结尾：

“皇天后土，实鉴此心，背义忘恩，天人共戮！”

阿门，那个周日的下午我祈祷。阿门，现在我再次祈祷，虽然如今已和我的两个义妹因为战争杀戮和冲突分隔在了两个大陆。

第 20 章

# 我成了学校的校董

我造访北京的最后一个周六下午，学校没有课，但是专门安排了一场娱乐活动，我和我的中外友人应邀参加。两位女士印制了正式的邀请卡，中英双语，广为寄送。

“那天下午，我们会公开邀请你成为我们学校的校董。”她们向我宣布道。

这个荣誉让我有些困窘，因为校董的职责显然是要为这项人类的博爱事业寻找更多资源和资金，可以让它继续发展下去，而我去哪里才能找到这些呢？既然两位女士不打算接受我的寄宿费用，也不收取我那可爱寓所的房租，还替我支付小侍者的工钱，甚者要抢先一步帮我结算租用黄包车的费用，我觉得或许这是个回报的机会。也许，作为一个值得信赖的校董，加上长姊的身份，她们会同意我以学校的名义偿还对她们的亏欠。

“杀死猫的方式有很多种，不必非要用奶油噎死它。”我喃喃自语，“但是乐趣就少了。”

“你说什么？”骆香华问道。

我重复了一遍这个荒谬可笑的谚语，她拿过纸笔记了下来。我多希望也能认真记下她和魏小姐的格言警句啊。

骆小姐和教员们在学校的大天井搭了一个舞台，在前面放了一块幕布。现在已是十月中下旬，天气开始转凉，但却无法冷却中国观众们自发的热情。每个人都明智地添加了衣物。我们集会上最夺目的应该算是小金宝了。她和奶妈至少提早到了两个小时，因为太过兴奋，连午饭都没好好吃。所以，我们吃午饭的时候，魏小姐全副精力都在哄她吃饭上，用她自己的筷子挑起一点儿食物送入宝贝口里。小金宝为了今天的场合穿了一件彩虹色的外套，用丝绸布头缝成的厚垫子，轻柔厚暖。一顶闪闪亮的猩猩红帽子包裹着她圆圆的脑袋；鞋子上则绣了一只虎头，胡须栩栩如生，让她的脚看起来十分威武。为了看这场演出，她被裹在一个厚厚的红色缎面披肩里，还戴了头巾。笑靥如花，她冲我喊了声“姨奶”，就钻到了我怀里，这最柔软、最甜蜜的小东西。可是离结束还有段时间，她的眼睛就已经眯缝起来，快要睡着了。

第一个节目，是小学生们表演的花环舞。新中国的形象如今鲜活地展现在我眼前，就是那些充满热情活力的小姑娘，随风飞扬的短发，头上戴着鲜艳的纸花。她们轻盈优雅地舞动着，穿着芭蕾舞裙，露着手臂和腿。顾先生演奏音乐，服装道具和策划则是晶莉小姐负责。最精华的部分，那段舞蹈由魏小姐亲自教习，是敏捷灵巧的传统剑舞。一阵暴风雨般热烈的掌声让我从魏小姐排练的舞蹈中醒来。之后，教员们拿上来一张横幅，贴在红布上，是当地一位书法大师写的："致意谢女士。幸福的园丁，我们的校董。"

看起来有些眼生，我之前很少见到这位先生，大概他一直都待在自己的课堂很少出来走动。"我真的担当不起。"边说边向他鞠躬致谢。

"肯定不会啊，"他回答道。"你的父亲不是孔子的学生吗？你不也很关心教育吗？"

"请别将我与那两位思想家相提并论。"我恳求道，既合礼数，又颇为真诚，符合一所女子礼仪学校校董的身份。

节目里最吸引我的是一个短剧，碰巧正是这位先生编写的剧本，他是位英俊考究的绅士，五十六岁，博古通今。他的戏剧以一名儒家学者的方式嘲讽了迷信思想。中国的孩子们将角色扮演得惟妙惟肖。故事讲的是一名勤学苦读的学生，被一个背信弃义的朋友诬陷偷了另外一个同学的钱包。世界对我们的主角来说一下变得灰暗了，他在绝望中离开了母亲，一位善良的寡妇，和他的家，去了南方，在南京找到一所大学，希望能获得那儿的入学奖金。此时，他的母亲也下定决心，找到钱包，恢复了儿子的名誉。一个住在她家附近的老神婆，听说了他们的麻烦，声称可以帮她追查到钱包的下落。因此，这位母亲去了神婆住的小茅屋，屋里只有一张方桌，旁边摆着两把椅子。神婆上来了，穿着一条老式的深蓝色裤子，一件短上衣。她的头上束着过时的黑色抹额，三十年前我还是小姑娘的时候见过。她在屋里踱着步子，一双小脚摇摇晃晃，打开想象中的屋门，将客人迎进想象中的茅舍，带给我们不可思议的感觉。她坐在椅子上，深深叹了几口气，懒洋洋地别过头，双腿僵直，进入恍惚的状态。观众们被这一表演逗得哈哈大笑。再也没人能将神婆模仿得如此惟妙惟肖了！一个十四岁的小姑娘，在一位儒家老先生的指导下，将神婆的角色刻画得这样出色。此时，她一边在地上打着滚儿，一边无意识地胡扯说要注意一个骑驴的男子，是他偷了钱包，应该去捉拿他。接着，她又叹了几口气，揉了揉眼睛，回归了自我。

“你才是驴！”这位母亲厉声说道，在观众们持续不断的掌声中走了出去。后来，她遇到了儿子那位背信弃义的朋友，他已经受到良心的谴责，终于承认是自己“借了那个钱包”，设计了这场陷害，这一切都是因为嫉妒主角的学业成就！这时，走上来另一位年轻的男演员，是学校就读的男生之一，正是那位将军的侄孙。他穿着邮政员绿色的制服，手里举着一份电报宣布：“他在南京拿到奖学金啦！”然后就跑下台去。

“我原谅你了。”这位母亲对已经悔过的反派人物说。他双膝跪下，接受了她多少带些轻蔑的原谅。

我们这些观众，中国人和外国人，一齐大声喝彩。身在这些热闹的表演中，我却开始为我的新荣耀担忧起来。

第 21 章

# 卯时

一句“再会”难出口！如果不是一位法国朋友的解救，我真不知道自己怎么到得了车站，更别提上火车了。上一次我听到他的消息时，他还在印度支那半岛抗击日寇。但是那天下午在北京，他到我这里喝茶，顺带说可以用车载我到车站，我一时考虑不周就应了下来。这一招可打乱了我的新姐妹、合伙校董们的阵脚。

“你怎么能坐他的车呢？”她们问我道。“我们必须亲自叫出租车送你去车站，这样才像话。”

因此，我又给法国朋友打了电话，悔过地解释了一番。他坚持说，如果有需要的话可以随意支配他的车子，于是我得寸进尺问他是否有此雅量可以用车子拉上我的行李箱、卧具、打字机和其他长途旅行用的包袱，再拉上我的小侍者，而我则要和两位中国女士另外坐车前往车站。他很好心地同意了，因为他也见过那两位女士，知道我们的关系，自然明白我推辞不掉她们的好意。只不过，他的法式微笑不经意间顺着电话线传递到了我这儿。于是，他将我的东西运送到车站，与我和两位女士在车站会和。我对他感激不尽：独自帮我处理那一堆沉重的行李，帮我找到铺位，还缴了一路上小工们的小费。小侍者，我也要对他说再见了，现下他只能悲戚戚站在一旁看守着我堆积如山的行李。我的两个朋友不只是帮不上忙，甚至可以说是来帮倒忙的。她们茫然无措地拉着我的手臂，悲伤而恍惚。

“这些女士此生坐火车出行过吗？”我的朋友用法语快速地问道，惊讶于这么有能力的人会有这般无能的表现，他了解她们真实的才华。

“每个人都旅行过两次吧，我相信。”我也用法语回答道。

其他与我相知多年的中国朋友也来送我，真是贴心。其中一位还抱过襁褓中的我，认识我的母亲。但是我的眼里只有魏小姐怏怏的脸色。泪水在香华的眼中打转，但它们已经在树华的脸庞上肆意流淌，而她一向很有自制力。当我终于要进车厢时，她还伸出她的手。

“回来啊，快点回来啊。我们需要你，我们需要你……”

我意识到，说句实话，她们需要的并不是我本人，而是任何一个西方女人，能以真诚友谊相对，以真挚情感相依，可以理解她的生活，分担她的困苦。你可以肯定的是，在我离开北京前，我恳请过所有朋友，外国朋友还有中国朋友，去拜访她们；强迫、怂恿她们来接替我的位置，哪怕只有一点点，关照一下儿我的两个姊妹。一位美国女士非常善解人意，在学校执教多年，也已迈入中年，能够用绝佳的判断力将鼓励与情感融合。

“我已经将两位女士介绍给我们教会学校的校长了。”她很快就写信给我，“得知她们在那么少的支持帮助下所做的事业，他简直目瞪口呆。他说，自己还不知道世界上有这么无私爱国的人。这些事情非常实在，他说。她们那边也向我反馈说，校长如此睿智而慈善，超出她们对一个教会学校校长的期望。他正准备插手她们的案子，已经写了一篇关于她们学校的文章登在北京的报纸上。不过，最妙的是，他准备带她们进入中国社会更现代的社交圈，里面都是教育行业的同僚。他说好东西要留存下来，因为他也觉得她们代表了一些中国不该丢掉的东西。”

新年之际，她又写来一封信，寄到上海：

“我带魏小姐和骆小姐去了一个小型圣诞聚会。我们用常青藤装扮了房子，在壁炉架和桌面上摆放了红色蜡烛，因为我知道，这是她们第一次来体会圣诞节对我们来说是什么样的庆典。她们现在已经成为冰激凌的狂热爱好者，如果你看到现在的魏小姐一定会很高兴，她的举止已经像一个最懂礼节的西方人，在接受第二大份冻布丁了。她回请我下个周六去做客，说要请我吃一顿火锅。她说这是她向你做出的承诺。”

当我到了美国几个月之后，在芝加哥一个女性俱乐部向大家讲述了我中国朋友们的故事，一位美国女士被她们的故事震撼到了，现场给我写了张一百美金的支票。“这是一个值得我们支持的中国。”她哭着说道。

作为一名校董，我很乐意接受这份捐赠。就在第二天，我将这笔钱汇到了北京。“现在你可以将新校舍修建完啦。”我写道。

几周后，当我回到英国，收到了一封无法用言语形容的信件，香华用英文，树华用中文书写的感谢信！“我们唯一的悲伤就是新校董没有在这里和我们一同奠基，大楼正在飞速完工中。”

新校舍启用了，就在日本侵略者到来之前，我也放心了。不知怎地，我觉得，如果那修了一半的墙和未完工的计划落在日本人冷冷的监视下，一定让人非常难以忍受。除此之外，还让我感到欣慰的是，女士们的身后有了更坚实的后盾，让她们面对被占领的日子。尤其是当年教员们退还自己的部分工资来帮助偿还修建新校舍的贷款利息，那是多么仁慈和博爱的举动。

接下来，更让人激动的事情发生了。我真是难以置信。1937 年 6 月，来了一封信，是中国对日开战的前几天寄出、我到达伦敦后收到的，彼时战事已然打响。那时的中国正在遭受战火蹂躏，奄奄一息，这封信却为这段苦涩的日子带来一丝甘甜。香华流利的手写体看起来有些颤抖，是我从未见过的恣意。满篇都是感叹号，仿佛整封信被感叹号围了起来。

“哦，我亲爱的姐姐，”信中奔放地写道，“发生了一件我们不敢相信的事！我们打赢了这场官司！！！上周的一天早上，树华照例收到了那个恐怖的长信封，你知道的，至少她认为还是她想的那样。过了一个小时，她都没有拆开！！但是当她打开信封，她发现一张短短的纸条，写着法官判我们胜诉，我们甚至还能向对方索赔！！我们真的不敢相信！！！为此她叫了辆黄包车去了法院，但是他们说事情已经结束了，就这样了，没人告诉她更多信息。她说她不会向那个穷困潦倒的傻蛋索赔。我们听说，他几乎要饿死了，没日没夜地工作，还卖掉了自己的土地，也是徒劳无功。但乐极生悲的是，树华病倒了，头疼得在床上躺了两天，滴水未进。她不住念叨说，你要是知道了这个消息会有多高兴。亲爱的姐姐，我也知道你会有多高兴。我们不停在追问，为什么，长长的八年时间之后，法官会突然做出正确的判决。她猜想可能是因为王太太，因为我们去她家喝茶时听说她在北京散播了消息，说你会跟蒋介石的夫人谈我们的事。全世界都知道，蒋夫人会主持正义到底。或许，是那篇关于我们学校的报道，你朋友的中国校长撰写的，因为他在里面也提到了这场官司。无论如何，这件事发生了，树华说，这都是因为你来了，还有，你爱我们。”自此之后，我再也没收到过关于此事的消息，尽管心中极其好奇。不久之后，北京被封锁了。

几个月之后，我从一位美国朋友那儿得到一些消息，她知道我盼望得知我姐妹们的近况。魏小姐和骆小姐，建校以来第一次被迫领着她们的学生加入庆祝南京被占领的欢庆队伍，这对她们来说一定极其痛苦。我的美国朋友从街道的另一边看到她们，说学校的领头人即便怀着垂死挣扎的痛苦也表现得极有尊严。她也给我写道，魏小姐不得不接收了一批日本小姑娘作为学校的学生。“可能会带来一些让人吃惊的结果。”我想道，“给这些小日本人一些意想不到的良好教育吧。”

学校当然也停了英语课，因为中国学校被强制教授日语。另外，日语课是由日本老师来上的，他们有随意出入课堂的许可，这也让事情变得更加艰难，需要中国教员们更加谨慎机智。

但这并不是全部。香港沦陷、珍珠港被日军偷袭后的一小段时间，还可以通过一些曲折线路与北京通邮。我从一位美国大学同学那儿收到另一封信，给我带来更多激动人心的好消息。“最近的一个早上，我碰巧在市场遇到了魏小姐，她正在采购家用，那些日子都是这样。我们外国人现在要非常当心，我一段时日没有去拜访她们或者其他中国朋友了，以免给他们带来什么危险。尽管如此，她还是过来和我说话，让我告诉你，如果我可以给你写信的话，她的侄女晶莉已经嫁给了一位顾先生，她说你会记得这个人的。她，也就是魏小姐，坚持在那座美国教堂里举行了这场婚礼，长老教会就是你们结拜那天你带香华去过的教堂。她说，婚礼应该这样办，因为他是个基督徒。婚礼非常安静，但是所有礼节都很典雅庄重，没有什么让她觉得不愉快。我向她保证会告诉你所有这些。新郎和新娘在你住过的石榴园已经住了一个多月了。魏小姐看似从没退掉你的庭院，她非常想念你，希望你有朝一日还能归来。另外，如果学校在新政权之下让人难以忍耐，她们也许也会住到那儿，她和香华顺便能盯着她们的校产。后来，两个新婚的年轻人决定，既然他们在被占领的北京不能继续做安全而有意义的工作，还不如逃去西方——我不需要告诉你他们想要去那边为谁服务吧。她认为你可能会有兴趣知道，他们的第一处落脚点是潜龙潭边上的一个院落。他们在那儿待了一小段日子，清净了身心，然后准备踏上他们的旅程，因为在那条长长的旅途中，他们还有许多磨难要经历。所以，你要开心地将他们放在心上，祈祷上天保佑他们。她也想告诉你，她的侄女，小金宝，现在已经上学了，已经认识将近一百个汉字了。他们全都祈祷上苍一直保佑你不要受到德军炸弹的伤害……”

中国人把一天二十四小时分为十二个时辰。凌晨三点到五点是寅时。中国似乎仍停留在寅时，因为她正腹背受敌、鲜血淋漓地躺在地上，野兽们不断在她身侧怒吼，用残忍的利爪向她攻击。下一个时辰，五点到七点，是卯时。晶莉和顾先生为了求得安稳不得不踏上旅程，他们已经到了卯时的阶段。但是再下一个时辰，就是辰时，那代表着一种气宇非凡、悲天悯人的瑞兽，乘着山间的薄雾而来，在朗朗晴空中，向朝阳致意，它带来夏日温暖的雨水，丰泽着广袤的平原。卯兔或许已经颤抖着奔向她的生活。但辰龙的钟声即将敲响，即便现在只能远远听到它扇动翅膀的声音，从群山深处的四川传来。

顾氏夫妇结合的消息让我颇为开心，我希望他们能手牵手穿过我的月洞门，来到石榴园，开始他们的蜜月生活。我忘了说，顾太太，当她还是晶莉的时候，在我离开庭院、离开北京时送了我一份分别礼物，一块餐布。我认出其中一块正是在我们洗涤心灵的潭水边绣的。或许修太太，那位刺绣专家，能够觉察出这一块刺绣缺少了宁静平和，但是对我一个西方刺绣爱好者来说，这份礼物已足够惊艳。

# 橙色丝袍

昨天晚上，我在萨摩塞特郡的乡村女子协会上展示了我最爱的中国丝袍——四十年前，我丈夫在以刺绣闻名遐迩的四川省从一个丝绣商贩那儿买来的，是一件旧物。它曾经拥有浓烈奔放的色泽，而如今，一度艳丽的橙黄底色已被岁月软化为沉甸甸的金色。这更适合我们西方人的视觉，因为我们的眼睛已经习惯了暗淡的光线，英格兰的天空总是阴云密布。但是，那些英国乡村女士的面孔，和善的、智慧的、勤俭的，都在看到这件丝袍的一瞬间被照亮：她们轻启双唇，发出深深的赞叹。如果我一句话都不讲，只是给他们展示这件美物，中国也会用这首刺绣缝制而成的诗篇向她们充分介绍自己。但是这些女士都积极参与了郡里为解放中国组织的募捐活动，所以，我想和她们再多谈谈中国。感谢她们的慷慨，她们的悲悯之心——仁，按中国的说法——这种情愫植根于人与人之间最纯粹的情感联系中。

我也跟她们讲述了一些事情，关于我们对中国的亏欠——在她站起来反抗侵略国之前的。1937年之前的很多年，当她第一次饱受日本侵略者的压迫之前，我们就对她欠下一堆债。“丝绸和造纸，茶和瓷器”是我有义务讲清楚的主题：“这些优雅迷人的材料，塑造了我们今日不可或缺的文明——它们都起源于中国。”

首先是丝绸。故事是从一位中国公主身上开始说起的，她被指婚远嫁给一位印度王子，在她的头饰里藏了一些蚕茧和桑叶。当她来到新的家园，为解异乡孤独之苦，就开始纺织丝绸，聊以自慰。自此，这项技术传到了波斯，传到了希腊，又传到了罗马。据说，东罗马帝国皇帝率先让他君士坦丁堡的侍女纺出丝绸薄纱，供他在炎热季节穿着。她们做得并不是很成功，于是，皇帝命令两位已经游历过中国的波斯基督教士再次回到那里，学习养蚕和纺织技术。他们适时地回来了——确切来说是公元550年——脑中记录下这一科学知识。传说中，他们还将一些中国蚕茧藏在拐杖的竹节里一同带了回来。这些蚕茧穿越过苦寒的突厥斯坦和战乱的波斯，将丝绸的秘密带到了西方。最后，一位罗马行政官穿着他的丝质外套来到还未开化的英格兰。即使到了今天，丝绸平凡普通的“继女”，人造丝，也只不过是对真品的仿制而已。

“继续，”魏小姐说道，有一天，她坐在我北京可爱的房间里，点上一根香烟，叫了茶，坚持让我告诉她，我和英国人民谈起中国人时是如何描述中国的。“继续吧，”她说道。“我想你说的是史实，因为我还听过一个故事，说一位皇后非常喜欢听丝绸被撕扯时发出的声音，她让自己的宫人撕扯成匹的丝绸取乐，几个小时不停歇。”我们俩都被这种奢靡浪费的行为震惊了——发生在一位皇后的身上。“但是我仍然不懂，你为何要展示一件那么老式的中国礼服，像你说的那件橙色丝袍，给英国人看。”她抗议道。确实，若说时尚，一位中国女士可能也会穿上一件上世纪七十年代带衬裙的裙子，不在意那是一种英式传统服装，就像我展示了我的橙色丝袍。它的袖袍十分宽大，剪裁也十分宽松，挂在我身上简直可以卷我两圈。没有一位现代中国女性会穿上这样的丝袍让自己看上去臃肿呆板。但是，这件衣服的橙色丝绸料子如今已经很少能见到了：那么厚密、柔软、结实，一定是由某位年老而经验丰富的织女在她的织机上织出的，她经手处理这些上等织料已年久日深。它让我想起了魏小姐铺在我被子的朱红色丝质床单，刺绣也十分华丽。

“是的，”我继续我的讲解。“但是这匹料子不是出自工厂的现代机器，而是在一个单层小木屋的工作间完成的。那个织布机几乎占满了整个房间的地面，地面就是泥土地。”就像我已经说过的，这匹贵气的绸缎拥有绝佳的质地，本身就蕴含了中国人民的智慧与知识。摇摆动荡的民族、短视呆滞的眼光和马虎草率的双手是不可能制造出这样细腻顺滑的文理质地、这样细致优雅富有弹性的布料的。

丝绸织好后，会经过原始方式进行染色。小院的一角架起炭火，上面熬制着大桶的染料。深深的桶里被倾入昂贵的颜料，樱桃红、青玉色、琥珀色，对乡下女子而言真的是染料的宝藏，各式各样，无边无际，让人目不暇接。

无论时髦与否，这件丝袍本身就是一件美丽的作品。中国创造过这种美，以后还会创造更多。所以，中国有希望在发掘、利用大自然的丰饶之路上永不停歇。

然后，我继续和魏小姐说道，我还向女士们展示了绣在丝袍上的四季花朵。当这件丝袍的主人将它穿在身上时，她打了个比方说，是将宇宙的和谐穿在了身上：她成了和谐的一份子，或者说是用和谐装扮着自己。上面有两只硕大的蝴蝶，一只在她的胸口，一只她的肩头——就像古代祭司的乌陵与土明。蝴蝶寓意着婚姻，因此这件丝袍是用于婚嫁的。另外，中国人喜欢用双关语，“蝴”和“福”这两个音节，一个表示“蝴蝶”，一个表示“幸福”，轻声说的时候很容易搞混发音。所以，这两只蝴蝶也意味着“天赐良缘”。我们英国郡里的女士们对此微笑颔首。他们懂得，无论西方还是东方，婚姻的喜悦统归是一样的。她们也能深刻理解到，绣在膝部的大朵牡丹，在盛春之时吐露芬芳，也代表着盛放和成熟，寓意希望之花开进现实。

“我还告诉她们，中国人是如何看待竹子的。”在那个秋天的下午，我对魏小姐说道。

“骄阳下的竹，还是雨中的竹？”她问道，“雪中的竹，还是月影下的竹？”

“哦，就是竹子！”我回答道，“它如何象征着一名君子：可以在狂风暴雨中弯下腰肢，但是绝不会被折断。”

“它会让雪水从指尖滑落——像这样，”她一边说，一边配合言语做出手势。“但是这些话都是显而易见的：我有点儿惊讶，你还要将他们讲出来。哦，我希望中国新的领导者也可以做到这样，就算面对战争也百折不屈。但是我想，总司令身上有竹子的特质，你觉得呢？目前他的表现似乎证明了这一点。”

“我相信。”我说道。

“你清单里的内容都讲完了吗？”她问道。“除了丝绸、美丽的花纹和染料，我们还给西方送去过其他东西吗？毕竟，我们从西方拿取了火车和电话、毛衣、电灯、自行车——许许多多最实用的东西。”

“我的清单上还有纸。”我回复道。

“西方在那以前都用些什么呢？”她颇感兴趣地提出这个问题。

“起初，是一些生长在埃及的芦苇，然后是光滑的小牛皮。”我告诉她。东罗马皇帝从一队跨越过亚洲大陆远征的中国军队那儿得到蚕茧之后两百年，这件事情才发生。（魏小姐点点头，她从历史书上了解过这一段远征。）中国军队包围了撒马尔罕城，并从阿拉伯人手里夺取了它。阿拉伯人自然不会善罢甘休，转过头围困了城市，又夺了回去，并掳走了一些中国士兵。因此，故事继续发展下去，他们让士兵们展示怎样用纤维造纸。自此，西方逐渐使用起这件伟大的新事物，在那上面书写和绘画比在纸莎草纸和牛皮纸上强多了。“我不知道哪个物件害人更深，”我结束时说道，想要将她带入一轮讨论，“你们的纸张还是我们的机器！”

“别胡说了，”她坚定地说道，“你知道的，如果用对了地方，两样都是好东西。继续说吧。”我只好遵命。

“接下来是茶和瓷器。”我交代道。“在莎士比亚时代，英国人早餐喝啤酒用的还是牛角杯，用木头盘子盛肉。”我告诉她，我们第一批商人是如何乘着快船驶向东方，寻找胡椒，结果找到了中央之国，带回了茶叶。起初，他们在伦敦以极其昂贵的价格出售这些茶叶，因为物以稀为贵，只有富人才买得起。但不久之后，印度也被划归版图。英国人和中国人在交易时颇受语言不通的限制，一位聪敏善良的印度总督威廉·本廷克勋爵决定，如果采用中国的种茶技术或许能帮印度的农民摆脱贫困。一些人在阿萨姆地区发现了野茶树，但是就像第一次的丝绸纺织尝试一样，将茶叶做成饮料的制造工程也一度停滞不前。因此，他选派了一名植物学家，罗伯特·福琼，名字倒是个好兆头，去了中国南方。福琼在福建山区度过了一段艰苦的时光，当地村民对他很不欢迎。他们不愿意透露任何有关茶叶生意的关窍。但是最后，他给印度带回了一些植物，还有很多宝贵的种植经验。可以肯定的是，在那之后，印度农民将这些中国茶树都挖了出来，因为它们不适合阿萨姆的水土生长环境，产量并不丰富。他们当然也逐渐将手工制茶改为机器制造，这样生产出来的茶需要兑入牛奶，再加些糖，和中国原汁原味琥珀色的茶汁完全不同。之后，更南边的锡兰，在咖啡种植上发生了灾祸，因此，那儿的农民开始改种茶树。现如今，锡兰成了世界上最大的茶叶生产国。

“所以，这一切的发生都是因为你们中的一些人来这儿做了几年生意，然后学会了喝茶——可以让他们在赚我们钱的时候保持清醒。”她大笑起来。然后，她又跟我讲了一遍佛祖信徒、禅宗的创立者菩提达摩的故事。他需要通过打坐禅定进入超自然的境界，但在这个过程中却发现，最大的阻碍是嗜睡，尤其是在下午。因此，他在一个炎热的下午割掉自己的眼皮并扔掉，而它们正好掉落在附近的土地上。第二天早晨，那片土地上立起了一株——幼小的长着眼皮状叶子的灌木。“他的脑中突然想到什么，于是摘下几片叶子用沸水冲泡。从此，他可以在任何需要的时候保持清醒了。所以，是他发明了茶道。”她得意扬扬地总结道。

“说到瓷器，”我告诉她，“我们现在自己也能烧制了，但这也是我们向你们学到的艺术。饮茶当然需要杯子。我们现在还叫我们的杯子和盘子‘中国瓷’。”这个词让她觉得奇怪而可笑。

“可恨的《田中奏折》，我在报纸上读到说，日本人目前意图占领锡兰[1]，他们刚抢了你们的马来西亚，”她陷入了沉思。我不可思议地看着她，满腹怀疑，不过那些日子，没什么看起来不可能发生。

“如果真是这样，我想英王真是要彻底完了。”我嘲讽地说道，“你真的想象不到，我们有多依赖我们的茶——和你们一样。每个能喝得起茶的人，一天都要喝三四次。”

“那好吧，”她开心地说道，“如果日本人侵略我们，我们会让他们在中国战场举步维艰，我想——要为你们英国人保住锡兰和你们的茶。”

当然，这就是中国今天正在做的，就像我告诉萨摩塞特郡的女士们那样：她们立刻领会到了这一点。

一九四四年，一月。

---

1　锡兰（Ceylon）是斯里兰卡（Sri Lanka）的旧称。

# 译后记

作者开篇由英格兰的春景联想到中国北部平原的春景，以一种充满想象力的手法将自己与读者带入现实与回忆交融的场景，交代了故事发生的时代背景——1937年日军入侵北平前夕，一触即发的战事之前，令人惴惴不安的暂时安定。在作者幻想的重逢喜悦中，故事的主角们次第登场。

故事的开端波澜不惊，正如作者再次造访北平时的住所，偏安城市一隅，处处流动着和谐宁静的气息。老友初见时的脉脉温情在一起欣赏新寓所的过程中逐渐升华到不可承受之惊喜动容，作者对老北京四合院里里外外的细致描摹让人不禁联想到《红楼梦》里对建筑与陈设的描写；更有意思的是，作者虽半生浸淫于中华文明，却实实在在接受的是西方教育。独特的中西文化混合的眼光，既能发掘出细微之处的中式之美，又能从西方审美与生活习惯的角度做出有趣的比较与深刻的评论。表面看似平淡的细节描写或直白的事实记叙，却处处隐藏着中西文化的轻微碰撞，摩擦出星星点点的火花，也引得读者想继续一探究竟：一位外国女士在北平四合院的生活究竟会有哪些趣闻，抑或矛盾？

前文描写卧室陈设反复提到了一床有“蓝色刺绣”的锦被，牵出了本书的主人公之一“水晶百合”。在自然发生的生活琐事中对中国女性名字进行深刻剖析，是本书内容的特色之一。三位主要女主人公的名字里都含有“花”，这也是中国女性常见的取名方式。作者却从这一细微之处入手，将其与人物性格、命运联系起来，揭示了当时女性所面临的时代压力与机遇。这些平凡的名字在一位西方女性眼中所蕴藏的意味，或许是出生于现代中华文明中的你我难以体察到的。

与作者分享四合院的王氏一家不仅是她友好的芳邻，也在本书中占据了重要章节。“天井”下合住的外国女士与中国传统家庭维持着微妙而平衡的生活，无论是周末“浆洗日”满院子的晾晒衣物，还是小厨房的油烟，抑或作者的“专属浴室”，都没给这段平静的生活增添更多困扰。不同的生活方式之间更多的是好奇、欣赏与宽容。而对王家儿子学校制服的讨论，更是作者对当时中国青少年教育状况的深刻思考。

按照时间发展顺序，作者迎来了女主人公魏小姐老母亲的首次拜访。中国人的厚道、热情与礼仪，像魏家老夫人送来的两打奶油蛋糕，让她满怀感激、盛情难却又一时间消化不掉。作者的英式幽默减轻了“难以消化的好意”所带来的“甜蜜负担”，也让读者看到了一位中国最后的贵族家庭中庄重克己、厚道仁爱、心怀慈悲、胸襟宽广的女主人形象。

正常的生活看似平淡无奇，而早餐桌边的对话却隐藏着惊心动魄与传奇故事。作者在文章开始就用“小姐”（没有出嫁的女性称呼）来称呼的两位中年女士“魏小姐”“骆小姐”，也开始在早餐桌边向作者和读者慢慢透露她们抗拒婚姻的秘密。骆香华小姐曾因为抗婚，在原本的家族中受到一系列挫折和压力。重压之下，她曾一度重病失明。那个时期，西医已然开始流行，在她被西医判定“不可复明”后，又通过中医“偏方”和“太极拳”养生方法，逐渐恢复了视力与健康。而作者在帮助两位女士咨询西医的过程中，也得到了对方更多的信任与感激。

魏树华小姐是女校的灵魂人物，也是作者笔下最有个性、经历最为传奇的女主人公。在当时的历史条件下，她毅然接过学校创始人“继小姐”的衣钵，大胆放弃婚姻，在社会和家庭的微薄支持下，艰难维持着学校的生存，就是为了给当时的女孩子们提供更多受教育的机会。她与骆香华小姐建立的友谊过程也颇让人动容。从外表上看似天差地别（一个高大，一个娇小）的两人，却因为同样质地的金子般的灵魂而惺惺相惜，成为此生彼此依靠的战友。

本书的主人公基本都是女性，婚姻是绕不开的话题。两位年长的女性已决定终身不嫁，让作者为唯一年轻的主人公“水晶百合”忧心不已。虽然自己不愿陷入旧式婚姻，但姑妈们却并不阻拦侄女的“自由恋爱”。在学校兼课的基督徒“顾先生”看似是不错的选择，思想清明，理想坚定。但他是否能获得“水晶百合”的芳心，是否能入儒家学者魏小姐的法眼？伏笔就此埋下。

骆香华因为幼年游历过大半个中国的经历，对西方事物的接受程度比魏小姐高。当时流行的教会学校，无论设备条件还是员工待遇都比魏小姐的私立学校高出不少。夹在国立学校和教会学校中间的私立女校，举步维艰。因此，魏小姐不免对西方文化、基督教会等持有保留意见。一件来自作者馈赠的贴心衣料却意外让作者看到了坚强的魏小姐柔弱的一面。为了支撑学校开办，多年经济上的困难让看似体面的贵族后代连购置新衣和品尝火锅都成了奢侈。魏小姐和骆小姐为了女校发展作出的牺牲与贡献让人感慨唏嘘。

人在一个屋檐下相处难免产生摩擦，更何况她们是在不同文化背景下成长起来的独立女性。魏小姐与作者第一次爆发充满火药味的对话是在魏小姐第一次阅读《圣经》时。当二人逐渐熟稔起来，彬彬有礼的客套被抛诸脑后，不同的性格和观念导致的针锋相对在所难免，而文化和信仰的碰撞却为这场跨国界的女性友谊带来了奇妙的化学反应。成熟理智的争吵后并不是冷战，而是心灵更深处的接纳。

冲突有时带来的并不一定是嫌隙，而是进一步的亲近和了解的欲望。作者一边记叙了与几位北平女士从客套到结拜的感情递增经历，一边通过官司、看戏、秋游等或沉重曲折或轻松愉悦的故事经历，展现了北京当时的城市特色、人文风貌。

绘画、书法、太极拳、戏曲、音乐、刺绣、美食、瓷器、茶叶……博大精深的传统文化被精通西典的传教士女儿一件件细细品读；而与中国女性的日常交流和深入对话则将“中式生活”更加细腻地呈现于纸面。

这当然不是一部汉学著作，但却颇具跨文化交流研究的时代意义。这也不是一部纯粹意义上情节跌宕的小说，却时时让人为主人公们的命运牵肠挂肚，为作者与中国女性间美好的情感递进牵动柔肠，为国难当头却仍坚守在教育战线上的中国新女性击节赞叹。一位学贯中西的英国女士深情还原了近百年前的北京和崛起中的中国女性，我们不可不读，不可不知。

房莹

# 历史乃是叫我们明白他的

## ——谢福芸与她的中国“小说”

### 一

十多年前撰写苏慧廉（William Edward Soothill，1861—1935）传记时，就知道了他的长女谢福芸（Dorothea Soothill Hosie，1885—1959）。当时有英国朋友告诉我，在英国谢福芸的名气要比他父亲大。初听有点惊讶，后来读了她的书就信然了。在20世纪英国大众读者的眼里，谢福芸是个畅销书作家兼社会活动家，经常在媒体就中英关系问题发表评论文章。

谢福芸1885年11月21日出生在中国，这一年是光绪十一年。距她的父亲苏慧廉——英国循道公会（The Methodist Church）赴华传教士——抵达浙江温州还不满三年。1884年中秋后一日，这座位于中国东南一隅的小城里发生了针对洋人的“甲申教案”，二十三岁的苏慧廉仓皇出走，避居海上。也是在这一年，他的未婚妻路熙（Lucy Farrar Soothill，1856—1931）不畏险阻渡海而来，12 月 16 日两人在上海圣三一堂举行婚礼。婚后即携手回温，次年冬，谢福芸出生，童年随父母在温州度过，一直到七岁才回英国接受教育。因父母在海外，有相当长一段时间，她与后来出生的弟弟维克多（Victor Farrar Soothill，1887—1956）一起寄居在约克郡亲戚家，并有几年的时间住在伦敦东部近郊的贫民区。这段孤独及与底层社会无缝接触的少年经历，为她后来关心贫民疾苦、热心社会公益奠定了精神基础。

1904 年初夏，十九岁的谢福芸返回充满童年记忆的温州，她在这里待了两年，协助母亲管理艺文女校，并到父亲创办的白累德医院帮忙。她后来说自己那段时间是叛逆的，当时的理想是到伦敦东区做个医生，帮助无钱治病的穷人。1906 年，日渐成熟的谢福芸离开温州，负笈剑桥，她考取的是素有“女子梦天地”之称的剑桥大学纽海姆学院（Newnham College，Cambridge）。1909 年剑桥毕业时，她的名字列在“中世纪与现代语言学”优等生名单，这是美国《时代》周刊当年 6 月 17 日的报道。如果说人生也有四季，这应是谢福芸的春天。

1909 年，四十八岁的苏慧廉已是当时亚洲最具盛名的高等学府山西大学堂的校长，他是 1906 年应李提摩太的邀请离开温州荣任此职的。许是受父亲教育家角色的影响，许是年轻时在艺文女校的经历，许是剑桥给她的熏陶，二十五岁的剑桥毕业生谢福芸志业明确——从事教育，并到中国去。她有个剑桥的校友叫包哲洁（A.G.Bowden Smith），一个血液里都流淌着冒险精神的英国军官的女儿，正在北京筹备一所女子学校，于是谢福芸加盟创业。这所照搬“纽海姆”模式，旨在培养中国大家闺秀的学校就选址在紫禁城边上，可惜造化弄人，学校开张还不到一年，紫禁城就换了主人。民国肇始，百凡待治，各派角力，时局跌宕。曹锟“北京兵变”滋事期间，谢福芸母女一度避难英领馆。

后来谢福芸又避居天津，在苏慧廉的老友翁斌孙（1860—1922）家中做客数月。翁斌孙是晚清帝师翁同龢的侄孙、状元翁曾源的儿子。常熟翁氏为江南望族，世代书香。翁斌孙十七岁便高中进士，苏慧廉执掌山西大学堂那几年，他在山西为官，因此两人结下深厚友谊。民国后翁斌孙不仕，隐居津门，好友的女儿要来，他当然张开双臂欢迎。但当时还是民国初年，社会风气循故袭常，一个外国女性竟然要在名门家族中起居生活，这可让很多人跌掉眼镜。但开明的翁斌孙喜欢这个率真、大胆并有抱负的年轻人，收她做义女，还给她取名“福芸”，意即幸福的园丁。“一开始，我认为这个名字并不适合于我，但得知其中蕴含的精妙内涵后，我被打动了。宫大人笑着说：‘你不就是来给我们中国培育花朵的吗？’所有思想的花园里，不也都是开满了不败的花朵吗？我非常高兴也非常感激宫大人。他这么祝福我：‘希望幸福的园丁在中国的花园里能够培育出更多让她欢喜的花朵。'"

这段客居的经历，让她与后来书中的"宫大人"翁斌孙一家老小结下了终生的友谊。翁斌孙的儿子翁之熹，也就是书中的主角"励诚"（Li Cheng），一直与她姐弟相称，并于1925年到访英伦。翁大人的女儿"花儿"则与她大被同眠，义结金兰。"我们叫她苏小姐。"今年正好百岁的翁万戈老先生给这套书题写书名时还这样称呼谢福芸。他是翁斌孙的孙子，翁之熹的三子，他与他六妹可能是目前健在、屈指可数的见过谢福芸的人。已在美国住了大半辈子的翁万戈先生是享誉中西的美术史家、收藏家。

这是她人生中第三段在中国的生活，虽然为中国培育花朵的教育家梦想因紫禁城的改换门庭而落空，但失之东隅，收之桑榆，这段中国行竟然在尾声奏出了一个浪漫的强音。天蝎座敢爱敢恨、无间西东的她爱上了英国驻华外交官谢立山（Alexander Hosie，1853—1925），一个比她父亲还要大八岁的老男人。有爵士头衔的谢立山不论在英国还是近代中国都可称大名鼎鼎，除了是资深外交官、汉学家，还是探险家，他去过除新疆以外的中国所有省份，并留下了大量的调查报告。被中国人称为花梨木的珍稀树种红豆树就是他在中国旅行时发现的，从此红豆树的学名就以他的名字命名为Ormosia Hosie，中国植物界音译为"何氏红豆"。

他二十三岁就来到中国，直至花甲之年才告老还乡。1912年六十岁的谢立山返回英国，定居于怀特岛的桑当（Sandown，Isle of Wight.），次年1月2日，未至而立的谢福芸与谢立山正式结婚。

阳光丰沛、海滩迤逦的怀特岛位于英国南部，是英伦老者的安居胜地。现被人尊称为Lady Hosie的谢福芸（后来英国人一直这样称她），在岛上很活跃。她服事教会，也关心当地教育事业，1916—1924年一直担任怀特郡教育委员会委员，并参与“女童军运动（Girl Guide Movement）”。

面朝大海、春暖花开的岛上生活在六年后戛然而止，1919年英国政府召回谢立山，请其出任英国驻华使馆特别馆员。1920年，已经六十八岁的资深外交官带着妻子重返中国，这是谢福芸第四段中国岁月的开启。此后的几年，这对举手投足间都带着傲娇的维多利亚时代风尚的绅士淑女在这片古老的东方土地游历。我至今没见过谢立山的照片，但读他们的旅行记，脑中浮现的是让·雅克·阿诺的电影《情人》中的画面。跳跃着黄金般光彩的湄公河（不，是三峡）的渡轮上，年轻的女主人穿着丝质的连身裙，夏日的风微微吹开她敞着的衣领。然后是黑色的甲壳虫汽车，从老式汽车中走出的他，尊严、睿智、沧桑，戴一顶礼帽，微黄的手指将一本书递给斜靠在栏杆上的她。再后是溽热但雅致的房间，百叶窗的光影隐隐绰绰，窗外是寂静的走马楼，一墙之隔是当时混乱而喧嚣的重庆。这是仲夏，这是谢福芸的芳华。

这段鲜衣怒马的游历，对谢立山而言，最大的收获是编纂完成《中国商务地图》（*Philips' Commercial Map of China*），这是他汉学学术生涯的压轴之作。

1923 年，中国大部分地区遭受水灾。作为中国通、英国名流，谢福芸决定在来华的欧洲人圈子中为中国募捐。她精心制作了幻灯片，然后在教堂声情并茂地演讲。可惜收效甚微，最后只有一位领养老金的老者递上一个先令。不是这些英国人没有同情心，而是她的口头表达没有说服力。谢立山建议妻子用笔写作，谢福芸于是给一家在中国的英文报纸写了篇劝募的文章，结果一下子收到了三十英镑。这段先挫败后又惊喜的经历让谢福芸看见了自己的短处与长处，从此一个多产并成功的作家诞生了。

1924 年是谢福芸创作的第一个喷薄期，她除了为报章撰写很多时评、见闻外，还出版了她的处女作：《*Two Gentlemen of China*》，也就是这套丛书中译为《名门》的第一本。英文书名有很长的副标题：*An Intimate Description of the Private Life of Two Patrician Chinese Families, Their Homes, Loves, Religion, Mirth, Sorrow, & Many Other Aspects of Their Family Life*。书里的故事开始于辛亥之前，名校毕业的“我”追随父母脚步重回中国，在北平创办贵族女校。故事随后展开，并以两个世交的贵族家庭汉人宫（Kung）家与满人骆（Lo）家为载体，记录了他们的家庭生活及身处时代转折之中的他们对家庭、宗教、爱情的观念。书中的宫家，就是她曾客居的天津翁斌孙家，在辛亥之年遭遇国破家亡的骆大人则是曾任山西巡抚的满族高官宝棻。

“使她真正有资格写下这本书的，是因为她曾在中国人的家庭中生活过，这些中国人的家族，既有富裕的小康之家，也有家徒四壁的穷人家。她和这些家庭里的母亲、妻子和女儿们过从甚密，毫不费力地进入她们的内心世界，共享着她们的秘密，欢乐着她们的欢乐，伤悲着她们的伤悲。她在中国的一家名门望族暂住的时候，萌发了写作这样一本书的想法，酝酿至今，终于付梓，与读者见面。这本书寄托着她对中国人深厚的爱与尊重，因为她就是在他们之中长大的。”当时已是欧洲最有名望的汉学家之一的苏慧廉为女儿的第一本著述亲撰序言。

这本厚达三百多页，并有二十余张黑白照片的《名门》，1924 年由伦敦著名出版商 Seeley Service & Co, Limited 出版，后多次再版。1926 年还推出了德文版。畅销的处女作让谢福芸一举成名，华丽转身。

人生又有多少场华丽在等着，不多，不多。蹿红的第二年，谢福芸即步入人生低谷。1925 年 3 月 10 日，谢立山与世长辞。“谢立山的去世，不仅使我们学会失去一位荣誉会员，更使英国失去一位资深并自我牺牲的忠仆，也使中国失去一位真诚并忠诚的朋友。”皇家亚洲文会如此发布讣告。《泰晤士报》更称他是英国领事界不论是过去还是现在，对中国内部事务了解最透彻的人。

在怀特岛上埋葬了七十二岁的夫君，收拾好十二年的婚姻记忆，谢福芸只身离岛，迁往牛津与父母为伴。苏慧廉时任牛津大学汉学教授，夫妇均已年迈，需要有人照顾。但迁居牛津还没几个月，苏慧廉即受英国政府委派出任中英庚款委员会委员，并将出访中国。许是为帮助女儿走出丧偶的悲痛，当然女儿本人也是中英关系专家，于是谢福芸成为访华代表团中的一员，以秘书的身份于 1926 年年初第五次登上了开往中国的船。以威灵顿勋爵为首的代表团 2 月 24 日抵达上海后，便奔赴南京、杭州、汉口、天津等地展开密集的考察。5 月上旬休会期间，谢福芸还陪同父母回温州省亲。5 月中旬代表团汇聚北京，讨论考察报告。之后英方成员相继离开。

回到英国后，谢福芸将这段中国行的见闻与思考写成了她的第二本中国故事，即丛书中的《中国淑女》。英文书名是《*Portrait of a Chinese Lady and Certain of Her Contemporaries*》。1929 年由英国 Hodderand Stoughton 出版社正式出版。《中国淑女》讲述的仍是中国贵族家庭的生活及如何面临时代转型的故事，似是《名门》的续集，书的前言便是上本书主角励诫的一封信。但这本书的主角换成了一位能讲一口流利英语的美丽少妇，上海的宋太太（Mrs. Sung）。宋太太出身名门，父亲是著名外交官，丈夫也是外交官，曾出使北欧，现是上海海关高级官员。宋太太是谢福芸 1926 年在中国的轮船上认识的。1926 年前后的中国并不平静，民族主义如烈酒般激荡起很多国人的热血与激情。五卅惨案、省港罢工、南京事件等震惊中外的大事先后发生，这也自然成了本书的时代底色。代表团当时在各地考察，拜会朝野名人，谢福芸的所见所闻便是书中的叙述主体。代表团中英双方成员都是一时之选，因此书里也留下了不少这些民国名人的未见于中文史料的轶事趣闻，还有他们难得一见的身影，书中亦有二十余张旧照片作为插图。

此书英文版超过四百页，是本需要花点时间才能读完的书，但一出版仍是购者踊跃、好评如云。1929 年英国初版，次年即有美国版，后还有不带插图的简装版。到这时，谢福芸已成为一个在欧美都颇有名气的中国问题专家了。

1931 年早春，忙碌的谢福芸在美国华盛顿演讲期间收到了来自牛津报告母亲病危的电报。虽赶上了最后一班去英国的轮船，但回到家见到的已是母亲的遗容。3 月 30 日埋葬母亲于牛津玫瑰山墓园，然后为母亲的遗著《中国纪行》（A Passport to China）整理编辑，交付出版。这是她伤心并忙碌的 1931 年。次年，七十一岁的苏慧廉也病倒了。“我也尽过同样的孝道，也是三年多光阴。”谢福芸后来对她中国的闺蜜这么说。1935 年 5 月 14 日，苏慧廉在牛津寓所辞世。

因为孤身，所以离开怀特岛来到牛津，没想到仅十年，在牛津，她又成为孤身一人。1935 年下半年，处理完父亲的后事，谢福芸决定再去中国，这个似乎能带给她家的温暖感的第二故乡——她要去四川，那是夫君曾任总领事的地方："我来到四川的部分原因也是希望能够倒转时间机器，在他深爱过并称之为'中国珍珠'的土地上再次和他相遇。尽管他的躯体已经死去十多年了，但如果我能亲眼看见血气方刚的他喜欢过的事情并也乐在其中，岂不是重新获取了他思想的精髓？"她要去温州："我去温州不是为埋葬死去的亲人，而是与他们重逢，寻求灵魂的平静，也许亲人所做的一切将激发我去效仿。"

"故乡云水地，归梦不宜秋。"但谢福芸等不及了，1935年10月17日，谢福芸搭乘"图斯卡尼亚"（Tuscania）号轮船由利物浦出发，先去孟买，后又转道澳洲、爪哇岛，翌年7月终于踏上了中国的土地。这是她第六次来到中国，从香港入境，先后到上海、天津、北京、山西，看看父辈生活工作过的地方，也寻访自己当年在北平创办的女校。后又南下重庆。山城走过的路，看过的风物，现在重读，宛如打开一封封温暖的情书。她当然要去温州："有一些西方人的人生第一步就开始于那面水盾牌的某个角落。他们酣睡过的第一个臂弯就是中国人，嘴唇发出的第一句话是短促、简单、表现力丰富的中文。小时候做错事被人发现时，他们会逃到慈祥的阿姆怀里承认错误。他们把耳朵紧紧贴在阿姆的胸前，听着阿姆均匀有力的心跳，心里马上就得到了安慰。"她后来在书中这样写道。

谢福芸这次入华带着一台当时非常时髦的摄像机，一路拍摄。胶片记录的黑白中国现在还保存在英国电影协会（British Film Institute）的档案库里。四十四分钟的默片，我饶有兴味地连看了几次，并努力记下其中的场景，以便口头描述给居住在美国东部山间、没有手机也没有 Wi-Fi 的翁万戈老先生听。我说，我能认得其中有您父亲母亲，他们从房子里跑出来，然后又羞涩地躲开镜头。我能认得“励诚”，是因为在翁家天津后人处见过几张侥幸躲过“文化大革命”抄家的旧照，其中一张翁之熹穿着皮草大衣坐在第一排，上面被粗暴地画了一个大大的叉。

当然，谢福芸继续用笔记下了这一路的故事，这是她后来出版的第三本旅华见闻录:《*Brave New China*》。谢福芸是见过旧中国的，清末的颓唐、民初的纷乱，都让她记忆深刻。1927 年北伐成功至 1937 年日军入侵前，中国有过一段青春焕发的岁月,《剑桥中华民国史》把这段时期称为“黄金十年”（Golden Decade）。谢福芸这次回国看到的就是这个簇新的中国，一切正展现融入世界的勃勃生机。因此，她把这本书命名为《崭新中国》。

这本书看起来类似游记，但谢福芸并不停留在景物描写与旅行见闻，和前两本书一样，她关心的还是人的命运与时运。不论是名人梅兰芳、阎锡山、张学良、吴贻芳，还是上两本书中曾出现的旧雨新知——励诚、宋太太、骆家小女……她要描述的是这些在古老传统下成长、渴望岁月静好的中国人，如何走进新的时代。

1937 年卢沟桥的枪声响起时，谢福芸已返回英国，她在英国各地奔走、演讲、募捐，呼吁援助陷入战争中的中国。11 月，一个老友在福克斯通（Folkestone）一所走读学校为疲惫的她提供了一间单身宿舍，希望能帮她从繁重的社会活动中暂时脱身。福克斯通位于英国东南，濒临英吉利海峡。谢福芸独自南下，但她的心仍牵挂着陷入战争中的中国和那么多的中国朋友。励诚好吗？宋太太在哪里？“花儿”的孩子“小熊”还那么调皮吗？在福克斯通，她没有休息，每天都伏案写作，历经八月，终于用回忆与牵挂完成了《崭新中国》，并于 1938 年在英国出版。

1939 年 9 月德国入侵波兰，随后英法宣战，第二次世界大战全面爆发。完成《崭新中国》写作后，谢福芸出任布兰普顿走读学校（Brampton Down School）教职，担任英语与法语的教学。但战争的阴霾很快蔓延到福克斯通，1939 年肃杀之秋，她与学校一起撤离至萨默塞特郡汤顿市附近的一座叫亨拉德（Henlade）的小城。《崭新中国》修订版 1940 年出版时，谢福芸在大部分章节的结尾增加了关于时局的最新内容，那些初版时还在赞美的人与景在修订版里变成了废墟，与中国血脉相连的谢福芸，心在滴血。她在修订版的扉页增加了这样一句话——“1940 年，此书得成，实因感佩中国为争取自由而战斗不辍之精神，并对其最终胜利抱有无比坚定之信心。此信念立足的缘由此书三年前已详述，三年来更千百遍证实不虚。”

这段战火纷飞的岁月，谢福芸一直在布兰普顿学校，从福克斯通到亨拉德，从英法语教师到担任副校长。在校期间，她用回忆写成了她第四本也是最后一本中国“小说”:《*The Pool of Ch'ien Lung: A Tale of Modern Peking*》(《潜龙潭：北平新事》)，1944 年在伦敦出版。此书英文版不到两百页，是这“四部曲”中最薄的，也无照片做插图，但扉页是一张由著名旅美画家蒋彝亲绘的彩色仕女图，图片里巧笑倩兮的少女就是该书的主人公之一晶莉（Crystal Lily），北平一所女校的青年老师。谢福芸前三本书都涉及很多名流，但这本书完全着墨于普通人，通过描写这所女校几个老师的工作与生活，展示二十世纪三四十年代中国的一个侧面。谢福芸写作时，中国还在硝烟中。她写这几个普通人，意在展示这个民族的生命力及对胜利的信心。她热爱这片土地上的中国人，和她的父亲、夫君一样，一直以同情及耐心期待这个国家的进步。此书最后一章题名《卯时》，她说中国人将一天二十四个小时分为十二个时辰，卯时之后便是辰时，辰就是巨，巨龙代表胜利。“也许卯时的生活还有点混乱，但辰时的生活一定会让人振奋，现在似乎可以透过远山看见巨龙震动的双翼。”

1945 年，中国这头潜伏的巨龙终于以昂首的姿态屹立在反法西斯胜利者同盟的队列中。但随后又是内战的炮火与无情的残杀。谢福芸也进入她人生的寒冬了。1946 年年底，六十一岁的她从布兰普顿学校退休，迁居英格兰南部的莱德林奇（Redlynch），一座离索尔兹伯里（Salisbury）八英里的小城。英格兰南部的远山，在雨天与中国江南的烟雨濛濛竟有些相似，故国山河，哀乐人间。

1959 年 2 月 15 日，七十四岁的谢福芸在索尔兹伯里的一家医院告别人世。

## 二

谢福芸这四本旅华见闻录在欧美出版时都冠以小说之名。在西方出版界，图书主要分非虚构与虚构两大类，小说自然属于后者。因对苏慧廉家族及其行迹的探索与了解，我发现她的所谓小说，除了人名虚构外，其他几乎全是非虚构的。就像我们受邀参加一场化妆舞会，宾主原本认识，但今晚都带上了斑斓的面具。其实，谢福芸在《中国淑女》中有说明："我这本书不是虚构的小说。它记录的是真实发生的事而不是凭空的想象：它是一出生活在当下的中国人的戏剧，描绘的是此时此刻活生生的生活。"在《名门》中她也这样写道："我在书中做了一些必要的改动，比如姓名、地名和官阶，并非和实际生活中完全一致。”比如《名门》中的主线宫（Kung）家，我后来考证出是翁同龢后人。何以如此推测并断言，除了在《寻找·苏慧廉》一书中有所涉及外，我还专门写了篇文章《翁同龢家族的域外留影》（收入《一条开往中国的船》，新星出版社，2016），细述“破案”过程，有兴趣的读者可找来一读，此不赘述。

《中国淑女》的写作背景是1926年随中英庚款代表团在中国考察，当时的中方委员胡适、丁文江、王景春自然成为书中的人物。海峡两岸对胡适的研究早已汗牛充栋，但他与谢福芸在火车里辩论上帝是否存在的记录则是第一次见到。2010年我曾写有《胡适与苏慧廉》一文，先刊发在《老照片》，后台北的《传记文学》与北京的《胡适研究通讯》均予以转载，算得到胡适研究界的肯定，其实所据的材料基本来自这本“小说”。

第三十三章谢福芸采访化名为“林博士”的丁文江，丁回忆去欧洲留学时在马来西亚槟城拜访老革命康有为的故事：

“康有为非常和蔼，谦恭有礼，”文江感激地说道。“他把我们领进书房”——这是关系紧密的一种表现，他完全可以把他们留在客厅里。“面对我们时，他的心情一定很复杂。我们衣着悲惨，显然很穷，可我们却说要去英国留学。当我们要起身告辞时，他问起了我们个人的情况，而不只是谈论中国及其改革的必要性——‘或是革命，无论你们怎么称呼它，’他说。他告诉我们在英国留学费用很高，担心我们没有意识到费用有多高。问我们是否确定自己有足够的钱？出于自尊，我们回答，‘是的，谢谢您。我们有足够的钱’——而当时我们身上剩下不到 3 英镑，因为我们还花了点钱雇人力车，还给了中国驻新加坡总领馆的服务员一些小费，你知道这是中国人的通常做法。我们正发愁自己要如何在抵达英国后从南安普敦或是伦敦去往爱丁堡。我们甚至已经开始计算走路去爱丁堡要花多长时间。但是康有为坚持要问，最后他干脆直接问我们身上有多少钱。我们回答有 5000 美元。”

“哦，林博士！”我忍不住笑出声来，“哦，天哪！”

他目光如炬。“我们死也不会告诉他真相，只有 3 英镑，太丢人了！你知道中国人在这方面多讲面子。让我们吃惊的是，康先生变得很不安。‘5000 美元——你们三个人一共才 500 英镑！太少了，’他惊呼。‘我有一个外甥在英国留学，每年我得给他 3000 美元，而这样也才勉强够用。他应该有更多的钱才好。你们三个人花 5000 美元肯定不够！’他变得很忧虑。如果他知道真相会说些什么呢？他走到书桌旁，打开锁，拿出一个帆布袋。‘看，’这位善良和蔼的人说道，‘你们知道，中国人有给远行的朋友送个小礼物的传统。我没时间给你们买礼物，所以我希望你们收下这个——就算是一个老革命者送给年青一代革命者的礼物吧。口袋里有我保存的十个英国金币，我在槟城用不上它们。’”

三个男孩的自尊被他的慷慨所击败，带着满满的感激和尊敬收下了这份礼物。康有为避居马来西亚是1901年的夏天，康同璧所撰《南海康先生年谱续编》记载是年“先君经戊戌、庚子之难，积忧多病”。积忧多病也是当时中国的写照。但康有为对祖国来的年青一代革命者依然热情有加，并慷慨解囊。坊间都说康有为豪爽仗义、出手阔绰，丁文江的这段记忆给出了一条生动的注解。不论是康有为研究，还是近年日渐重视的丁文江研究，这段被英文小说保存下来的记录，都属首度披露。

谢福芸说：“我的父母都是传教士，我先生又是领事官员，对此我深感幸运……不够格的我却享受着某种特权，在中国招待我的人有的是为了我父母，有的是为了我先生，有的两者皆是。”正因此特殊的身份，她当时接触到的人与事，都非普通。

比如《中国淑女》第十章《服务于中国的美国人》记录访问金陵大学时，一位美国传教士，也是这所大学的副校长特别接待了她，并陪着参观校园。当时两人有很多的谈话，关于中国教育及正风起云涌的民族主义。不幸的是，这个在谢福芸眼里有慈父般面庞的美国绅士在他们道别后不久就殒命于一中国士兵的枪下。这个美国人其实就是金陵大学的创办人文怀恩（John Elias Williams，1871—1927），他的被杀也是1927年轰动世界的“南京事件”的导火索。谢福芸的笔记录下了他生前的音容笑貌，还有听闻来的被杀时的细节，甚至有他夫人在丈夫去世后让人动容的无私表现。如果有近代史学者要还原“南京事件”，这些记述一定是不可或缺的史料。

民国史坛祭酒傅斯年曾有“近代史学只是史料学”的观点，虽聚讼纷纭，实切中要害。近代史需要新史料，这些留在域外的一手材料，应为研究者提供新的细节与视角。

谢福芸最后一本小说《潜龙潭》是回忆在一所坚守儒家思想的女校里，与三位中国女性结下的深厚友谊。这所在小说里没有名字的女校应该就是民国北平名校“箴宜”。箴宜的创办者书中称为 Miss Chi，她的真名叫继诚，字识一，镶白旗宗室，世祖顺治帝七世孙女，裕宪亲王福全六世孙女。其父为荆州将军、奉恩将军祥亨。继诚 1861 年出生，是祥亨的次女，但因长姊夭折，所以就成了事实上的独生女。这位独生女与众不同，觉着男女没什么分别。父亲无子，女便是男。她少小读书，“毕五经、长诗文、工书法”，还立志不嫁。光绪三十年（1904）祥亨病故，此时继诚已四十四岁，依然没有出嫁的念头，并决定用自己名下的财产创办学堂，“思中国之所以积弱，实缘女学之不振，有志于兴办女学，以牖新知”。1906 年，她在北京东四牌楼第五巷内班大人胡同私宅创设女塾，捐出私宅五十余间永为校产。为了奖励女性入学，箴宜不收费，学堂十年费用全靠她一人支撑。1916 年继诚病故，享年五十六岁。临终前立下契约，将一切房产、家具物件全部捐助学堂。当时的教育总长范源濂，感其“罄一己之产，竭毕生之力，兴学育才”，呈报代理大总统黎元洪颁发匾额褒词。

继诚去世后，接任的是其高足骆仲儒。骆校长也是女中豪杰，与继小姐一样选择终身不嫁，“啣其亡师遗命，力支此校。罄其所积，以充校费”。骆仲儒也是当时名儒林纾的弟子。骆仲儒字树华，怪不得谢福芸在书中为她取名 Miss Flower of the Tree Way。有意戴上的面具，不经意一个侧身，还是仿佛惊鸿一瞥。

在书中，树华身边还有个好姐妹“香华”（Miss Fragrance of the Lily blossom Lo），姓骆，是《名门》中写到的骆大人的小女儿。辛亥后满人没落，她不满家人对其后半生的安排，外出独立生活，求职箴宜。这个琴棋书画皆擅、品行高洁、不依附他人的独身女子，真名叫白祥华，号达斋，是民国北平时还有点名气的古琴家，师事琴家叶潜，为诗梦斋女弟子。王世襄的《自珍集——俪松居长物志》中也有提及她的名字，说到她 1947 年曾到访他家，参与一场在京琴人的雅集。

谢福芸的《潜龙潭》就是记述这所早已湮没在历史尘埃中的女校及几个今天可称为女性意识觉醒的独立女性。这几个单身女人薪尽火传的这所学校其实穿过了历史的长河，1952 年收归国有，改称班大人胡同小学，1965 年改名育芳小学，2008 年改称七条小学育芳分校。我在百度上输入七条小学的名字，惜未见校史介绍，跳出来的都是以学区房为概念的长短租及二手房广告。

## 三

有“史界歌德”之誉的德国历史学家兰克（1795—1886）有一句名言：“让亲临其境者说话。”谢福芸无疑是 20 世纪中国的一个亲临其境者。或许有人会问，她的“小说”都是真实且一手的记录吗？或者说，你们从小说中“侦破”出来的都是真实的历史吗？说真的，这两个问题我都不敢给予完全肯定的答复。

在《名门》第二十一章，谢福芸记录了被孙中山称为“盖世之杰”的吴禄贞的被刺案，当时她正住在天津翁家，吴将军与翁斌孙都曾在山西为官，平日有来往。这段案情是从翁斌孙儿子那里听闻的：

他告诉我，他所敬仰的一位吴将军在去年 12 月被自己手下的士兵谋杀了。他说，他的父亲同样非常钦佩这位将军。这位将军在出事的时候，正准备前往山西就任巡抚，死的时候只有三十二岁。吴将军被杀的那一天，他的两匹马还在几百里外的天津，不知为何，一直在马厩里呜咽哭泣！而他和李先生去赛马场的马车就是被这些马拉着的，这些马是吴将军的朋友借给李先生的，这个朋友说他永远都不会卖掉这么忠心耿耿的马，尽管确实有人已经开出了天价。吴将军两袖清风，死后家中一贫如洗。吴将军的遗孀，也就是吴太太，在丈夫死后终日以泪洗面。吴将军的这位朋友就把她接到自己家中，予以悉心的照料。但她还是终日悲恸。为了给她换个环境调整情绪，这位朋友便打算她送往上海调养。当船行驶到黄浦江入口的吴淞时，这个女人从船上纵身一跃，结束了自己的生命。

吴禄贞 1911 年 11 月 7 日深夜的遇刺无疑改变了辛亥格局，事过百年，刺吴案依旧扑朔迷离，但谢福芸这段当时听闻的记录，多少应为今人的研究多一个角度。史料中从未被提及的吴夫人及其纵身一跃的画面，更给生命留下了一个鲜活的惊叹号。

其实，我们无意把谢福芸塑造成历史学家，更何况，在当代学界，历史早已突破考据史料的范畴。历史不是仅指作为过去存在的历史，亦不是指史料这样的作为记录的历史，而是被写出来的历史。过去的历史宛如一片幽暗之地，而当前生活中的关切就如同探照灯，决定了被照亮的是过去中的哪些部分。

同样在《名门》里，谢福芸记录了与宫大人（即翁斌孙）的一段对话，这倒是她自己的亲历。当时已是民国初年，袁世凯力邀息影津门的翁斌孙出山，就任山西巡抚，但翁斌孙认为袁对清廷不忠，“一名大清的官员，能够在这个人的统治下为官吗？”

“但我不认为你是一个大清的官员，”谢福芸张大眼睛争辩道：“你是一个中国的官员，你的首要任务是对你的国家负责，而不是对一个皇朝负责。”“但如果不是大清，我就不会成为一个官员，”翁斌孙坚持自己的道理，“那才是根。”

忠君还是报国？家天下还是国天下？做忠臣还是做公民？谢福芸的言论在当时无疑是超前的。经过剑桥洗礼及新教伦理浸润的谢福芸，在率真的同时有理性与清醒的一面，她的冷静及斩钉截铁的争辩，在今天依然掷地有声。

在《中国淑女》里，她记录了西安事变后的一段见闻，1936年的西安事变就发生在她从上海到温州途中。圣诞那日的夜晚，在温州参观父亲年轻时创建的城西教堂时，她从无线电获知此事终得解决。次日两万名温州人举行欢庆集会。在拥挤、亢奋的人群里，她却想起1910年元旦在山西太原参加的第一次中国人的大型集会。当时“清兵们大喊‘万岁！万岁！’五岁的小皇帝刚刚坐上龙椅。一年以后，他就被废黜了。那是动荡的岁月，如今也是。”她在书中这样写道。

动荡似乎是中国历史的主调。谢福芸的四本小说竟然暗合了清社既屋、共和初缔、北伐军兴、御侮救亡这四个近代史上最大的时代旋涡，当然，她书中的人物在他们后续的真实人生中还要淌过无数时代洪流。

唐德刚的“历史三峡论”认为历史的长河里会有转型期，转型犹如过三峡，充满凶险。他认为中国历史上出现过两次大的转型，第一次是自“商鞅变法”起至汉武帝和汉昭帝之间，历经三百年，实现了从封建到帝制的转型。此次转型是自动的，内部矛盾运行的结果；第二次大转型则是被迫的，外来刺激而行，已发轫于鸦片战争之后。唐氏预言，第二次过三峡大概需要两百年，顺利的话，到本世纪中叶方能基本完成。

马礼逊、李提摩太、赫德、赛珍珠、苏慧廉、谢立山、谢福芸……这一行西人接踵来华的年代就是中国第二次水过三峡的年代，他们的所作所为、所见所闻、所思所传就是对这次要努力从传统农民社会向现代公民社会转化的实验与思考。他们关注人，关注女人，关注普通人，关注有独立人格的中国人在转型时代中的命运与作用。两百年其实已过大半，过去一个半世纪中国的变乱、颠沛都已记载在书本里，最后一段路，今人如何读，如何行？

“历史不是叫我们哭的，也不是叫我们笑的，乃是叫我们明白他的。”这是一位热情、敏感、独立、清醒如谢福芸般的中国女作家陈衡哲说的。

沈迦

二〇一八年一月三十日初稿于上海，二月三日改定